folio
junior

Titre original : *The Wind Singer*
© William Nicholson, 2000, pour le texte
Publié initialement par Mammoth, Egmont Children's Books Ltd, Londres, 2000
© Éditions Gallimard Jeunesse, 2000, pour la traduction française
© Éditions Gallimard Jeunesse, 2007, pour la présente édition

William Nicholson

Les secrets d'Aramanth

Le Vent de Feu/I

Traduit de l'anglais
par Diane Ménard

GALLIMARD JEUNESSE

Pour Edmund, Julia et Maria

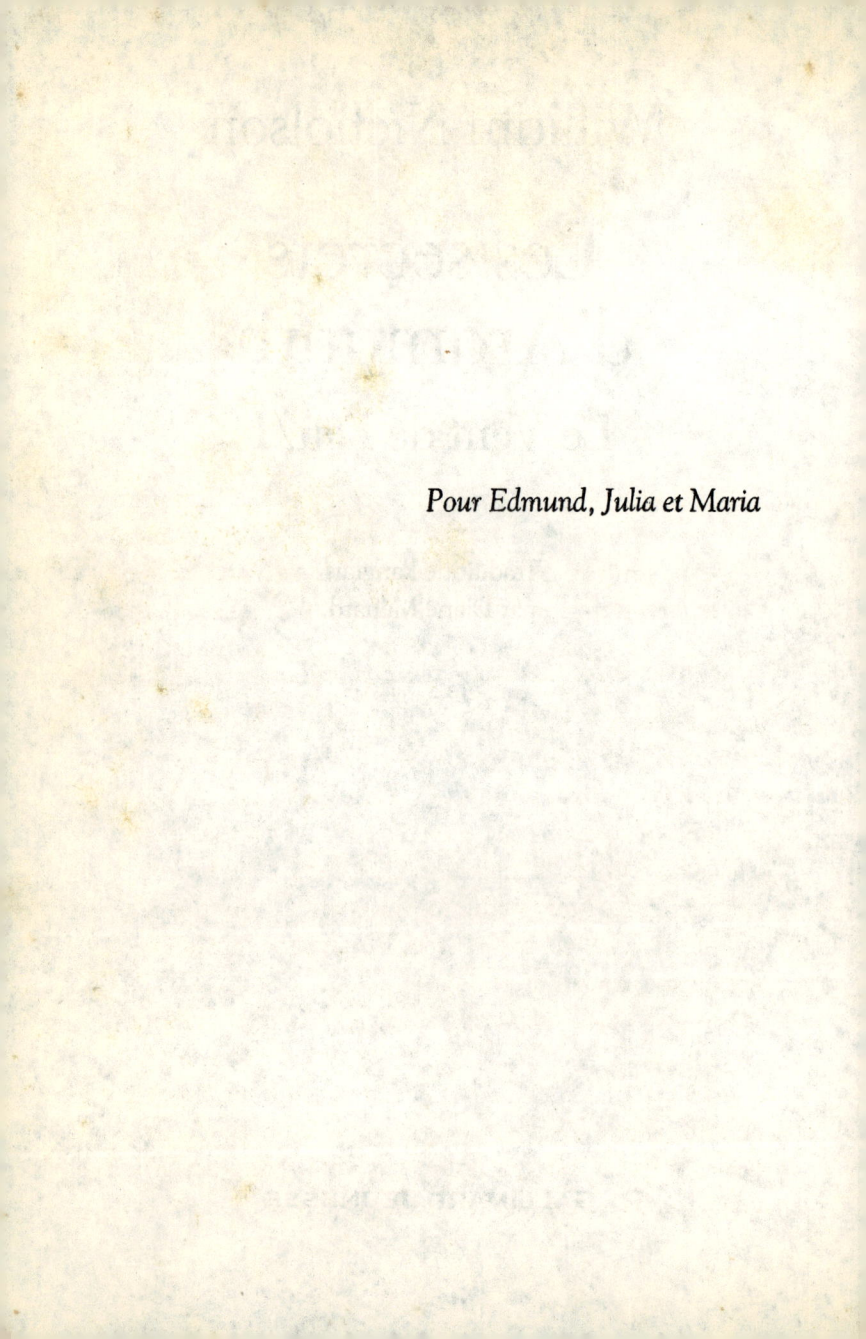

Il y a longtemps

À l'époque où les étrangers arrivèrent, les hommes et les femmes du peuple Manth vivaient toujours dans de petites huttes en paille tressée, semblables à celles qui leur avaient servi d'abri lorsqu'ils n'étaient encore qu'une tribu de chasseurs nomades. Ces huttes au toit arrondi étaient groupées autour de la mine de sel qui allait devenir la source de leur richesse. Cela se passait bien avant qu'ils ne construisent la grande ville située au-dessus des carrières de sel. Un après-midi de plein été, une troupe de voyageurs traversa les plaines désertiques et s'installa dans les environs. Les hommes comme les femmes avaient des cheveux longs qui flottaient au vent. Ils avançaient lentement, parlaient à voix basse, lorsqu'ils parlaient, ce qui était rare. Ils faisaient un peu de commerce avec les Manths, achetant du pain, de la viande, du sel, payés avec de petits objets d'argent qu'ils fabriquaient eux-mêmes. Ils n'importunaient personne, mais leur présence dans les environs provoquait un certain malaise. Qui étaient-ils ? D'où venaient-ils ? Où allaient-ils ? Les questions qu'on leur posait ne recevaient aucune réponse : un simple sourire, un haussement d'épaules, un hochement de tête.

Puis les étrangers se mirent au travail et construisirent une tour. Lentement, une structure de bois prit forme, un socle plus haut qu'un homme, sur lequel ils construisirent une seconde tour plus étroite, avec des poutres en bois et des tubes en métal. Ces tubes étaient tous de taille différente et reliés les uns aux autres comme les tuyaux d'un orgue. À la base, ils s'ouvraient sur un anneau de cors métalliques. En haut, ils se rétrécissaient tous ensemble pour ne plus former qu'un seul cylindre, comme un cou, puis ils s'élargissaient de nouveau et se terminaient par un anneau de grandes pièces de cuir incurvées. Quand le vent soufflait, il poussait les bandes de cuir de sorte que le haut de la structure se mettait à tourner et à virevolter au gré des rafales. Les tourbillons d'air s'engouffraient dans le cou formé par la rangée de tuyaux, puis sortaient des cors en produisant des sons décousus.

Apparemment, cette tour n'avait pas de fonction précise. Pendant un moment, ce fut une curiosité : les gens la regardaient grincer et craquer. Quand le vent soufflait fort, elle produisait un gémissement lugubre qui était amusant au début, mais devenait rapidement lassant.

Les voyageurs silencieux ne donnèrent aucune explication. Ils semblaient être venus là uniquement pour construire cette étrange structure car, dès qu'ils eurent fini, ils démontèrent leurs tentes et se préparèrent à partir.

Avant de s'en aller, leur chef prit un petit objet en argent, monta sur la tour, et l'inséra dans une fente de la structure du cou. Les voyageurs partirent à l'aube d'un calme jour d'été. L'air était immobile ; les tuyaux de métal et les cors restèrent silencieux tandis qu'ils traversaient les plaines désertes. Le peuple Manth, aussi déconcerté à leur départ qu'il l'avait été à leur arrivée, regardait l'immense épouvantail qu'ils avaient laissé derrière eux.

Cette nuit-là, pendant que les gens dormaient, le vent se mit à souffler et fit entrer un nouveau son dans leur vie. Ils l'entendirent dans leur sommeil et se réveillèrent en souriant, sans savoir pourquoi. Ils se rassemblèrent dans l'air tiède de la nuit, et écoutèrent ravis, émerveillés.

Le Chanteur de Vent s'était éveillé.

1
Pim laisse sa marque

—*Sagahog ! Pompaprune ! Saga-saga-hog !*
Bowman Hath, allongé dans son lit, écoutait la voix étouffée de sa mère qui lançait des jurons dans la salle de bains, à côté de sa chambre. Au loin, au-dessus des toits de la ville, flottait le tintement doré de la cloche de la tour du Palais Impérial : bang ! bang ! Elle sonnait six heures, le moment où tout Aramanth se réveillait. Bowman ouvrit les yeux et resta couché, regardant la lumière du jour éclairer les rideaux couleur mandarine. Il se rendit compte qu'il était triste. « Qu'est-ce qui se passe, cette fois ? » se demanda-t-il. Il pensa au jour de classe qui l'attendait et son estomac se contracta, comme toujours. Mais là, il ressentait autre chose. Une sorte de chagrin ou de sentiment de perte. Mais la perte de quoi ?

Sa sœur jumelle, Kestrel, était toujours endormie dans son lit, à côté du sien. Il lui suffisait d'étendre le bras pour le toucher. Il écouta quelques instants la respiration légèrement sifflante de sa sœur dans son sommeil, puis lui transmit la pensée de se réveiller. Il attendit qu'elle lui réponde par un grognement. Il compta silencieusement jusqu'à cinq et roula hors de son lit.

Debout dans son lit d'enfant, vêtue de son pyjama en éponge, elle suçait son pouce. Pim dormait dans le couloir car il n'y avait de place pour son lit dans aucune des deux chambres. Les appartements du Quartier Orange étaient vraiment trop petits pour une famille de cinq personnes.

— Bonjour, Pim, lui dit-il.

Pim sortit son pouce de sa bouche et son visage rond s'éclaira d'un sourire joyeux.

— Bisou, dit-elle.

Bowman lui donna un baiser.

— Bras, dit-elle.

Bowman la prit dans ses bras. Tandis qu'il serrait son corps doux et rond contre lui, il se souvint. Aujourd'hui, c'était le jour du premier examen de Pim. Elle n'avait que deux ans, était trop petite pour se préoccuper de savoir si ce qu'elle faisait était bien ou mal mais, à partir de maintenant et jusqu'à sa mort, elle serait évaluée, classée. Voilà ce qui le rendait triste.

Les larmes montèrent aux yeux de Bowman. Il pleurait trop facilement, tout le monde le lui disait, mais que pouvait-il y faire ? Il ressentait tout trop fort. Il ne le faisait pas exprès mais, quand il regardait quelqu'un d'autre, il savait ce que cette personne ressentait et, trop souvent, c'était de la crainte ou de la tristesse. Il comprenait ce qui lui faisait peur ou ce qui la rendait triste et éprouvait la même chose qu'elle. Alors, il se mettait à pleurer. C'était très gênant.

Ce matin-là, ce n'était pas ce que Pim éprouvait actuellement qui le rendait triste, mais ce qu'elle ressentirait un jour. Pour le moment, aucun souci n'assombrissait son petit cœur ensoleillé. Mais à partir de ce jour-là, elle commencerait, d'abord confusément, puis avec une anxiété de plus en plus forte, à craindre l'avenir. Car à Aramanth, tout dans la vie était évalué par des tests. Chaque examen comportait la possibilité d'un échec, et chaque examen réussi menait à un autre examen, avec sa nouvelle possibilité d'échec. C'était sans issue et sans fin. À cette pensée, son cœur déborda d'amour pour sa petite sœur. Il la serra très très fort, puis embrassa et embrassa encore ses petites joues rebondies.

– J'aime Pim, lui dit-il.
– Aime Bo, dit Pim.

Un bruit aigu de tissu déchiré se fit entendre dans la salle de bains, suivi d'une nouvelle bordée de jurons.

– *Sagahog! Bangaplop!*

Puis la lamentation habituelle :

– Ô peuple malheureux !

C'était le cri de la grande prophétesse Ira Manth, dont sa mère était une descendante directe bien que lointaine. Son nom avait été transmis dans la famille depuis toujours et sa mère aussi s'appelait Ira. Quand elle piquait une colère, son père faisait un clin d'œil à ses enfants et disait :

– Voilà la prophétesse !

La porte de la salle de bains s'ouvrit brusquement, et Ira Hath apparut, l'air exaspéré. Incapable de trouver les manches de sa robe en l'enfilant, elle avait passé les bras à travers le tissu. Les manches pendaient vides d'un côté, tandis que ses bras étaient passés à travers les coutures déchirées.

— C'est le test de Pim, aujourd'hui, dit Bo.

— C'est quoi ?

Ira Hath le regarda d'un air ébahi. Puis elle lui prit Pim des bras et la tint tout contre elle, comme si quelqu'un voulait la lui enlever.

— Mon bébé, dit-elle. Mon bébé.

Pendant la plus grande partie du petit déjeuner, personne ne parla du test. Mais, au bout d'un moment, leur père rangea son livre, se leva de table un peu plus tôt que d'habitude et dit à la ronde, comme s'il ne parlait à personne en particulier :

— Je crois qu'il faudrait se préparer.

Kestrel leva des yeux brillants de détermination.

— Je ne viens pas, dit-elle.

Hanno Hath soupira, puis frotta ses joues ridées d'une main.

— Je sais, ma chérie, je sais.

— Ce n'est pas juste, dit Kestrel, comme si son père l'obligeait à y aller.

Et d'une certaine façon c'était ce qu'il faisait. Hanno Hath était si gentil avec ses enfants, et comprenait si bien ce qu'ils éprouvaient, qu'il leur était presque impossible de s'opposer à sa volonté.

Une odeur familière envahit la pièce.

— Oh, *sagahog !* s'exclama sa femme.

Elle avait encore fait brûler les toasts.

Le soleil du matin était bas dans le ciel, et les hautes murailles de la ville projetaient leur ombre sur tout le Quartier Orange, tandis que la famille Hath descendait la rue jusqu'à la Maison Communale. M. et Mme Hath marchaient devant, suivis par Bowman et Kestrel qui tenaient Pim par la main. D'autres familles avec des enfants de deux ans avançaient dans la même direction, dépassant les rangées impeccables de maisons peintes en orange. La famille Blesh marchait devant eux, et on entendait les parents préparer leur petit garçon à l'examen :

— Un, deux, trois, qui est dans les bois ? Quatre, cinq, six, sept, qui est cette grosse bête ?

En arrivant sur la grande place, Mme Blesh se retourna et les vit. Elle les salua du même petit geste de la main que d'habitude, comme si elle voulait montrer qu'elle était leur meilleure amie, et attendit Mme Hath.

— Pouvez-vous garder un secret ? lui demanda-t-elle à voix basse. Si notre petit réussit bien aujourd'hui, nous déménagerons dans le Quartier Écarlate.

Mme Hath réfléchit un moment.

— Très brillant, le Quartier Écarlate, dit-elle.

— Et, vous savez ? Notre Rufy a été le deuxième de sa classe, hier après-midi.

M. Blesh se retourna en criant :

— Deuxième ? Deuxième ? Et pourquoi pas premier ? Voilà ce que j'aimerais savoir !

— Oh, vous les hommes ! lui dit Mme Blesh.

Puis elle se tourna vers Mme Hath et ajouta d'une voix complice :

– Ils ne peuvent pas s'en empêcher, hein ? Il faut qu'ils gagnent !

En disant ces mots, ses yeux légèrement proéminents se posèrent un instant sur Hanno Hath. Tout le monde savait que ce pauvre Hanno Hath n'avait pas eu de promotion depuis trois ans, mais sa femme, naturellement, n'avait jamais reconnu à quel point elle devait en souffrir.

Kestrel surprit son regard de pitié, et eut envie de lui planter un couteau dans le cœur. Mais surtout, elle eut envie de serrer son père dans ses bras et de couvrir son visage triste et ridé de baisers. Pour se défouler, elle bombarda le dos de Mme Blesh de pensées peu amènes.

« Sac à pustules ! *Pompaprune ! Sagahog !* »

À l'entrée de la Maison Communale, une assistante examinatrice était assise et vérifiait les noms sur une liste. Les Blesh passèrent les premiers.

– Est-ce que le petit est propre ? demanda l'assistante. A-t-il appris à contrôler sa vessie ?

– Oh oui, dit Mme Blesh. Il est très en avance pour son âge.

Quand le tour de Pim arriva, l'assistante posa la même question.

– Est-elle propre ? A-t-elle appris à contrôler sa vessie ?

M. Hath regarda Mme Hath. Bowman regarda Kestrel. Ils revirent dans leur tête les flaques de Pim sur le sol de la cuisine. Mais ils eurent tous en même temps un sursaut d'orgueil familial.

—Contrôler sa vessie, madame ? dit Mme Hath avec un sourire éclatant. Ma fille peut faire pipi au rythme de l'hymne national !

L'assistante examinatrice eut l'air surpris, puis elle cocha la case « propre » sur sa liste.

—Bureau vingt-trois, dit-elle.

La Maison Communale fourmillait d'activités. Sur un grand tableau à l'entrée de la grande salle, les noms des quatre-vingt-dix-sept candidats étaient inscrits par ordre alphabétique. Le nom de Pim y figurait aussi, peu familier sous sa forme officielle : Pinto Hath. La famille Hath forma un petit groupe protecteur autour du bureau vingt-trois tandis que Mme Hath enlevait discrètement la couche de Pim. Maintenant que celle-ci avait été enregistrée comme enfant propre, le fait de lui laisser sa couche aurait été considéré comme une tricherie. Pim était ravie. Elle adorait sentir de l'air frais sur son derrière.

Une cloche sonna et le silence se fit dans la grande salle lorsque les examinateurs entrèrent. Quatre-vingt-dix-sept bureaux. Et, devant chacun d'entre eux, un enfant de deux ans était assis. Derrière, sur des bancs, les parents, des frères et sœurs. Le brusque silence intimida les petits, et il n'y eut pas le moindre pleur.

Les examinateurs avancèrent rapidement, dans leurs toges écarlates et ondoyantes. Ils montèrent sur l'estrade et formèrent une seule rangée terriblement imposante. Ils étaient dix. Au centre, on remarquait la haute stature de l'examinateur en chef, Maslo Inch, le seul de toute la salle à porter les simples vêtements blancs et brillants qui correspondaient au plus grand mérite.

– Levez-vous pour le Serment de Dévouement !

Tout le monde se leva, les parents prirent les petits et les remirent debout. Ensemble, ils chantèrent les mots qu'ils connaissaient par cœur : « Je fais le serment de travailler plus dur, d'aller plus loin, et d'essayer par tous les moyens de rendre demain meilleur qu'aujourd'hui. Pour l'amour de mon Empereur et pour la gloire d'Aramanth ! »

Puis tout le monde se rassit et l'examinateur en chef fit un bref discours. Maslo Inch, qui n'avait qu'une quarantaine d'années, avait été récemment élevé au plus haut niveau : mais il avait une allure si imposante, sa voix était si profonde, il possédait une telle aisance qu'il avait l'air d'avoir porté du blanc toute sa vie. Hanno Hath, qui connaissait Maslo Inch depuis longtemps, en conçut un certain amusement.

– Mes amis, commença l'examinateur en chef, d'une voix solennelle, quel jour particulier que ce premier jour d'examen de votre enfant bien-aimé ! Comme vous devez être fiers de savoir que, à partir d'aujourd'hui, votre fille ou votre fils aura son propre classement ! Comme ils seront fiers eux-mêmes lorsqu'ils comprendront que par leurs efforts ils pourront contribuer à l'amélioration du classement de leur famille !

Là, il leva une main en signe d'avertissement amical, et les regarda tous d'un air grave.

– Mais n'oubliez jamais que le classement lui-même ne signifie rien. Ce qui compte, c'est de l'améliorer.

Mieux faire aujourd'hui que la veille. Mieux faire demain qu'aujourd'hui. Voilà le secret de la grandeur de notre ville.

Les examinateurs en toge écarlate se déployèrent ensuite devant la première rangée de bureaux puis se frayèrent un chemin vers les autres pupitres. Maslo Inch, en tant qu'examinateur en chef, resta sur l'estrade, comme une tour surplombant le tout. Son regard, qui balayait la foule, tomba inévitablement sur Hanno Hath. Un éclair fugitif brilla dans son regard quand il le reconnut, puis s'évanouit dès que ses yeux se posèrent sur quelqu'un d'autre. Hanno Hath haussa discrètement les épaules. Maslo et lui avaient exactement le même âge. Ils avaient été dans la même classe à l'école. Mais tout cela était loin, à présent.

Quand les tests étaient complets, les résultats étaient inscrits sur le grand tableau qui se trouvait à l'entrée. Bientôt, un classement commença à émerger parmi les bébés. Le petit Blesh était premier avec vingt-trois points sur les trente points maximum que l'on pouvait obtenir, et une moyenne de 7,6. Le B venant avant le H, la famille Blesh avait fini avant que les Hath aient commencé. Mme Blesh descendit l'allée avec son enfant triomphant dans les bras, pour les faire profiter de leur expérience.

– Ce petit idiot a oublié le chiffre cinq, expliqua-t-elle. Un, deux, trois quatre, six !

Elle menaça gentiment son fils du doigt.

– Quatre, cinq, six, petit idiot ! Tu le sais bien ! Je suis sûre que Pinto le sait, elle.

– À vrai dire, Pim sait compter jusqu'à un million, dit Kestrel.

– Je crois qu'on me raconte des histoires, dit Mme Blesh en tapotant la tête de Kestrel. Il a trouvé vache, livre et tasse, reprit-elle. Mais il n'a pas trouvé banane. 7,6, c'est un bon début. La première note de Rufy était 7,8. Je m'en souviens, et regardez-le, maintenant. Il n'a jamais moins de 9. Enfin, je n'accorde pas tant d'importance que ça aux notes, bien sûr !

L'examinateur était prêt à s'occuper de Pim, maintenant. Il s'approcha du pupitre, les yeux baissés sur ses papiers.

– Pinto Hath, dit-il.

Puis levant les yeux, il sourit d'un air compréhensif. Pim croisa son regard et se mit instinctivement sur la défensive.

– Alors, comment allons-nous t'appeler, mon petit ?
– Par son nom, dit Mme Hath.
– Bien, alors Pinto, dit l'examinateur, souriant toujours de toutes ses dents. J'ai apporté de jolies images. Montre-moi si tu sais ce qu'elles représentent.

Il montra à Pim une page couverte d'images colorées. Elle les regarda sans rien dire. L'examinateur pointa son doigt sur un chien.

– Qu'est-ce que c'est ?

Pim n'émit aucun son.

– Qu'est-ce que c'est que ça, alors ?

Silence.

– Est-ce qu'il a un problème d'audition ?
– Non, répondit Mme Hath. Elle vous entend.

— Mais il ne parle pas.

— J'imagine qu'elle n'a rien envie de dire.

Bowman et Kestrel retenaient leur souffle. L'examinateur fronça les sourcils, prit un air grave et nota quelque chose sur son papier. Puis il reprit ses images.

— Bon, maintenant, Pinto, montre-moi un toutou. Où est le toutou ?

Pim le regarda, mais ne dit pas un mot et ne montra rien du doigt.

— Une maison, alors. Montre-moi une petite maison.

Rien. Et cela continua jusqu'à ce que l'examinateur enlève ses images, l'air grave.

— Essayons de compter, tu veux, mon petit ?

Il commença à compter, voulant que Pim répète après lui, mais elle se contentait de le regarder. Il nota quelque chose d'autre.

— La dernière partie du test, dit-il à Mme Hath, est destinée à évaluer le niveau des aptitudes à la communication de l'enfant. Écouter, comprendre et répondre. Nous estimons que l'enfant est généralement plus à l'aise quand on le tient dans les bras.

— Vous voulez la prendre dans vos bras ?

— Si vous n'y voyez pas d'objection.

— Vous êtes sûr de vouloir la prendre ?

— Je l'ai déjà fait avant, madame Hath. Le petit sera en sécurité avec moi.

Ira Hath baissa les yeux et fronça un tout petit peu le nez. Bowman le vit et envoya une pensée instantanée à Kestrel.

« Maman va craquer. »

Mais Ira se contenta de soulever Pim de son siège et de la donner à l'examinateur qui attendait, les bras tendus. Bowman et Kestrel suivaient la scène avec le plus grand intérêt. Leur père était assis, les yeux fermés, sachant que tout allait se passer le plus mal possible, et qu'il ne pouvait rien y faire.

– Eh bien, Pinto, tu es un bon petit, n'est-ce pas ?

L'examinateur chatouilla Pim sous le menton et lui pinça légèrement le nez.

– Qu'est-ce que c'est ? Est-ce que c'est ton petit nez ?

Pim resta silencieuse. L'examinateur sortit la grande médaille en or qui pendait à son cou au bout d'une chaîne et la fit osciller devant les yeux de Pim. Elle brillait dans la lumière du matin.

– C'est joli, n'est-ce pas ? Tu veux la tenir ?

Pim ne dit rien. Exaspéré, l'examinateur leva les yeux vers Mme Hath.

– Je ne suis pas sûr que vous vous rendiez compte, lui dit-il. Au point où nous en sommes, je vais mettre zéro au test de votre enfant.

– Est-ce aussi mauvais que ça ? lui demanda Mme Hath, les yeux brillants.

– Je ne peux rien en sortir, vous voyez bien.

– Rien du tout ?

– Aime-t-il réciter une comptine ou jouer à un jeu ?

– Laissez-moi réfléchir.

Mme Hath prit ostensiblement l'air de quelqu'un qui réfléchit ; les lèvres pincées, elle se tapotait le front du doigt.

Bowman envoya une pensée à Kestrel.

« Elle craque. »
— Oui, dit Mme Hath. Il y a un jeu qu'elle aime bien. Essayez de lui dire : « Ouiss ouiss ouiss. »
— Ouiss ouiss ouiss ?
— Elle aime bien ça.

Bowman et Kestrel se transmirent la même pensée en même temps.

« Elle a craqué ! »
— Ouiss ouiss ouiss, dit l'examinateur à Pim. Ouiss ouiss ouiss, mon petit.

Elle le regarda d'un air surpris, puis elle s'agita un peu dans ses bras, comme pour s'y installer plus confortablement. Mme Hath ne les quittait pas des yeux, fronçant irrésistiblement le nez. Bowman et Kestrel regardaient eux aussi, le cœur battant.

« Ce n'est plus qu'une question de secondes », pensèrent-ils ensemble, chacun transmettant la même pensée à l'autre.

— Ouiss ouiss ouiss, répéta l'examinateur.
— C'est une question de secondes, dit Mme Hath.

« Maintenant, Pim, maintenant ! l'incitaient silencieusement Bowman et Kestrel. Vas-y maintenant ! »

M. Hath ouvrit les yeux et surprit leur regard. Il comprit aussitôt ce qui se passait, se leva de son banc et tendit les bras.

— Laissez-moi la prendre...
Trop tard.

« Bravo ! Bravo, Pim ! exultèrent silencieusement Bo et Kess. Bravo, bravo, bravo, Pim ! »

Un sourire lointain de contentement sur son visage

rond, Pim vidait sa vessie dans les bras de l'examinateur en un long ruisselet régulier. L'examinateur sentit une certaine chaleur se répandre sur lui mais, au début, il ne comprit pas ce qu'il se passait. Puis, voyant le regard profondément attentif de Mme Hath et de ses enfants, il baissa les yeux. La tache mouillée s'étalait sur sa toge écarlate. Dans un silence total, il tendit Pim à M. Hath, tourna les talons et remonta gravement l'allée.

Mme Hath prit Pim des bras de son mari et la couvrit de baisers. Bowman et Kestrel se roulèrent par terre, secoués d'un rire silencieux. Hanno Hath regarda l'examinateur rapporter l'incident à Maslo Inch, et il soupira discrètement. Il savait ce que sa femme et ses enfants ignoraient : ils auraient eu besoin d'une bonne note, ce matin-là. Maintenant, sans aucun point, ils allaient probablement être obligés de quitter leur maison du Quartier Orange et de déménager dans un quartier plus modeste. Deux pièces, s'ils avaient de la chance, plus vraisemblablement une seule, avec une cuisine et une salle de bains communes à tout l'immeuble. Hanno Hath n'était pas un homme vaniteux. Il ne se préoccupait pas beaucoup de ce que les autres pensaient de lui. Mais il aimait tendrement sa famille, et l'idée de ne pas être capable de leur assurer la meilleure vie possible le blessait profondément.

Ira Hath serra son enfant contre elle, refusant de penser à l'avenir.

– Ouiss ouiss ouiss, murmura joyeusement Pim.

2
Kestrel se fait un horrible ami

En arrivant à l'école, Bowman et Kestrel s'aperçurent qu'ils avaient oublié leurs devoirs à la maison.

– Oublié ? rugit le professeur Batch. Vous avez oublié ?

Les jumeaux se tenaient debout l'un à côté de l'autre, le dos à la classe, face à leur professeur. M. Batch caressa doucement son estomac d'une rondeur respectable, puis passa le bout de sa langue sur ses lèvres d'une épaisseur tout aussi respectable. Il aimait donner ses élèves en exemple et s'apprêtait à le faire une fois de plus. C'était à ses yeux un aspect important de son travail pédagogique.

– Commençons par le commencement. Pourquoi avez-vous oublié ?

– Notre petite sœur a passé son premier test ce matin, dit Bowman. Nous sommes sortis tôt et nous avons simplement oublié.

– Vous avez simplement oublié ? Très bien, très bien.

C'était le genre d'excuses que le professeur Batch appréciait particulièrement.

– Que tous ceux, dit-il en s'adressant à la classe, que tous ceux qui ont aussi accompagné un petit enfant au test de ce matin lèvent le doigt.

Une douzaine de doigts, dont celui de Rufy Blesh, se levèrent au-dessus des rangs serrés de pupitres.

– Et que ceux qui ont aussi oublié leurs devoirs lèvent le doigt !

Toutes les mains se baissèrent. Le professeur Batch se tourna vers Bowman, avec une attention si bienveillante que ses yeux semblaient lui sortir de la tête.

– On dirait que vous êtes les seuls.

– Oui, monsieur.

Pendant toute cette discussion, Kestrel était restée silencieuse. Mais Bowman la sentait bouillir de rage, et il savait qu'elle était hors d'elle. Le professeur Batch, qui ne se doutait de rien, se mit à aller et venir devant eux, engageant un échange de phrases rituelles avec la classe.

– Les enfants ! Qu'arrive-t-il si vous ne travaillez pas ?

La réponse familière sortit de cinquante et une jeunes bouches :

– Pas de travail, pas de progrès.

– Et qu'arrive-t-il si vous ne faites pas de progrès ?

– Pas de progrès, pas de points.

– Et qu'arrive-t-il si vous n'obtenez pas de points ?

– Pas de points, dernier au classement.

– Dernier.

Le professeur Batch savoura le mot.

– Dernier ! De-e-rnier !

Toute la classe frissonna. Dernier! Comme Mumpo, le garçon le plus stupide de l'école. Quelques regards se tournèrent furtivement vers lui. Il était assis, renfrogné et tremblant, tout au fond, sur la chaise de la honte. Ce fou de Mumpo, dont la lèvre supérieure luisait toujours de morve, car il n'avait pas de mère pour lui dire de se moucher correctement. Ce malodorant de Mumpo, qui sentait si mauvais que personne ne voulait jamais l'approcher, car il n'avait pas de père pour lui dire de se laver.

En se dandinant, le professeur Batch se dirigea vers le tableau de classement, sur lequel était écrit le nom de chaque élève par ordre décroissant suivant leurs notes. Tous les jours, à la fin de l'après-midi, on calculait les nouveaux points et on écrivait le nouveau classement.

— Je vous enlèverai cinq points chacun, dit le professeur Batch.

Et il calcula sur-le-champ le nouvel ordre de la classe. Bowman et Kestrel perdirent deux places, et devinrent respectivement vingt-cinquième et vingt-sixième. Les autres élèves se taisaient, les yeux fixés sur eux.

— C'est la dégringolade, dit le professeur en écrivant les changements de place sur le tableau. La dégringolade! Et que fait-on quand on s'aperçoit qu'on baisse?

La classe entonna la réponse.

— On travaille plus dur, on va plus loin, pour rendre demain meilleur qu'aujourd'hui.

— Plus dur. Plus loin. Meilleur.

Il se tourna vers Bowman et Kestrel.

— Vous n'oublierez plus vos devoirs, j'espère. Allez vous asseoir à votre place.

Tandis qu'ils se dirigeaient vers leurs tables, Bowman sentait la haine de Kestrel pour le professeur Batch, pour le grand tableau de classement, pour l'école et Aramanth tout entière.

« Ça ne fait rien, lui dit-il en pensée. Nous les rattraperons.

— Je ne veux pas, lui répondit-elle, je m'en fiche. »

Bowman s'arrêta devant les pupitres qui leur étaient désormais attribués, deux places derrière leurs anciennes tables. Mais Kestrel continua à avancer vers le fond de la classe, là où Mumpo était assis. Il y avait une place vide à côté de lui, car il était toujours dernier. C'est là que Kestrel s'assit.

Le professeur Batch la regarda, ahuri. Mumpo aussi.

— Bonjou… our, lui dit-il, en répandant son haleine pestilentielle autour de lui.

Kestrel lui tourna le dos, mettant sa main devant son visage.

— Tu m'aimes bien ? lui demanda Mumpo en se penchant vers elle.

— Pousse-toi, tu sens mauvais, lui dit Kestrel.

À l'autre bout de la classe, le professeur Batch lança d'une voix sèche :

— Kestrel Hath ! Allez immédiatement à votre place !

— Non, répondit-elle.

Toute la classe resta pétrifiée.

— Non ? s'étonna le professeur. Vous avez dit non ?

– Oui, dit Kestrel.
– Voulez-vous que je vous enlève cinq points supplémentaires pour désobéissance ?
– Faites-le si vous voulez, dit-elle. Je m'en moque.
– Vous vous en moquez ? demanda le professeur Batch, écarlate. Eh bien, je vais vous apprendre à vous en moquer, moi ! Vous allez faire ce que je vous ordonne, ou…
– Ou quoi ? demanda Kestrel.

Le professeur Batch la dévisagea, ne trouvant plus ses mots.

– Je suis déjà au fond de la classe, dit-elle. Qu'est-ce que vous pouvez me faire de plus ?

Il hésita un moment, ne sachant plus très bien que répondre. Pendant ce temps, alors que la classe retenait son souffle, Mumpo se rapprocha encore de Kestrel, qui se détourna de lui avec une grimace de dégoût. Le professeur s'en aperçut et un sourire vindicatif remplaça aussitôt son air perplexe. Il se dirigea vers le fond de la classe d'un pas lent.

– Les enfants, dit-il, reprenant sa voix doucereuse. Les enfants, retournez-vous et regardez Kestrel Hath.

Tous les yeux se tournèrent vers elle.

– Kestrel s'est trouvé un nouvel ami. Comme vous le voyez, ce nouvel ami est notre cher Mumpo. Kestrel et Mumpo, côte à côte. Que pensez-vous de votre nouvelle amie, Mumpo ?

Mumpo hocha la tête et sourit.

– J'aime bien Kess, dit-il.
– Il vous aime bien, Kestrel, reprit le professeur

Batch. Pourquoi ne vous asseyez-vous pas plus près de lui ? Vous pourriez passer votre bras autour de ses épaules. Vous pourriez le serrer contre vous. C'est votre nouvel ami. Qui sait, peut-être que plus tard vous vous marierez, que vous vous appellerez Mme Mumpo et que vous aurez des petits Mumpo. Ça vous plairait ? Trois ou quatre petits bébés Mumpo à laver et à essuyer ?

Les élèves pouffèrent de rire. Le professeur était ravi. Il sentait qu'il avait repris les choses en main. Kestrel, assise raide comme un piquet, brûlant de honte et de colère, ne dit rien.

— Mais peut-être que je me suis trompé. Peut-être que Kestrel s'est trompée. Peut-être qu'elle s'est simplement trompée de chaise.

Il était arrivé près de Kestrel, à présent, et restait là, la regardant en silence. Elle savait qu'il lui proposait un marché : son obéissance en échange de son orgueil.

— Kestrel va peut-être se lever et retourner à la place qui lui est attribuée.

Elle se mit à trembler, mais ne bougea pas. Le professeur Batch attendit encore un moment, puis dit d'une voix sifflante :

— Bien, bien, Kestrel et Mumpo. Quel joli couple !

Toute la matinée, il poursuivit ses attaques. Pendant la leçon de grammaire, il écrivit sur le tableau :

À QUELS TEMPS SONT CONJUGUÉS LES VERBES SUIVANTS ?
Kestrel aime Mumpo
Kestrel est aimée par Mumpo

Kestrel aimera Mumpo
Kestrel a aimé Mumpo
Kestrel aura aimé Mumpo

Pendant la leçon d'arithmétique, il écrivit sur le tableau :

Si Kestrel donne 392 baisers et 98 étreintes à Mumpo, que la moitié des étreintes sont accompagnées de baisers, et qu'un huitième des baisers sont baveux, combien de baisers baveux avec étreintes Kestrel pourra-t-elle donner à Mumpo ?

Et ainsi de suite pendant toute la matinée. La classe ricanait, à la grande satisfaction du professeur Batch. Bowman se retourna plusieurs fois pour regarder sa sœur, mais elle restait simplement assise, travaillant sans dire un mot.

À l'heure du déjeuner, il la rejoignit, tandis qu'elle sortait tranquillement de la classe. Il s'aperçut avec ennui que ce morveux de Mumpo la suivait comme son ombre.

– Fiche-moi la paix, Mumpo, lui dit Kestrel.

Mais il ne la lâchait pas d'une semelle. Il trottait à côté d'elle, sans jamais quitter son visage des yeux. De temps en temps, il murmurait de but en blanc : « J'aime bien Kess », puis il s'essuyait le nez avec la manche de sa chemise.

Kestrel se dirigeait vers la sortie.

– Où vas-tu, Kestrel ? lui demanda Bowman.

– Je sors, dit-elle. Je déteste l'école.
– Oui, mais…

Il ne savait pas quoi dire. Bien sûr, elle détestait l'école. Tout le monde détestait l'école. Mais il fallait y aller.

– Et le classement de la famille, tu y penses ?
– Je ne sais pas, dit-elle.

Et, pressant le pas, elle se mit à pleurer.

Quand Mumpo s'en aperçut, il fut bouleversé. Il se mit à sautiller autour d'elle, tendant ses mains sales pour la caresser, poussant de petits cris pour essayer de la réconforter.

– Ne pleure pas, Kess. Je serai ton ami, Kess, ne pleure pas.

Elle le repoussa rageusement.

– Fiche-moi la paix, Mumpo, tu pues.
– Oui, je sais, dit-il humblement.
– Kess, dit Bowman, reviens à l'école, assieds-toi à ta place, et Batch te laissera tranquille.
– Je ne reviendrai jamais à l'école.
– Mais il le faut !
– J'en parlerai à papa. Il comprendra.
– Et moi aussi, dit Mumpo.
– Va-t'en, Mumpo, lui lança Kestrel en pleine figure. Va-t'en ou je t'en colle une !

Elle leva un poing menaçant. Mumpo tomba à ses genoux en gémissant :

– Frappe-moi si tu veux, ça m'est égal.

Le poing de Kestrel resta suspendu à mi-course. Elle dévisagea Mumpo. Bowman aussi le regardait. Soudain, il ressentit inconsciemment ce que le garçon éprouvait. Il fut envahi par une terreur froide et une solitude pénétrante. Il ressentit un besoin de gentillesse si intense qu'il faillit éclater en sanglots.

— Elle n'a pas voulu dire ça, dit-il à Mumpo. Elle ne te frappera pas.

— Elle peut le faire, si elle veut.

Mumpo la regardait avec adoration. À présent, ses yeux brillaient autant que sa lèvre supérieure.

— Dis-lui que tu ne le frapperas pas, Kess.

— Je ne te ferai rien, dit Kestrel en baissant le poing. Tu es trop sale pour que je te touche.

Elle lui tourna le dos et se mit à marcher rapidement, Bowman à ses côtés. Mumpo les suivit. Pour qu'il n'entende pas, Kestrel utilisa, pour parler à son frère, la transmission de pensée.

« Je ne peux pas continuer comme ça. Je ne peux pas.

— Qu'est-ce qu'on peut faire d'autre ?

— Je ne sais pas. Quelque chose. Quelque chose, vite, ou je vais exploser. »

3
Un acte de défi

En quittant le Quartier Orange, avec Bowman à ses côtés et Mumpo derrière elle, Kestrel n'avait aucun plan en tête. Elle voulait simplement s'éloigner de cette école qu'elle détestait. Mais, sans s'en rendre compte, elle descendait l'une des quatre rues principales de la ville qui menait aux arènes, là où se trouvait le Chanteur de Vent.

La ville d'Aramanth était construite en forme de cercle, ou plutôt de tambour, car elle était entourée de hautes murailles qui avaient été élevées il y a longtemps pour protéger les habitants des tribus guerrières des plaines. Personne n'avait plus osé attaquer Aramanth depuis bien des générations, mais les grands murs étaient restés, et peu de gens s'aventuraient hors de la ville. Qu'auraient-ils pu trouver au-delà des murs ? La côte rocheuse au sud, vers laquelle l'océan gris roulait ses vagues en grondant ; vers le nord, les terres désertes et stériles qui s'étendaient jusqu'aux montagnes, au loin. Pas de nourriture, pas de confort, pas de sécurité. Alors qu'à l'intérieur des murs, il y avait tout ce qui était nécessaire à la vie, et plus encore à une bonne vie. Chaque citoyen d'Aramanth était bien conscient de l'avantage de vivre dans cet exceptionnel havre de paix, d'abondance et d'égalité des chances.

La ville était partagée en quartiers, disposés en anneaux concentriques. L'anneau le plus excentré, à l'ombre des murailles, était formé par les grands blocs d'immeubles cubiques du Quartier Gris. Venaient ensuite les immeubles bas qui constituaient le Quartier Marron, puis les petites rangées de maisons en arc de cercle du Quartier Orange, où habitait la famille Hath. En approchant du centre de la ville, on arrivait dans la grande avenue circulaire du Quartier Écarlate, où des maisons spacieuses, isolées les unes des autres par des jardins, se perdaient dans un agréable dédale de chemins sinueux, de façon que chaque maison semble particulière et différente. Mais, naturellement, elles étaient toutes peintes en rouge. Enfin, le Quartier Blanc, le plus glorieux de tous, occupait le cœur de la ville. C'était là que se trouvait le Palais Impérial, où l'Empereur, Créoth VI, père d'Aramanth, surveillait ses citoyens-enfants. C'était là que se trouvaient les belles maisons austères des dirigeants de la ville, construites en marbre ou en pierre calcaire polie. Et c'était là que se dressait l'énorme Maison de la Réussite, où était affiché le classement des familles. En face, de l'autre côté de la place où s'élevait la statue de l'Empereur Créoth Ier, on pouvait voir les nombreuses fenêtres du Collège des Examinateurs, qui abritait le

Conseil des Examinateurs, la plus haute autorité gouvernementale d'Aramanth.

Les arènes de la ville étaient situées près de la place, en contrebas des murs imposants du Palais Impérial, au carrefour des quatre rues principales. À l'origine, ce grand amphithéâtre circulaire était destiné à rassembler toute la population d'Aramanth pour les débats et les élections qui étaient en vigueur avant l'introduction du système de classement. À présent, il y avait bien trop de citoyens pour s'entasser dans ces arènes qui comptaient neuf étages de gradins en marbre, et qu'on utilisait pour des concerts et des récitals. Et, bien sûr, c'était là qu'avait lieu le Grand Examen, au cours duquel les aptitudes de tous les chefs de famille étaient évaluées afin de revoir, chaque année, le classement de chaque foyer.

Au centre des arènes, dans le cercle pavé de marbre blanc qui formait la scène, se dressait l'étrange tour en bois, connue sous le nom de Chanteur de Vent. Or, ce Chanteur de Vent n'avait rien de satisfaisant. Il n'était pas blanc. Il n'était pas symétrique. Il tranchait avec le calme et la simplicité qui caractérisaient tout le Quartier Blanc. Il craquait de tous les côtés à la moindre brise et, quand le vent soufflait plus fort, il émettait une morne plainte. Chaque année, la proposition de le démanteler et de le remplacer par un emblème plus représentatif de la ville était soumise au Conseil des Examinateurs, mais chaque fois quelqu'un y opposait son veto et on murmurait que c'était l'Empereur lui-même. En réalité, le peuple avait de l'affection pour le

Chanteur de Vent, parce qu'il était très ancien, parce qu'il avait toujours été là, et parce qu'une légende disait qu'un jour il se remettrait à chanter.

Kestrel Hath avait toujours aimé le Chanteur de Vent. Elle l'aimait parce qu'il était imprévisible, qu'il ne servait à rien de spécial, et semblait, par la tristesse de son gémissement, ne pas apprécier le monde ordonné d'Aramanth. Parfois, quand les déceptions lui semblaient trop lourdes à supporter, elle descendait en courant les neuf étages de gradins des arènes, s'asseyait sur les dalles blanches et parlait au Chanteur de Vent un long moment. Bien entendu, il ne la comprenait pas, et les grincements ou craquements qu'il émettait n'étaient pas des mots, mais cela l'apaisait. Elle n'avait pas particulièrement envie d'être comprise. Elle voulait simplement se libérer de sa colère, de son sentiment d'impuissance, et ne pas se sentir complètement seule.

Ce jour-là, le pire qu'elle ait connu, Kestrel se dirigea instinctivement vers les arènes. Son père ne serait pas encore rentré de la bibliothèque et sa mère serait au dispensaire, car Pim devait passer la visite médicale de contrôle pour ses deux ans. Où pouvait-elle aller ? Plus tard, on l'accuserait d'avoir prémédité sa mauvaise action, mais Kestrel n'était pas quelqu'un de calculateur : elle agissait impulsivement, sachant rarement ce qu'elle allait faire l'instant suivant. Bowman, en revanche, l'accompagnait, pressentant qu'elle allait s'attirer des ennuis. Quant à Mumpo, il la suivait uniquement parce qu'il l'aimait.

La rue principale qui menait au centre passait

devant la cour de la Compagnie des Tisserands. Comme c'était l'heure du déjeuner, tous les ouvriers étaient dans la cour en train de faire des exercices.

– Touchez le sol ! Touchez le ciel ! criait leur entraîneur. Vous pouvez le faire. Il suffit d'essayer !

Les tisserands se baissaient, se relevaient, se baissaient se relevaient, tous au même rythme.

Un peu plus loin, ils rencontrèrent un balayeur, qui mangeait son repas, assis à côté de sa petite benne à ordures.

– J'imagine que vous n'avez aucun détritus à jeter ? leur demanda-t-il.

Les enfants cherchèrent dans leurs poches. Bowman trouva un morceau de toast carbonisé qu'il avait mis là pour ne pas faire de peine à sa mère.

– Jetez-le dans la rue, lui dit le balayeur, les yeux brillants.

– Je vais le mettre dans la poubelle, dit-il.

– C'est ça, faites mon travail à ma place ! répondit amèrement le balayeur. Et comment je vais atteindre mon objectif, moi, si personne ne jette jamais de déchets dans la rue ? Vous ne vous demandez pas comment je vais m'en sortir, bien sûr, vous êtes d'Orange, tout va bien pour vous. Vous n'imaginez pas que je veuille m'améliorer, moi aussi, comme tous les autres. Essayez de vivre dans le Quartier Gris, vous comprendrez ! Ma femme s'est entichée d'un appartement du Quartier Marron, avec les petits balcons.

Bowman laissa tomber son petit morceau de toast dans la rue.

— Bon, c'est mieux comme ça, dit le balayeur. Je vais le regarder un petit moment, et puis je le balayerai.

Kestrel était partie loin devant, avec Mumpo derrière elle. Bowman courut pour les rattraper.

— Où allons-nous déjeuner ? demanda Mumpo.

— Tais-toi, lui dit Kestrel.

Tandis qu'ils traversaient la place, la cloche de la tour du palais sonna deux coups. Bang ! Bang ! À cette heure-là, tous les élèves de leur classe devaient retourner à leur place, et le professeur Batch était sûrement en train de noter l'absence non autorisée de trois d'entre eux. Cela signifiait encore la perte de plusieurs points. Ils passèrent entre la double rangée de colonnes en marbre qui faisaient le tour des arènes et descendirent les gradins.

Mumpo s'arrêta brusquement au milieu et s'assit sur un gradin en marbre blanc.

— J'ai faim, déclara-t-il.

Kestrel ne fit pas attention à lui. Elle continua à descendre et Bowman la suivit. Mumpo avait envie de la suivre lui aussi, mais il avait faim et ne pouvait plus penser à autre chose. Il resta assis sur le gradin, les bras autour de ses genoux, espérant de tout son cœur un peu de nourriture.

Kestrel s'arrêta enfin, au pied du Chanteur de Vent. Sa rage, provoquée par le test de Pim, les railleries du professeur Batch et l'ordre étouffant d'Aramanth, lui donnait l'envie sauvage de semer le désordre, le trouble, de choquer – elle ne savait pas très bien qui, quoi, ni comment – ne serait-ce que quelques instants. Elle était allée jusqu'au Chanteur de Vent parce qu'il était son ami et son allié, mais ce fut seulement quand elle se trouva au pied de la tour qu'elle sut ce qu'elle allait faire.

Elle commença à grimper.

– Descends ! lui cria Bowman, inquiet. Ils vont te punir. Tu vas tomber. Tu vas te faire mal.

– Je m'en fiche.

Elle se hissa jusqu'en haut du socle, puis se mit à monter sur la tour. Ce n'était pas facile, car l'édifice se balançait dans le vent, et les pieds de Kestrel glissaient sur les tuyaux. Mais elle était vigoureuse, agile, et se tenait fermement.

Un cri aigu résonna en haut des arènes :

– Hé, vous là-bas ! Descendez immédiatement !

Un dignitaire de la ville l'avait vue et descendait rapidement les marches, vêtu de sa toge écarlate. Trouvant Mumpo assis sur un gradin, prostré, il s'arrêta pour l'interroger.

– Qu'est-ce que tu fais là ? Pourquoi n'es-tu pas à l'école ?

– J'ai faim, lui répondit Mumpo.

– Faim ? Mais tu viens de déjeuner.

– Non, je n'ai pas mangé.

– Tous les enfants déjeunent à l'école à une heure. Si tu n'as pas mangé, c'est forcément ta faute.

– Oui, je sais, dit tristement Mumpo. Mais j'ai faim quand même.

Pendant ce temps, Kestrel était arrivée jusqu'au cou du Chanteur de Vent où elle fit une découverte intéressante. Il y avait une fente, ouverte dans le large tube de métal, et une flèche était gravée au-dessus, pointant vers cette fente. La flèche était surmontée d'un dessin. On aurait dit la lettre C, dont le demi-cercle contourné entourait la flèche.

Le dignitaire en robe écarlate arriva au pied du Chanteur de Vent.

– Eh, toi ! dit-il d'une voix brusque à Bowman. Qu'est-ce qu'elle fait ? Qui est-elle ?

– C'est ma sœur, répondit-il.

– Et toi, qui es-tu ?

– Je suis son frère.

Ce dignitaire furieux le rendait nerveux et, quand il était nerveux, Bowman devenait très logique. Décontenancé, l'officiel leva les yeux et appela Kestrel :

– Descends ! Descends immédiatement ! Qu'est-ce que tu fais là-haut ?

– *Pongo !* lui cria-t-elle, en montant un peu plus haut.

– Comment ? demanda l'officiel. Qu'est-ce qu'elle a dit ?

– *Pongo*, lui répondit Bowman.

– Elle m'a dit *pongo*, à moi ?

– Ce n'est pas sûr. Elle s'adressait peut-être à moi.

– Mais c'est moi qui étais en train de lui parler. Je lui ai ordonné de descendre et elle m'a répondu *pongo*.

– Elle pense peut-être que c'est votre nom.

– Ce n'est pas mon nom. Personne ne s'appelle *Pongo*.

– Je ne le savais pas. Je pense qu'elle ne le sait pas non plus.

Le dignitaire, déconcerté par la façon d'être de Bowman, à la fois timide et raisonnable, regarda de nouveau Kestrel qui était presque au sommet de la tour. Il lui cria :

– C'est à moi que tu as dit *Pongo* ?

– *Pongo pooa-pooa pompaprune !* lui lança-t-elle.

Le dignitaire se tourna vers Bowman, offusqué.

– Eh bien, tu as entendu ! C'est une honte !

Il leva la tête vers Kestrel en lui criant :

– Si tu ne descends pas, je te dénonce !

– Vous la dénoncerez de toute façon, même si elle descend, lui dit Bowman.

– Bien sûr que je le ferai, mais ce sera plus grave si elle ne descend pas.

Il hurla :

– Je demanderai qu'on déclasse ta famille !

– *Bangaplop !* lui cria Kestrel.

Elle était arrivée au niveau des pièces de cuir, lorsqu'elle lui cria ce juron, et le son passa à travers les tuyaux du Chanteur de Vent, puis sortit des cors, déformé et amplifié.

– *Bang-ang-anga-plop-op-p !*

Kestrel mit alors directement la tête dans une pièce de cuir et cria :

– *Sagahog !*

Sa voix retentit :

– *Sag-ag-aga-hog-g-g !*

Le dignitaire écoutait, frappé d'horreur.

– Elle dérange la séance de travail de cet après-midi, dit-il. On doit l'entendre au Collège.

– *Pompa-pompa-pompaprune !* cria Kestrel.

– *Pomp-p-pa pomp-p-pa pomp-p-papru-u-une !* tonna le Chanteur de Vent dans les arènes.

Les hauts dignitaires de la ville sortirent précipitamment du Collège des Examinateurs dans un frou-frou de toges blanches pour voir ce qui les dérangeait au milieu de l'après-midi.

– *Je dé-tee-ste l'é-coo-oo-le !* rugit la voix amplifiée de Kestrel. *Je dé-tee-ste les cla-a-sse-e-ments !*

Les examinateurs l'écoutèrent, stupéfaits.

– Elle est en pleine crise, dirent-ils. Elle a perdu la tête.

– Faites-la descendre ! Envoyez les gendarmes !

– *Je ne travaillerai pas plus du-u-ur !* cria Kestrel. *Je n'irai pas plus loin-oin-oin ! Je ne rendrai pas demain-ain meilleur qu'aujou-ou-ourd'hui !*

De plus en plus de gens s'attroupaient à présent, attirés par le bruit. Une longue file d'enfants du Quartier Marron, qui marchaient deux par deux et avaient été visiter la Maison de la Réussite, apparut entre la double rangée de colonnes pour écouter la voix de Kestrel.

– *Je n'aime pas mon Empereu-eu-eur !* hurlait maintenant Kestrel. *Il n'y a pas de gloi-oi-re à Aramanth-anth-anth !*

Les enfants en eurent le souffle coupé. L'institutrice était trop choquée pour parler. Un groupe de gendarmes en capes grises descendit les gradins en courant, la matraque à la main.

– Descends ! cria le dignitaire à la toge écarlate.

Les gendarmes formèrent un cercle autour du Chanteur de Vent, et leur capitaine s'adressa à Kestrel :

– Tu es encerclée ! Tu ne peux pas t'échapper !

– Je ne veux pas m'échapper, lui répondit-elle.

Et, posant à nouveau sa tête dans une pièce de cuir, elle cria :

– *Pongo-o-o aux exa-a-amens !*

Les enfants du Quartier Marron commencèrent à pouffer.

– Oh, les méchants enfants ! s'exclama leur institutrice.

Elle leur fit faire aussitôt demi-tour pour les ramener vers la Maison de la Réussite.

– Venez, les enfants, ne l'écoutez pas. C'est un élément incontrôlable.

– Descends ! rugit le capitaine de gendarmerie. Descends ou tu le regretteras !

– Je regrette déjà, répondit Kestrel. Je regrette pour moi, je regrette pour vous et je regrette pour toute cette ville regrettable !

Elle cria au-dessus des grandes arènes :

– *Ne travaillez pas plus du-u-ur ! N'allez pas plus loin-oin-oin ! Ne rendez pas demain-ain-ain meilleur qu'aujou-ou-ourd'hui !*

Bowman n'essayait plus d'aider sa sœur à se contrôler. Il la connaissait trop bien. Quand elle était hors d'elle, on ne pouvait pas la raisonner. Il fallait attendre que sa colère tombe. Le professeur avait raison : Kestrel était devenue incontrôlable. Elle était déchaînée, mue par une force libératrice, triomphante, tandis qu'elle oscillait en haut du Chanteur de Vent, criant toutes les pensées impensables qu'elle avait enfouies au fond d'elle-même pendant si longtemps. Elle était allée si loin, désormais, elle avait enfreint tant de règles et dit des choses si violentes qu'elle savait qu'elle aurait droit aux punitions les plus sévères.

Et comme ce qui était fait ne pouvait être effacé, elle se sentait libre d'être aussi agressive qu'elle le voulait.

– *Pongo à l'Empereur ! Et d'abord où est-il ? Je ne l'ai jamais vu ! Il n'y a pas d'Empereur !*

Les gendarmes commencèrent à escalader le Chanteur de Vent pour la faire descendre de force. Bowman, craignant qu'ils lui fassent du mal, s'éclipsa pour aller chercher son père à la bibliothèque du Quartier Orange où il travaillait. Il quitta les arènes d'un côté, au moment où l'examinateur en chef lui-même entrait de l'autre. Celui-ci s'arrêta un instant, regardant la scène chaotique qui s'ouvrait devant lui. Il garda un silence menaçant.

– *Pomp-pa pomp-pa-pru-u-une à l'empereur !* hurlait la voix amplifiée de Kestrel.

Maslo Inch respira profondément et se mit à descendre rapidement les gradins. Vers le milieu, il sentit une petite main saisir le bord de sa toge d'un blanc éclatant.

– S'il vous plaît, monsieur, dit une petite voix. Auriez-vous quelque chose à manger ?

L'examinateur en chef baissa les yeux et vit Mumpo, avec son nez qui coulait, son visage sale, ses yeux humides qui le regardaient bêtement. Pris de fureur, il lui arracha des mains le bord de sa toge.

– Ne me touche pas, sale petit morveux ! lui dit-il d'une voix sifflante.

Mumpo avait l'habitude d'être rabroué, moqué, mais la véritable haine qu'il perçut dans le ton de l'examinateur en chef l'abasourdit.

– Je voulais simplement...

Maslo Inch ne l'écouta pas. Il continua à descendre vers le centre de l'amphithéâtre.

Son arrivée sema la panique chez les dignitaires et les gendarmes.

– Nous lui avons ordonné de descendre !
– Nous faisons tout ce que nous pouvons...
– Elle doit être ivre...
– Vous l'avez entendue ? Elle ne nous écoute pas...
– Du calme, dit l'examinateur en chef. Que quelqu'un enlève ce sale môme, là-bas, derrière, et le lave !

Il désigna Mumpo du doigt.

L'un des gendarmes s'empressa de monter les marches et prit Mumpo par le poignet. Celui-ci le suivit lentement, se retournant souvent pour voir Kestrel en haut du Chanteur de Vent. Il ne se plaignit pas, car il était habitué à être constamment ballotté par les autorités. Le gendarme le conduisit jusqu'à la fontaine près de la statue de Créoth Ier et lui mit la tête sous le jet d'eau froide. Mumpo cria et se débattit violemment.

– Tu ferais bien de faire attention, lui dit le gendarme, furieux d'avoir été éclaboussé. On n'aime pas ton genre, à Aramanth.

– Et moi, je n'aime pas Aramanth, dit Mumpo, en frissonnant. Mais je ne sais pas où je pourrais aller.

Dans les arènes, Maslo Inch contemplait les gendarmes qui s'efforçaient de grimper sur la tour et d'attraper la fillette, beaucoup plus légère et agile qu'eux.

— Descendez, ordonna-t-il aux gendarmes.

— Ils finiront par l'attraper, monsieur, lui dit le capitaine des gendarmes.

— J'ai dit, descendez !

— Bien, monsieur.

Les gendarmes descendirent, haletants, le visage cramoisi. Maslo Inch regarda de son air calme et méprisant la foule qui s'était rassemblée là.

— Personne ne travaille, cet après-midi ?

— Nous ne pouvions pas la laisser dire toutes ces horreurs...

— C'est vous qui êtes son public. Partez, et elle se taira. Capitaine, quittez les arènes.

Les dignitaires et les gendarmes s'en allèrent par petits groupes, se retournant de temps en temps pour voir ce que l'examinateur en chef allait faire.

Kestrel était intarissable. Elle fit une sorte de chanson à partir de tous les gros mots qu'elle connaissait, et la chanta à travers les tuyaux du Chanteur de Vent :

— *Sac à pustules sac à pustules pompaprun !*
Banga-banga-banga-plop !
Sagahog sagahog pompaprune !
Udderbug pongo plop !

Maslo Inch leva les yeux vers elle quelques instants, comme pour graver le visage de Kestrel dans son esprit. Il ne dit pas un mot. Cette fille avait tourné Aramanth en ridicule et insulté toutes ses valeurs. Elle serait punie, bien sûr ; mais elle méritait plus qu'une punition. Il fallait la briser. Maslo Inch n'était pas homme à se dérober devant les grandes décisions. Elle avait beau être jeune, il fallait le faire. Et ce serait fait rapidement, une fois pour toutes. Il eut un bref hochement de tête, fit demi-tour et s'en alla d'un pas tranquille.

4
Comment s'habituer au Quartier Marron

Lorsque Bowman revint avec son père, les arènes étaient vides et le Chanteur de Vent silencieux. Les gendarmes qui gardaient l'enceinte refusèrent de les laisser passer. Hanno Hath leur dit qu'il était le père de l'enfant qui causait un tel trouble et qu'il devait la ramener à la maison. Les gendarmes appelèrent leur capitaine, et leur capitaine demanda des instructions au Collège des Examinateurs. Ils reçurent simplement l'ordre suivant :

— Renvoyez-la chez elle. On s'occupera de son cas plus tard.

En descendant les gradins, Bowman demanda à son père à voix basse :

— Qu'est-ce qu'ils vont lui faire ?
— Je ne sais pas, lui répondit Hanno.
— Ils ont menacé de nous enlever des points au classement.
— Oui, ils le feront certainement.
— Elle a dit *pompaprune* à l'Empereur. Elle a dit que l'Empereur n'existait pas.

– Vraiment ? dit Hanno en souriant en lui-même.

– Est-ce que l'Empereur existe, pa ?

– Qui sait ? Je ne l'ai jamais vu, et je n'ai jamais rencontré personne qui l'ait vu. Il n'est peut-être qu'une idée dont on se sert.

– Tu vas être sévère avec Kess ?

– Non, bien sûr que non. Mais il aurait mieux valu qu'elle ne fasse pas ce qu'elle a fait.

Ils arrivèrent au pied du Chanteur de Vent et Hanno Hath appela sa fille, recroquevillée au sommet.

– Kestrel ! Descends, ma chérie.

Elle regarda en bas et vit son père.

– Tu es en colère contre moi ? lui demanda-t-elle d'une petite voix.

– Non, lui répondit-il gentiment. Je t'aime très fort.

Kestrel descendit et, dès qu'elle mit pied à terre, son courage l'abandonna. Elle se mit à trembler et à pleurer. Hanno Hath la prit dans ses bras et s'assit sur le gradin du bas, en la tenant contre lui. Il la serra dans ses bras et la laissa pleurer toutes ses larmes de colère et d'humiliation.

– Je sais, je sais, lui répétait-il.

Bowman, assis à côté d'eux, attendait que sa sœur se calme. Il frissonnait et aurait voulu se blottir lui aussi contre son père. Il se rapprocha de lui, et posa sa tête contre son bras. Il sentit contre sa peau le pull de grosse laine. « Il ne peut pas nous aider, pensa-t-il. Il voudrait le faire, mais il ne peut pas. » C'était la première fois que cette pensée s'imposait à lui d'une façon aussi claire. Il la transmit à Kestrel.

« Pa ne peut pas nous aider. »
Kestrel lui répondit :
« Je sais. Mais il nous aime. »

Ils sentirent alors tous les deux en même temps à quel point ils aimaient leur père, et ils se mirent à l'embrasser tout autour des oreilles, sur les yeux, sur ses joues râpeuses.

– Voilà qui est mieux, dit-il. Je retrouve mes beaux oiseaux !

Ils rentrèrent tranquillement chez eux, bras dessus, bras dessous. Personne ne les dérangea. Ira Hath les attendait, en tenant Pim contre elle, et ils lui racontèrent brièvement ce qui s'était passé.

– Oh, j'aurais voulu t'entendre ! s'exclama-t-elle.

Ni le père, ni la mère de Kestrel ne lui reprochèrent quoi que ce soit. Mais ils savaient tous qu'ils allaient devoir payer le prix de son acte.

– On va avoir des ennuis, n'est-ce pas ? demanda Kestrel en regardant son père dans les yeux.

– Eh bien, oui, je pense que d'une manière ou d'une autre, ils voudront en faire un exemple, dit Hanno en soupirant.

– Nous allons être obligés d'aller dans le Quartier Marron ?

– Oui, je pense. Sauf si j'émerveille tout le monde par l'acuité de mon intelligence au prochain Grand Examen.

– Mais tu es brillant, pa.

– Merci, ma chérie. Malheureusement, toute l'intelligence que je peux avoir passe inaperçue aux examens.

Il fit une drôle de tête. Ils savaient tous combien il haïssait les examens.

Il n'y eut pas de visite des gendarmes, ce soir-là. Ils dînèrent donc tous ensemble, et donnèrent son bain à Pim, comme si rien ne s'était produit. Puis, avant de mettre la fillette au lit, ils firent leurs vœux de la nuit, comme tous les soirs. Hanno Hath s'agenouilla par terre et leva les bras. Bowman se blottit sous l'un et Kestrel sous l'autre. Pim se tint debout, le visage contre la poitrine de son père, l'enlaçant de ses petits bras. Ira Hath s'agenouilla derrière Pim, passa un bras sous celui de Bowman et l'autre sous celui de Kestrel. Ainsi, serrés les uns contre les autres, ils formaient un petit cercle. Puis ils penchèrent tous la tête en avant, jusqu'à ce qu'elles se touchent, et prononcèrent tour à tour leur vœu de la nuit. Souvent, ils faisaient des souhaits pour rire, surtout leur mère, qui avait souhaité cinq soirs de suite que la famille Blesh soit couverte d'horribles furoncles. Mais ce soir, ils n'avaient pas le cœur à rire.

– Je souhaite qu'il n'y ait plus jamais d'examens, dit Kestrel.

– Je souhaite qu'on ne fasse pas de mal à Kestrel, dit Bowman.

– J'espère que mes enfants chéris seront toujours heureux et en bonne santé, dit leur mère.

Elle faisait toujours ce vœu quand elle était inquiète.

– J'espère que le Chanteur de Vent chantera de nouveau un jour, dit leur père.

Bowman donna un petit coup de coude à Pim, qui dit :

— Veu-veu.

Puis ils s'embrassèrent tous, en se cognant le nez les uns contre les autres, comme toujours, car il n'y avait pas d'ordre établi. Ils allèrent coucher Pim.

— Est-ce que tu penses que ça pourrait arriver, pa ? demanda Bowman. Est-ce que le Chanteur de Vent chantera de nouveau ?

— Ce n'est qu'une vieille histoire, dit Hanno Hath. Personne n'y croit plus.

— Moi, si, dit Kestrel.

— Tu ne peux pas, objecta son frère. Tu n'en sais pas plus sur cette histoire que n'importe qui d'autre.

— J'y crois parce que personne d'autre n'y croit, lui répliqua-t-elle.

Leur père sourit à ces mots.

— C'est à peu près ce que je ressens, moi aussi, dit-il.

Il leur avait déjà raconté cette histoire à plusieurs reprises, mais Kestrel voulut l'entendre encore une fois. Aussi, pour la calmer, il leur parla de nouveau du temps lointain où le Chanteur de Vent chantait. Son chant était si doux que tous ceux qui l'entendaient étaient heureux. Le bonheur du peuple d'Aramanth irrita l'esprit suprême, nommé le Morah.

— Mais le Morah n'existe pas, intervint Bowman.

— Non, plus personne ne croit au Morah, lui répondit son père.

— Moi, si, dit Kestrel.

Le Morah était furieux, disait la vieille légende, et il envoya une terrible armée, l'armée des Zars, pour détruire Aramanth. Alors, les habitants prirent peur, ils enlevèrent la voix du Chanteur de Vent, et l'offrirent au Morah. Le Morah accepta l'offrande et les Zars repartirent sans détruire Aramanth. Mais le Chanteur de Vent ne chanta plus jamais.

Ces derniers mots excitèrent Kestrel au plus haut point.

– C'est vrai ! s'écria-t-elle. Il y a un endroit où mettre la voix, dans le cou du Chanteur de Vent. Je l'ai vu !

– Oui, dit Hanno, je l'ai vu moi aussi.

– Alors, cette histoire doit être vraie.

– Qui sait ? dit calmement Hanno. Qui sait ?

Les mots de Kestrel leur rappelèrent à tous son acte de défi et ils se turent.

– Ils vont peut-être l'oublier, tout simplement, dit Ira Hath, d'une voix pleine d'espoir.

– Non, dit Hanno, ils n'oublieront pas.

– Nous serons obligés d'aller dans le Quartier Marron, dit Bowman. Après tout, ce n'est pas si terrible.

– Les appartements sont très petits. Nous devrons tous dormir dans la même chambre.

– Tant mieux, dit Bowman. J'ai toujours eu envie qu'on dorme tous dans la même pièce.

Kestrel le remercia du regard, et sa mère l'embrassa en lui disant :

– Tu es gentil. Mais ton père ronfle, tu sais ?

– Je ronfle ? demanda Hanno, surpris.

— J'y suis habituée, dit sa femme, mais les enfants risquent d'avoir du mal à s'endormir.

— Pourquoi ne pas essayer ? proposa Bowman. Si nous dormions tous ensemble cette nuit pour nous habituer au Quartier Marron ?

Ils prirent les matelas des lits jumeaux et les emportèrent dans la chambre de leurs parents. C'est là que se trouvait le grand lit, avec un couvre-lit à raies multicolores : roses et jaunes, bleues et vertes, couleurs que l'on voyait rarement à Aramanth. Ira Hath l'avait fait elle-même, comme un petit acte de rébellion et les enfants l'adoraient.

En poussant le grand lit contre le mur du fond, ils purent installer les deux matelas côte à côte par terre, mais il n'y avait plus de place pour marcher et encore moins pour le petit lit de Pim. Ils décidèrent donc que celle-ci dormirait entre Bowman et Kestrel. Elle se réveilla à moitié, et voyant son frère d'un côté et sa sœur de l'autre, son petit visage rond s'éclaira d'un sourire ensommeillé.

— Aime Bo, aime Kess, dit-elle avant de se rendormir.

Ce fut au tour des parents de se coucher. Pendant un moment, ils restèrent tous allongés, serrés les uns contre les autres dans le noir, écoutant leurs respirations. Puis Ira Hath dit, de sa voix de prophétesse :

— Ô peuple malheureux ! Demain viendra le chagrin !

Ils rirent doucement, comme toujours lorsque leur mère prenait sa voix prophétique ; mais ils savaient que ce qu'elle annonçait était vrai. Ils s'enfoncèrent sous leurs couvertures en frissonnant. C'était si réconfortant, si rassurant, si intime, de dormir tous ensemble dans la même pièce qu'ils se demandèrent pourquoi ils n'avaient pas essayé avant, quand ils pourraient recommencer et s'ils le pourraient jamais.

5
Avertissement de l'examinateur en chef

La convocation arriva alors qu'ils prenaient leur petit déjeuner. On sonna à la porte : un messager du Collège des Examinateurs était là, pour avertir Hanno que l'examinateur en chef voulait le voir immédiatement avec sa fille Kestrel.

Hanno se leva.

— Viens, Kess. Il vaut mieux régler ça tout de suite.

Elle resta assise à table, l'air buté.

— Nous ne sommes pas obligés d'y aller.

— Si nous n'y allons pas, ils enverront les gendarmes nous chercher.

Kestrel se leva lentement, regardant le messager avec beaucoup d'hostilité.

— Vous pouvez me faire ce que vous voulez, dit-elle, je m'en fiche.

— Moi ? s'écria le messager, froissé. Qu'est-ce que j'ai à voir là-dedans ? J'apporte les messages, c'est tout. Vous ne pensez tout de même pas qu'on m'explique ce qu'ils contiennent !

— Vous n'êtes pas obligé de faire ça.

– Ah bon ? Nous habitons dans le Quartier Gris, nous ! Essayez de partager les toilettes avec six autres familles ! Essayez de vivre avec une femme malade et deux énormes gaillards dans une seule pièce ! Non, non, moi je fais bien mon travail, et même plus, si vous voulez savoir ! Comme ça, un beau jour, nous déménagerons dans le Quartier Marron, voilà ce que je veux ! Alors, merci pour vos conseils !

Maslo Inch attendait dans un bureau spacieux, assis derrière sa grande table de travail.

Quand Hanno et Kestrel entrèrent, il se leva, se redressant de toute sa taille imposante et, à leur grande surprise, il les accueillit en souriant d'un air de grand seigneur. Sortant de derrière son bureau-forteresse, il alla leur serrer la main et les invita à s'asseoir avec lui dans un des grands fauteuils, disposés en cercle dans un coin de la pièce.

– Ton père et moi, nous jouions ensemble, quand nous avions ton âge, dit-il à Kestrel. Nous avons été longtemps assis l'un à côté de l'autre en classe. Tu te rappelles, Hanno ?

– Oui, répondit celui-ci, je m'en souviens.

Il se rappelait que Maslo Inch était beaucoup plus costaud que tous les autres et qu'il les obligeait à s'agenouiller devant lui. Mais il n'en parla pas. Il ne souhaitait qu'une chose, que cet entretien finisse le plus vite possible. Les vêtements de Maslo Inch étaient d'un blanc si éclatant qu'on ne pouvait pas les regarder longtemps. Comme son sourire, d'ailleurs.

– Je vais te dire quelque chose qui va peut-être te surprendre, dit l'examinateur en chef à Kestrel. Ton père était plus intelligent que moi, à l'école.

– Ça ne me surprend pas du tout.

– Vraiment ? dit Maslo Inch d'une voix égale. Alors pourquoi suis-je l'examinateur en chef d'Aramanth alors que ton père travaille dans une petite bibliothèque de quartier ?

– Parce qu'il n'aime pas les examens, dit Kestrel. Il aime les livres.

Hanno Hath vit poindre une certaine irritation dans le regard de l'examinateur en chef.

– Nous savons que nous sommes là à cause de ce qui s'est passé hier, dit-il calmement. Venons-en au fait.

– Ah oui. Hier.

Il sourit à Hanno comme pour le tenir sous le charme.

– Ta fille nous a donné un vrai spectacle. Nous y viendrons en temps voulu.

Hanno Hath regarda le visage hypocrite de l'examinateur en chef et vit au fond de ses yeux brillants un véritable gouffre de haine. « Pourquoi ? se demanda-t-il. Cet homme puissant n'a rien à craindre de moi. Pourquoi me déteste-t-il autant ? »

Maslo Inch se leva.

– Suivez-moi, s'il vous plaît. Tous les deux.

Il sortit sans jeter un regard derrière lui. Hanno et Kestrel le suivirent, main dans la main. L'examinateur en chef les conduisit le long d'un grand couloir vide, bordé des deux côtés de colonnes sur lesquelles des noms étaient peints en doré. Ce genre de choses était si courant à Aramanth que ni le père ni la fille n'y prêtèrent la moindre attention. Quiconque accomplissait quoi que ce soit d'un peu marquant avait son nom inscrit quelque part sur un mur, et cette pratique existait depuis si longtemps que quasiment aucun mur public n'était épargné.

Ce couloir reliait le Collège des Examinateurs au Palais Impérial et donnait dans une cour au milieu du palais, où un gardien vêtu de gris balayait les allées. Maslo Inch commença un discours que, à l'évidence, il avait soigneusement préparé.

– Kestrel, lui dit-il, je veux que tu écoutes ce que j'ai à te dire aujourd'hui, que tu regardes ce que je vais te montrer, et que tu t'en souviennes pour le reste de tes jours.

Kestrel ne dit rien. Elle regardait le balai du gardien : souich, souich, souich.

– Je me suis renseigné sur toi, dit l'examinateur en chef. On m'a dit qu'hier matin tu t'es mise toi-même au fond de la classe.

– Et alors ?

Elle continuait à regarder le gardien. Il baissait les yeux en travaillant et avait une expression vide sur le visage.

« À quoi peut-il bien penser ? Bo le saurait, lui. »

– Il paraît que tu as dit à ton professeur : « Qu'est-ce que vous pouvez me faire de plus ? »

– Et alors ?

« Pourquoi continue-t-il à balayer ? Il n'y a rien à balayer. »

— Ensuite, tu t'es donnée en spectacle, te livrant à une colère infantile dans un lieu public.
— Et alors ?
— Tu sais, bien sûr, que ton propre classement a une incidence sur votre classement familial.
— Et alors ? Qu'est-ce que ça peut faire ?
« Souich souich souich, fait le balai. »
— C'est ce que nous allons voir.

Il s'arrêta devant une porte qui se découpait dans un mur en pierre. Elle était lourde et fermée par un gros verrou en fer. Il posa la main sur le verrou et se retourna vers Kestrel.

— « Qu'est-ce que vous pouvez me faire de plus ? » C'est une question intéressante, mais ce n'est pas la bonne question. Tu aurais dû demander : « Qu'est-ce que je peux me faire de plus, à moi et à ceux que j'aime ? »

Il poussa le verrou et ouvrit la lourde porte. À l'intérieur, une galerie en pierre, suintante d'humidité, descendait dans les ténèbres.

— Je vais vous emmener voir les mines de sel. C'est un privilège, en quelque sorte. Très peu de nos concitoyens y sont admis, pour une raison que vous comprendrez bientôt.

Ils le suivirent dans la galerie, leurs pas résonnant sous la voûte. Kestrel s'aperçut que les parois de la galerie étaient découpées dans une pierre blanche, qui scintillait sous la faible lumière, et n'était autre que du sel. Elle avait appris en histoire que la ville d'Aramanth avait été construite sur du sel. Le peuple Manth, tribu errante à la recherche d'une terre à habiter, avait trouvé des traces de ce minéral et s'était installé là pour l'extraire. Les traces étaient devenues des filons, et les filons des carrières, tandis que les hommes creusaient un immense trésor souterrain. Le sel avait fait la richesse du peuple Manth et lui avait permis de construire sa ville.

– Vous êtes-vous jamais demandé ce qui subsistait des mines de sel ? leur demanda Maslo Inch tandis qu'ils descendaient le long de la galerie sinueuse. Quand tout le sel a été extrait, il n'est plus resté qu'un grand espace. Un grand espace sans rien. Un vide. Que peut-on faire du vide, à votre avis ?

À présent, ils entendaient un bruit d'eau qui clapotait doucement, un gargouillement sourd. Et, dans l'air humide, ils sentaient une odeur âcre de gaz.

– Pendant cent ans, nous avons extrait du sol tout ce que nous désirions le plus. Et pendant cent autres années, nous avons déchargé dans le sol ce dont nous voulions le moins.

La galerie en pente s'ouvrit brusquement sur une grande salle souterraine, un espace flou, dans l'ombre, rempli de bruits d'eau, comme si des milliers de rivières se déversaient dans une mer souterraine. L'odeur, piquante et écœurante, était reconnaissable entre toutes, à présent.

Maslo Inch les conduisit vers un long parapet. De l'autre côté de cette balustrade, un peu plus bas, s'étendait un vaste lac de boue sombre qui bouillonnait lentement, avec, çà et là, des bulles qui éclataient. On aurait dit un gigantesque chaudron en ébullition. Les murs de la salle, au-dessus du lac, scintillaient et brillaient comme s'ils étaient couverts de sueur. Ils étaient percés par endroits par de grands tuyaux de fer, d'où sortait de l'eau grisâtre qui s'écoulait tantôt doucement, tantôt par jets puissants.

– Les canalisations, dit l'examinateur en chef. Les égouts. Ce n'est pas beau, mais c'est nécessaire.

Instinctivement, Kestrel et son père se bouchèrent le nez pour échapper à la puanteur.

– Tu t'imagines, jeune fille, que si tu n'en fais qu'à ta tête, si tu ne fais aucun effort à l'école, vous passerez, ta famille et toi, du Quartier Orange au Quartier Marron. Tu crois que ça t'est égal. Peut-être passerez-vous encore du Quartier Marron au Quartier Gris. Tu penses que tu te fiches de ça aussi. Le Quartier Gris n'est ni beau ni confortable, mais on ne pourra pas vous envoyer plus loin, et au moins on vous y laissera tranquilles. C'est ce que tu penses, n'est-ce pas ? Tu crois que le pire qui puisse vous arriver, c'est de finir dans le Quartier Gris.

– Non, dit Kestrel, bien que ce fût exactement ce qu'elle pensait.

– Non ? Tu crois que ça pourrait être pire ?

Elle ne répondit pas.

– Tu as raison. Ce pourrait être pire, bien pire. Après tout, le Quartier Gris, malgré sa pauvreté, fait toujours partie d'Aramanth. Mais il existe un monde sous Aramanth.

Kestrel baissa les yeux, scrutant la surface trouble du lac. Il s'étendait si loin qu'elle n'en voyait pas le bout.

Et très très loin, elle crut apercevoir une lueur, une flaque de lumière, comme un rayon de soleil qui passe parfois à travers les nuages et éclaire de lointaines collines. Elle arrêta son regard sur cette lueur, et le lac puant lui parut presque beau.

— Vous avez devant vous le Lac Souterrain, un lac de matières en décomposition qui est plus grand que tout Aramanth. Il y a des îles, dans ce lac, des îles de boue. Vous les voyez ?

Ils suivirent la direction qu'indiquait son doigt, et aperçurent plusieurs monticules qui affleuraient au loin, à la surface des eaux grisâtres et ondulantes du lac. En regardant attentivement, ils surprirent un mouvement près de ces tas de boue et, avec incrédulité, ils virent une forme lointaine passer, puis disparaître brusquement. Leurs yeux s'habituaient à la faible clarté, et ils commencèrent à apercevoir d'autres silhouettes, de la même couleur que les tas de boue sur lesquels elles montaient. Des silhouettes qui entraient et sortaient silencieusement des ténèbres.

— Est-ce que des gens vivent ici ? demanda Hanno.
— Oui. Plusieurs milliers. Des hommes, des femmes, des enfants. Des gens primitifs, dégénérés, à peine plus évolués que des animaux.

Il les invita à s'approcher du parapet. Devant eux, ils virent une étroite jetée qui partait d'une ouverture dans le muret et s'avançait sur le lac. Une dizaine de mètres plus bas, plusieurs péniches à fond plat, à moitié pleines de déchets de toute sorte, étaient amarrées à la jetée.

— Ils vivent sur ce que l'on jette. Ils vivent dans les ordures, et sur les ordures.

Maslo se tourna vers Kestrel.

— Tu avais demandé : « Qu'est-ce que vous pouvez me faire de plus ? » Voilà la réponse. Pourquoi travaillons-nous plus dur ? Pourquoi allons-nous plus loin ? Parce que nous ne voulons pas vivre ainsi.

Kestrel haussa les épaules.

— Ça m'est égal, dit-elle.

L'examinateur en chef la regarda attentivement.

— Cela t'est égal ? lui demanda-t-il lentement.

— Oui.

— Je ne te crois pas.

— Eh bien, ne me croyez pas.

— Si tu t'en moques, prouve-le.

Il ouvrit la porte du muret et la laissa ouverte, l'incitant à passer de l'autre côté. Kestrel regarda les planches glissantes, devant elle.

— Vas-y. Marche jusqu'au bout de la jetée, puisque tu t'en moques.

Kestrel fit un pas en avant sur l'étroite jetée et s'arrêta. En réalité, elle avait peur du Lac Souterrain, mais elle brûlait d'orgueil et de colère et elle aurait fait n'importe quoi pour effacer ce sourire mielleux du visage de Maslo Inch. Elle fit donc un deuxième pas.

— Ça suffit, Kess, lui dit son père.

Puis, se tournant vers l'examinateur en chef, il lui déclara :

— Tu as gagné, Maslo. Laisse-la, maintenant, je vais m'en occuper.

– Tu t'es occupé de tes enfants trop longtemps, Hanno.

Il parlait calmement, comme toujours mais, à présent, un fort mécontentement perçait dans sa voix.

– Les enfants suivent l'exemple que leur donnent leurs parents. Il y a quelque chose de cassé en toi, mon ami. Tu n'as plus envie de te battre. Tu n'as plus la volonté de réussir.

Kestrel l'entendit et fut prise d'une colère froide. Elle se mit à marcher rapidement le long de la jetée. Elle regardait droit devant elle, fixant au loin l'endroit où la lumière ruisselait sur la surface sombre du lac. Elle mit un pied devant l'autre et avança.

– Kess ! Reviens ! lui cria son père.

Il voulut la suivre, mais Maslo Inch lui attrapa le bras d'une main, le serrant comme un étau.

– Laisse-la, lui dit-il. Elle doit apprendre.

De son autre main, il manœuvra un long levier près de la porte de la jetée et ils entendirent un sifflement suivi d'un gargouillement, tandis que les poteaux qui soutenaient le bout de la jetée s'enfonçaient lentement dans le lac. L'extrémité de la jetée s'inclina, comme un toboggan descendant directement dans la boue. Kestrel poussa un cri, se retourna et essaya de revenir vers son père, de courir sur les planches, mais elles étaient couvertes de vase qui les rendait visqueuses. Elle glissait.

– Papa ! Aide-moi ! cria-t-elle.

Hanno fit un brusque mouvement vers elle, essayant furieusement de se dégager, mais Maslo le tenait ferme.

– Laisse-moi ! Qu'est-ce que tu es en train de lui faire ? Tu es fou ou quoi ?

Maslo ne quittait pas Kestrel des yeux, tandis qu'elle essayait en vain d'arrêter de glisser.

– C'est la dégringolade ! La dégringolade ! lui criat-il. Alors, Kestrel, ça t'est toujours égal ?

– Papa ! Au secours !

– Il faut la sortir de là ! Elle va se noyer !

– Alors, ça t'est toujours égal ? Tu vas travailler plus dur, maintenant ? Allons, dis-le ! Je veux te l'entendre dire !

– Papa ! hurla Kestrel en glissant au bout de la jetée, puis dans le lac.

Ses pieds touchèrent l'eau brune et, avec un horrible bruit de succion, ils disparurent dans la boue liquide.

– Je coule !

– Dis-moi que ça ne t'est pas égal ! hurla Maslo Inch.

Sa main serrait si fort le bras de Hanno que tous ses doigts étaient devenus blancs.

– Je veux te l'entendre dire !

– Tu es fou. Tu es devenu fou !

Dans son désespoir, Hanno lui balança son bras libre à travers la figure.

Maslo Inch se tourna vers lui, perdant tout contrôle sur lui-même. Il se mit à le secouer comme un pantin.

– Ne te risque pas à me toucher ! lui hurla-t-il. Toi, pauvre minable ! Paumé ! Ver de terre ! Raté ! Tu as raté tes examens, raté ta famille, tu es indigne de ton pays !

Au même moment, Kestrel s'aperçut qu'elle ne coulait plus. Quelque part sous la surface du lac, le sol était dur, elle ne s'était enfoncée que jusqu'aux genoux. Elle s'agrippa donc des deux mains aux bords de l'étroite jetée et se mit à remonter vers son père. Elle n'appelait plus. Elle fixait simplement l'examinateur en chef et s'efforçait de remonter la pente.

Maslo Inch était trop absorbé par les injures qu'il criait à son père pour voir ce qu'elle faisait.

– À quoi sers-tu ? Tu es un zéro ! Incapable de rien faire, incapable du moindre effort ! Tu attends des autres qu'ils fassent tout pour toi, et toi, tu te contentes de lire tes livres inutiles ! Tu n'es qu'un parasite ! Un virus ! Tu infectes ceux qui sont autour de toi avec ta paresse et ton échec écœurants ! Tu me dégoûtes !

Kestrel arriva au début de la jetée ; elle inspira profondément et, avec un cri de fureur à glacer le sang, elle se jeta sur l'examinateur en chef par-derrière.

– Sac à pustules !

Elle referma ses bras autour de son cou et ses jambes autour de sa taille, en serrant le plus fort possible pour l'obliger à lâcher son père.

– *Sagahog ! Pooa-pooa-banga-pompaprune ! Sac à pustules udderbug !*

L'examinateur, pris par surprise, relâcha le bras de Hanno Hath et se retourna pour essayer de se débarrasser de Kestrel. Mais il avait beau se tortiller dans tous les sens, elle était toujours sur son dos, avec ses petits bras nerveux qui l'étranglaient, et ses pieds pleins de boue qui lui donnaient des coups dans les côtes.

La lutte fut brève mais intense. Une bonne partie de la boue qui était sur les jambes de Kestrel avait glissé sur les vêtements de l'examinateur en chef. Quand il réussit enfin à l'empoigner et à la détacher de lui, il la jeta plus loin qu'il n'aurait voulu. Elle se releva immédiatement et se mit à courir.

Il n'essaya pas de la rattraper. Il était trop choqué par la vue de ses propres vêtements tachés de boue.

— Mes habits blancs ! s'écria-t-il. Petite sorcière !

Kestrel avait disparu, courant de toutes ses forces dans la galerie, vers la porte qui ouvrait sur l'extérieur.

Maslo Inch s'épousseta, et appuya sur le levier pour remettre la jetée dans sa position initiale. Puis il se tourna vers Hanno Hath.

— Eh bien, mon vieil ami, dit-il d'une voix calme et glaciale. Qu'est-ce que tu en dis ?

— Tu n'aurais pas dû lui faire ça.

— C'est tout ?

Hanno Hath resta silencieux. Il ne voulait pas s'excuser pour la conduite de Kestrel, mais il n'était pas non plus raisonnable de dire ce qu'il éprouvait réellement : une immense fierté d'avoir une telle fille. Il garda donc un air neutre, se réjouissant en lui-même de voir les taches de boue souiller la toge de l'examinateur autrefois immaculée.

— Je vois bien à présent, dit tranquillement Maslo Inch, que cette fille pose un problème beaucoup plus grave que je ne le pensais.

6
Service d'Éducation Spécialisée

Kestrel sortit de la galerie en courant et heurta de plein fouet le gardien vêtu de gris. Il avait dû l'entendre arriver, car il avait laissé tomber son balai et l'attendait les bras grands ouverts. Il l'attrapa et la souleva en l'air, la maintenant à bout de bras. Elle donna des coups de pied et hurla le plus fort possible. Mais c'était un homme grand et robuste, beaucoup plus grand qu'il n'en avait l'air lorsqu'il était courbé sur son balai, et les cris de Kestrel ne le troublèrent pas le moins du monde.

Maslo Inch entra dans la cour, suivi de Hanno Hath, tandis que deux autres gardiens arrivaient en courant, attirés par le bruit qu'elle faisait.

– Papa ! hurlait-elle. Papa !

– Posez-la par terre, dit son père.

– Silence ! cria l'examinateur en chef, avec une autorité si terrible que même Kestrel arrêta de hurler.

– Sortez cet homme d'ici, dit-il plus calmement, et les deux gardes saisirent brutalement Hanno Hath pour l'emmener.

— Conduisez la fille au Service d'Éducation Spécialisée.

— Non, s'écria Hanno, je vous en supplie, non !

— Papa ! hurla Kestrel, en se débattant. Papa !

Mais elle fut aussitôt traînée dans la direction opposée. L'examinateur en chef les regarda partir tous les deux d'un air impassible et sinistre.

— Qu'est-ce que vous pouvez me faire de plus, hein ? murmura-t-il.

Puis il se dépêcha d'aller mettre des vêtements blancs bien propres.

L'édifice réservé au Service d'Éducation Spécialisée faisait partie de l'ensemble des constructions qui composaient le palais. Il était situé sur le côté d'une petite place déserte. C'était un bâtiment solide, construit en pierre, comme tous ceux qui appartenaient au meilleur quartier de la ville, avec une grande et belle porte à laquelle on accédait après avoir gravi trois marches. La porte s'ouvrit de l'intérieur, tandis que le gardien arrivait avec Kestrel dans les bras. Un concierge, vêtu de gris, referma la porte derrière eux.

— Envoyée par l'examinateur en chef, dit le gardien.

Le concierge hocha la tête, et ouvrit une autre porte. Kestrel fut poussée à l'intérieur d'une longue pièce étroite, et laissée là sans un mot. La porte se referma derrière elle avec un déclic.

Elle était seule.

Elle s'aperçut alors qu'elle tremblait violemment, à la fois de peur, de colère et d'épuisement. Elle inspira profondément plusieurs fois pour se calmer et regarda la pièce. Elle était vide et sans fenêtre.

Elle concentra son attention sur la porte, espérant trouver un moyen de l'ouvrir. Elle n'avait pas de poignée. Elle tâtonna tout autour, mais la porte était bien ajustée, et il semblait impossible de l'ouvrir de l'intérieur. Elle recommença donc à examiner la pièce.

Sur toute la longueur du mur était accroché un simple rideau gris. Elle le tira, et vit une fenêtre qui donnait sur une pièce beaucoup plus grande. Avec précaution, elle tira complètement le rideau, et regarda la scène étrange qui se déroulait de l'autre côté de la vitre. Il y avait une classe. Un grand nombre d'enfants – une centaine peut-être – étaient assis derrière plusieurs rangées de pupitres. Ils lui tournaient le dos. Ils étaient tous penchés studieusement sur leurs livres et travaillaient en silence. C'est du moins ce qu'elle supposa, car aucun son ne filtrait à travers la vitre. Elle vit le bureau du professeur, tout au bout de la classe, mais pas de professeur.

Les enfants qui étaient au fond de la classe se trouvaient tout près de la fenêtre. Ils pourraient peut-être l'aider. Kestrel tapa doucement contre le carreau, pour ne pas faire trop de bruit au cas où le professeur serait dans les parages. Les enfants ne bougèrent pas. Elle tapa plus fort, mais ils semblaient ne pas l'entendre.

Elle fut soudain frappée par leur aspect étrange. Ils penchaient la tête si bas sur leurs livres qu'elle ne pouvait voir leur visage, mais leurs mains étaient anormalement ridées. Et leurs cheveux étaient gris, ou blanc, ou encore – elle s'en aperçut brusquement –, certains étaient chauves. Maintenant qu'elle regardait plus attentivement, elle se demanda pourquoi elle avait cru que c'étaient des enfants. Et pourtant, ils en avaient la taille et la silhouette. Sans doute…

La porte s'ouvrit derrière elle. Kestrel se retourna, le cœur battant. Une examinatrice en robe écarlate entra, puis referma la porte. C'était une dame d'un certain âge. Elle tenait un dossier ouvert devant elle et son regard allait sans cesse de ses papiers à Kestrel. Son visage avait une expression amicale.

– Kestrel Hath ? demanda-t-elle.

– Oui. Oui, madame.

Elle avait répondu calmement, en joignant ses mains devant elle et en baissant les yeux. Elle avait décidé, sous l'impulsion du moment, d'être sage.

L'examinatrice la regarda d'un air perplexe.

– Qu'as-tu fait, mon enfant ?

– J'ai eu peur, dit Kestrel d'une petite voix. Je crois que j'ai été prise de panique.

– L'examinateur en chef t'a envoyée au Service d'Éducation Spécialisée.

En parlant, elle jeta un coup d'œil par la fenêtre à la classe qui travaillait en silence, et hocha la tête avec une expression désolée.

– Cela me semble un peu excessif, ajouta-t-elle.

Kestrel ne dit rien, mais elle essaya d'avoir l'air le plus sage et le plus triste possible.

– Tu sais, lui dit l'examinatrice, le Service d'Éducation Spécialisée est réservé aux enfants les plus turbulents. Ceux qui sont absolument impossibles à contrôler. Et c'est tellement… disons, définitif.

Kestrel s'approcha de la dame, lui prit la main dans un élan de confiance et la garda un instant, la regardant de ses grands yeux innocents.

– Avez-vous une petite fille, vous-même ? lui demanda-t-elle.

– Oui, mon enfant, j'en ai une.

– Alors, je sais que vous ferez ce qu'il y a de mieux pour moi, madame. Exactement comme vous le feriez pour votre propre fille.

L'examinatrice regarda Kestrel et soupira en lui tapotant la main.

– Bon, je pense que nous devrions aller voir l'examinateur en chef, tu ne crois pas ? Il y a peut-être eu une erreur.

Elle se tourna vers la porte sans poignée et appela :
– Ouvrez, s'il vous plaît !

Un gardien vint ouvrir la porte. Elles sortirent sur la place en se tenant par la main.

Maintenant qu'elle n'était plus emmenée de force par un gardien, Kestrel eut le temps de voir qu'un côté de la place était occupé par l'édifice qui se trouvait au centre du Palais Impérial. Cette tour, la plus haute construction d'Aramanth, était visible du Quartier Orange. Tout près, elle semblait immensément haute, s'élevant même au-dessus des murailles qui entouraient la ville.

Alors qu'elles traversaient la place, une petite porte au pied de la tour s'ouvrit et deux hommes vêtus de blanc en sortirent rapidement. Voyant passer l'examinatrice qui tenait Kestrel par la main, le plus vieux des deux fronça les sourcils et les appela :

— Que fait cette enfant du Quartier Orange par ici ?

L'examinatrice le lui expliqua. L'homme en blanc examina le dossier.

— Ainsi, l'examinateur en chef a ordonné que cette fille aille au Service d'Éducation Spécialisée, dit-il sèchement. Et vous avez pris la responsabilité de remettre son jugement en question.

— Je pense qu'il pourrait s'agir d'une erreur.

— Connaissez-vous son cas ?

— Eh bien, non, dit l'examinatrice en rougissant. C'est plutôt une impression, en fait.

— Une impression ?

La voix de l'homme était coupante, méprisante.

— Et vous voulez prendre une décision qui affectera le reste de la vie de cette enfant à partir d'une impression ?

Le reste de la vie de cette enfant ! Un frisson parcourut Kestrel. Elle regarda autour d'elle, cherchant le moyen de s'enfuir. Derrière elle se dressait l'édifice du Service d'Éducation Spécialisée d'où elle venait. Devant, l'homme en blanc.

— Je voulais simplement parler à l'examinateur en chef pour être sûre d'avoir compris ses intentions.

— Ses intentions sont écrites ici. Elles sont parfaitement claires, non ?

— Oui.

Kestrel vit que la porte de la tour n'était pas complètement fermée.

– Oseriez-vous insinuer que, quand il a écrit cet ordre et l'a signé, il ne savait pas ce qu'il faisait ?
– Non.
– Alors, pourquoi n'exécutez-vous pas ses ordres ?
– Je vais m'y conformer, bien sûr. Je suis désolée.

Kestrel comprit qu'elle avait perdu sa seule protection. L'examinatrice tourna vers elle un regard navré, et dit encore, mais à Kestrel, cette fois :
– Je suis désolée.
– Ça ne fait rien, murmura Kestrel en lui serrant gentiment le bras. Merci d'avoir essayé.

Puis elle lui lâcha la main et se mit à courir.

Elle entra dans la tour et referma la porte derrière elle avant que les autres aient compris ce qui se passait. Il y avait un verrou à l'intérieur, qu'elle poussa aussitôt. Ce n'est qu'à ce moment-là, le cœur battant, qu'elle put regarder où elle se trouvait.

Elle était dans une petite entrée avec deux portes et un étroit escalier. Les deux portes étaient verrouillées. Elle entendit crier dehors, et cogner contre l'une des portes. Puis elle entendit des coups plus forts : ils essayaient de forcer le verrou. Enfin, une voix cria :
– Reste là, toi. Moi, je vais essayer de l'autre côté.

Elle n'avait pas le choix : elle commença à gravir l'escalier.

Elle monta et monta encore, et plus elle montait, plus il faisait sombre. Il lui sembla entendre, plus bas, des bruits de portes qu'on ouvrait et qu'on refermait, et elle continua à grimper le plus vite possible. Elle montait, montait, tournait, tournait, et vit de la lumière tout en haut. Elle arriva devant une petite fenêtre à barreaux, profondément enfoncée dans la maçonnerie de la tour. Par la fenêtre, elle aperçut les toits du palais et un petit bout de la place où se dressait la statue de l'Empereur Créoth.

Les escaliers montaient toujours au-dessus d'elle, et elle reprit son ascension, le souffle court, les jambes douloureuses. Plus elle grimpait, plus la lumière qui venait de la petite fenêtre, à présent bien en dessous d'elle, s'affaiblissait. Des sons étranges et déformés lui parvenaient d'en bas, le bruit de pas précipités, le grondement de voix. Elle montait, montait toujours, plus lentement à présent, se demandant où menait cet escalier et si, en arrivant au sommet, elle ne se trouverait pas devant une autre porte verrouillée.

Une deuxième fenêtre apparut. Épuisée, tremblante, elle s'autorisa un petit moment de repos et regarda la ville. Elle aperçut des gens qui marchaient dans les rues, vit les boutiques et les maisons élégantes du Quartier Écarlate. Puis elle entendit un bruit qui ressemblait beaucoup à des bottes dans l'escalier en colimaçon derrière elle. La peur lui donna la force de repartir et de grimper encore. Encore et encore, elle montait, forçant ses jambes à avancer, étourdie de fatigue ; elle suivait l'escalier tournant qui semblait ne jamais devoir finir. Clop ! clop ! clop ! faisait le bruit des bottes, en dessous, répercuté par les murs de pierre. « Ce n'est plus très loin, maintenant », psalmodiait-t-elle intérieurement, au rythme de ses pas. « Ce n'est plus très loin, ce n'est plus très loin. » Mais elle n'avait aucun moyen de savoir combien de temps encore elle devrait monter.

Soudain, au moment même où elle sentit qu'elle n'aurait plus la force de continuer, elle arriva sur un petit palier où il y avait une porte. Sa main trembla au moment où elle tourna la poignée. « S'il te plaît, implorait-elle, s'il te plaît, ouvre-toi. » Elle tourna la poignée et sentit qu'elle fonctionnait. Elle poussa, mais la porte ne s'ouvrit pas. Soudain, sa peur, qu'elle avait maîtrisée grâce à ce dernier espoir, explosa et l'envahit. Elle éclata en sanglots et se recroquevilla en boule, par terre, devant la porte. Là, elle entoura ses genoux de ses bras et pleura toutes les larmes de son corps.

Clop ! clop ! clop ! Les bottes montaient l'escalier, se rapprochant rapidement. Kestrel tremblait et sanglotait. Elle aurait voulu être morte.

Puis elle entendit un nouveau bruit. Des pas traînants, tout près d'elle. Le bruit d'un verrou qu'on pousse.

La porte s'ouvrit.

– Entre ! dit une voix impatiente. Entre vite !

Kestrel leva les yeux et vit un visage rouge et marbré, qui la regardait : des yeux proéminents et humides, une barbe grisonnante.

– Tu as vraiment pris ton temps, lui dit-il. Entre, maintenant que tu es là.

7
Les pleurs de l'Empereur

L'homme barbu referma la porte et la verrouilla derrière Kestrel ; il lui fit signe de se calmer. Ils entendaient clairement, à présent, le son des bottes qui montaient l'escalier. Puis quelqu'un arriva sur le palier et s'arrêta.

– Ça alors ! Je rêve ! dit une voix étonnée. Elle n'est pas là !

Ils virent la poignée de la porte tourner tandis que l'homme essayait de l'ouvrir. Et ils entendirent sa voix crier vers le bas de l'escalier :

– Elle n'est pas là, espèces de sacs à pustules ! J'ai grimpé ce fichu escalier et elle n'est même pas là !

Puis il se mit à redescendre l'escalier étroit, interminable, en grommelant. L'homme barbu eut un petit rire de plaisir.

– Sac à pustules ! dit-il. Ça fait longtemps que je n'avais pas entendu ça. C'est rassurant de voir qu'on se sert toujours des vieux jurons.

Il prit Kestrel par la main et la conduisit sous la lumière de l'une des fenêtres, pour mieux la voir. Elle le dévisagea à son tour. Il avait des vêtements bleus, ce qui la stupéfia. Personne ne portait de bleu à Aramanth.

– Eh bien, lui dit-il, je ne m'attendais pas à trouver quelqu'un comme toi, je dois l'avouer. Mais tu feras quand même l'affaire.

Il se dirigea vers une table, au milieu de la pièce, où était posée une grande coupe en verre pleine de pastilles en chocolat. Il en mangea trois, l'une après l'autre. Pendant ce temps, Kestrel, émerveillée, regardait par la fenêtre. La pièce dans laquelle elle se trouvait devait être au sommet de la tour ou presque, car elle était plus haute que les murailles de la ville. Dans une direction, elle voyait jusqu'à l'océan ; dans l'autre, les plaines désertes s'étendaient devant elle, jusqu'à la chaîne brumeuse des montagnes, au nord.

– C'est si grand, dit-elle.

– C'est grand, c'est vrai. Et même beaucoup plus grand que ce que tu peux voir d'ici.

Kestrel regarda la ville, en bas, avec ses quartiers – l'écarlate et le blanc, ses propres rues orange, les marron et les grises – le tout enfermé entre des murailles massives. Pour la première fois, elle fut frappée par cette étrange disposition.

– Pourquoi devons-nous avoir des murailles ?

– Oui, pourquoi ? dit l'homme barbu. Pourquoi avons-nous des quartiers de couleurs différentes ? Pourquoi devons-nous avoir des examens et des classements ? Pourquoi devons-nous travailler plus dur, aller plus loin, et rendre demain meilleur qu'aujourd'hui ?

Kestrel le regarda d'un air surpris. Il exprimait des idées qu'elle pensait être la seule à méditer.

– Pour l'amour de l'Empereur, dit-elle, en reprenant les mots du Serment de Dévouement, et pour la gloire d'Aramanth.

L'homme barbu eut un petit gloussement.

– Ah! s'exclama-t-il. C'est moi l'Empereur.

Et il mangea encore trois pastilles de chocolat.

– Vous?

– Oui, je sais. Cela doit paraître invraisemblable. Mais je suis Créoth VI, Empereur d'Aramanth. Et toi, tu es la personne que j'attends depuis si longtemps.

– Moi?

– Eh bien, je ne savais pas que ce serait toi. Pour être franc, je pensais que ce serait un fringant jeune homme. Quelqu'un de courageux, et de fort, tu sais, étant donné ce qu'il faut faire. Mais il s'avère que c'est toi.

– Oh non, dit Kestrel. Je ne vous cherchais pas. Je ne savais même pas que vous existiez. J'étais en fuite.

– Ne fais pas l'idiote. C'est forcément toi. Personne d'autre ne m'a jamais trouvé. On m'enferme ici pour que personne ne me trouve jamais.

– Vous n'êtes pas enfermé. Vous avez ouvert la porte vous-même.

– Ça, c'est un autre problème. L'essentiel, c'est que tu sois là.

Il était clair qu'il n'aimait pas être contredit et Kestrel se tut. Il continuait de manger d'autres pastilles de chocolat. Il semblait les avaler sans s'en apercevoir, ni se rendre compte qu'il aurait été poli d'en offrir à Kestrel. Elle ne savait pas si elle devait le croire quand il déclarait être l'Empereur mais, en regardant autour d'elle, elle vit que la pièce était luxueusement meublée. D'un côté, un lit décoré était entouré de rideaux, comme une tente. De l'autre, un secrétaire en bois magnifiquement sculpté, flanqué de bibliothèques remplies de beaux livres. Il y avait la table ronde sur laquelle était posée la coupe en verre, quelques profonds fauteuils en cuir et une grande baignoire à hauts bords. Des tapis moelleux recouvraient le sol et de lourds rideaux brodés garnissaient les fenêtres. Les fenêtres, disposées tout autour de la pièce, étaient profondément enfoncées dans le mur. Entre chacune d'elles, il y avait une porte. Huit fenêtres, huit portes. Kestrel était entrée par l'une de ces portes. Deux autres étaient ouvertes, et elle vit qu'elles donnaient dans des placards. Il en restait cinq. Il y en aurait bien une qui lui permettrait de sortir de la tour.

L'homme barbu s'éloigna de la coupe de pastilles en chocolat et se dirigea vers son secrétaire. Il commença à en ouvrir les petits tiroirs, un par un, cherchant manifestement quelque chose.

— S'il vous plaît, monsieur, demanda Kestrel. Est-ce que je peux rentrer chez moi, maintenant ?

— Rentrer chez toi ? Que veux-tu dire ? Il n'en est pas question ! Tu dois aller aux Châteaux du Morah et la rapporter.

— Qu'est-ce que je dois rapporter ?

— J'ai des instructions là, quelque part. Ah, voilà !

Il sortit un vieux parchemin, poussiéreux et jauni par les ans, et le déroula.

– C'est moi qui aurais dû m'en charger, bien sûr, dit-il en soupirant et en regardant le parchemin. Eh bien, c'est parfaitement clair, je crois.

Kestrel regarda le rouleau de parchemin qu'il lui présentait. Il était craquelé et décoloré, mais elle vit aussitôt que c'était une carte. Elle distingua la ligne de l'océan et un petit croquis qui ne pouvait être qu'Aramanth.

Un chemin bien tracé partait d'Aramanth, traversait les plaines et allait jusqu'à une chaîne de montagnes. Par endroits, et surtout là où finissait le chemin, des signes, des tas de symboles étaient griffonnés : on aurait dit des mots écrits avec un alphabet qu'elle ne connaissait pas.

Elle leva les yeux, perplexe.

– Ne me regarde pas avec cet air ahuri, ma fille. Si tu ne comprends pas, pose-moi des questions.

– Je n'y comprends rien.

– C'est impossible, voyons ! Tout est d'une simplicité absolue. Regarde, nous sommes là.

Il désigna Aramanth sur la carte.

– Voilà la route que tu dois suivre. Tu la vois ?

Son doigt suivit le chemin indiqué au nord d'Aramanth.

– Tu dois prendre cette voie, sinon tu rateras le pont. C'est le seul chemin possible, tu comprends ?

Son doigt désignait une ligne irrégulière qui traversait la carte d'un bout à l'autre. Elle avait un nom, en lettres tremblées, mais Kestrel ne le comprit pas plus que les autres mots.

– Mais pourquoi est-ce que je devrais faire ça ?

– Par la barbe de mes ancêtres ! s'exclama-t-il. M'aurait-on envoyé un enfant sans cervelle ? Mais pour chercher la voix, bien sûr ! Pour que le Chanteur de Vent puisse de nouveau chanter !

– La voix du Chanteur de Vent !

Un frisson parcourut Kestrel.

« C'est vrai, se dit-elle. C'est donc vrai. »

L'Empereur retourna la carte ; de l'autre côté, des mots étaient écrits avec ces lettres étranges, à côté d'un dessin décoloré qui représentait une forme que Kestrel reconnut aussitôt.

Il s'agissait de la lettre C contournée qu'elle avait vue gravée dans le cou du Chanteur de Vent.

– Et voilà !

Kestrel se pencha sur le dessin et sentit un mélange d'excitation et de peur l'envahir.

– Qu'arrivera-t-il quand le Chanteur de Vent recommencera à chanter ?

– Nous serons délivrés du Morah, bien sûr.

– Délivrés du Morah ?

– Délivrés du Morah, répéta-t-il lentement, d'une voix forte.

– Mais le Morah, c'est simplement une histoire qu'on raconte.

– Simplement une histoire ! Par la barbe de mes ancêtres ! Simplement une histoire ! Notre ville est pire qu'une prison, les gens se consument dans la haine et l'envie, et tu dis que ce n'est qu'une histoire ! C'est le Morah qui dirige Aramanth, mon enfant ! Tout le monde le sait !

– Non, dit Kestrel, personne ne le sait. Tout le monde croit que le Morah, c'est de l'histoire ancienne.

– Vraiment ? s'étonna l'Empereur en la regardant d'un air soupçonneux. Eh bien, cela montre à quel point le Morah est habile, n'est-ce pas ?

– Oui, j'imagine.

– Alors, tu me crois, maintenant ?

– Je ne sais pas. Tout ce que je sais, c'est que je hais l'école, les examens, les examinateurs, et que je hais Aramanth.

– C'est normal. C'est le résultat de tout ce que le Morah a fait. On dit qu'Aramanth est une société parfaite. Eh bien, a-t-on réussi à en chasser la peur et la haine ? Non, bien sûr. Le Morah veille à ce qu'elles soient bien là.

Le plus étrange c'est que, en l'écoutant, Kestrel s'aperçut que tout ce qu'il disait avait une certaine cohérence. Elle regarda de nouveau le dessin au dos de la carte.

– Comment l'avez-vous eue ?

– C'est mon père qui me l'a donnée. Lui-même l'avait reçue de son père, et ainsi de suite jusqu'à Créoth Ier, celui qui a retiré sa voix au Chanteur de Vent.

– Pour sauver la ville de l'attaque des Zars.

– Ah, tu sais quand même quelque chose !

– Pourquoi le Morah voulait-il cette voix ?

— Pour empêcher le Chanteur de Vent de chanter, bien sûr. Le Chanteur de Vent était là pour protéger Aramanth du Morah.

— Alors, pourquoi le premier Empereur a-t-il donné la voix ?

— Pourquoi ? Eh oui, pourquoi ! soupira-t-il en hochant tristement la tête. Mais qui pourrait le lui reprocher ? Il a vu l'armée des Zars et pas nous. La peur, mon enfant. Voilà la réponse à ta question. Il savait que le Chanteur de Vent avait du pouvoir, mais avait-il vraiment le pouvoir d'arrêter les Zars ? L'Empereur pouvait-il prendre ce risque ? Non, ce n'est pas à nous de le blâmer pour ce qu'il a fait il y a si longtemps. Comme tu vois — il désigna du doigt les étranges caractères qui entouraient la carte — il a regretté toute sa vie ce qu'il avait fait.

Kestrel regarda fixement les mots incompréhensibles.

— Le Chanteur de Vent avait donc le pouvoir d'arrêter le Morah ?

— Qui sait ? Mon grand-père, qui était un homme sage, disait que cette voix devait avoir un pouvoir. Sinon, pourquoi le Morah l'aurait-il tant désirée ? Et, comme tu le vois, au dos de la carte, il est écrit : *La chanson du Chanteur de Vent vous rendra libres.*

— Libres ? Délivrés du Morah ?

— Bien sûr, délivrés du Morah. Qu'est-ce que ça pourrait être d'autre ? Délivrés des poissons volants ? Et ne me regarde pas avec cet air ahuri. Nous devrions déjà en avoir fini avec ça.

– Alors pourquoi personne n'est allé rechercher la voix depuis ce temps-là ?

– Pourquoi ? Tu crois que c'est facile ?...

Il s'interrompit brusquement.

– Remarque, ce n'est pas si difficile que cela. Et il faut que ce soit fait, bien sûr. Mais, tu sais, pendant longtemps, tout sembla aller pour le mieux. Les Zars étaient partis, et les changements se produisaient si lentement que personne ne s'aperçut vraiment de ce qui se passait. Ce fut seulement à l'époque de mon grand-père qu'il devint clair qu'avoir cédé la voix du Chanteur de Vent avait été une terrible erreur. Mais mon grand-père était déjà très vieux. Alors, il a remis la carte à mon père. Or, mon père est tombé malade. Il m'a donné la carte avant de mourir, mais j'étais encore un tout petit enfant. Et maintenant, tu es venue, et c'est à toi que je remets la carte. Quoi de plus simple ?

Il retourna près de son secrétaire et referma les tiroirs qu'il avait ouverts : click, click, click.

– Vous n'êtes plus un petit enfant, à présent, lui dit Kestrel.

– Bien sûr que non.

– Alors, pourquoi n'y allez-vous pas vous-même ?

– Parce que je ne peux pas, c'est tout. C'est à toi d'y aller.

– Je suis désolée. Il doit y avoir une erreur quelque part. Je n'ai rien de spécial.

L'Empereur la regarda d'un air accusateur.

– Si tu n'as rien de spécial, comment se fait-il que tu sois la seule personne qui soit jamais arrivée jusqu'ici ?

– J'étais en fuite.
– À qui voulais-tu échapper ?
– Aux examinateurs.
– Ah ! Tu vois ! C'est une chose très inhabituelle à Aramanth. Personne d'autre n'essaie d'échapper aux examinateurs. Tu dois donc avoir quelque chose de spécial.
– Je hais simplement les examinateurs, je hais l'école et je hais les examens.

Elle était au bord des larmes.

– Eh bien, cela montre que tu es précisément la personne adéquate, lui dit l'Empereur. Lorsque tu auras retrouvé la voix et que tu l'auras rendue au Chanteur de Vent, il n'y aura plus d'examens.
– Plus d'examens ?
– Alors tu vois bien qu'il faut y aller.
– C'est vous qui devriez y aller, si vous êtes l'Empereur.

Il la regarda tristement.

– J'irais bien, lui dit-il. Franchement, j'aimerais bien y aller. Mais il y a une difficulté.

Il passa devant les portes et les ouvrit toutes. Trois d'entre elles donnaient sur des paliers, d'où l'on voyait descendre des marches.

– Parfois, je décide de descendre, dit-il. Par exemple, je pourrais choisir cette porte et partir.

Il fit quelques pas vers la porte, puis s'arrêta.

– Encore une pastille de chocolat, et j'y vais.

Il retourna vers la coupe, au milieu de la pièce.

– Prenez-en une poignée, lui dit Kestrel. Comme ça, vous n'aurez plus besoin de revenir.

—Cela paraît facile, dit l'Empereur en soupirant.

Mais il fit ce qu'elle lui avait conseillé et prit une poignée de pastilles en chocolat. Puis, il retourna vers la porte en les mangeant au fur et à mesure. Sur le seuil, il s'arrêta de nouveau.

—Et que ferai-je quand j'aurai fini celles-là ?

Il se mit à compter les pastilles qu'il avait dans la main.

—Une, deux, trois…

—Prenez la coupe, lui dit Kestrel.

Il retourna vers la table et prit la coupe en verre. Juste avant d'arriver sur le seuil, il s'arrêta de nouveau.

—On dirait qu'il y en a beaucoup, dit-il, mais il n'y en aura bientôt plus.

—Il arrivera forcément un moment où la coupe sera vide.

—Oui, c'est ça le problème, vois-tu. Elle est remplie chaque jour. Mais si je l'emporte avec moi, comment pourront-ils la remplir ?

Il revint à la table et remit la coupe à sa place.

—Il vaut sans doute mieux la laisser ici.

Kestrel le dévisagea.

—Pourquoi aimez-vous tant les pastilles de chocolat ?

—Eh bien, je ne sais pas si je les aime tant que ça. Elles me sont simplement nécessaires.

—Nécessaires ?

—Est-il vraiment indispensable d'en parler ? C'est très difficile à expliquer. J'ai besoin d'en avoir à portée de main, même quand je n'en mange pas. À vrai dire, parfois, les jours passent et je n'y touche pas du tout.

—Vous n'avez pas cessé d'en manger.

– C'est parce que je suis nerveux. Je n'ai pas souvent de visiteurs. En fait, je n'en ai jamais.
– Depuis combien de temps vivez-vous ainsi ?
– Oh, depuis toujours.
– Depuis toujours ? Vous avez vécu toute votre vie dans cette pièce ?
– Oui.
– Mais c'est idiot !
– Je sais.

Il leva une main et, soudain, se gifla le visage.
– Je suis un idiot. Un bon à rien.

Il se gifla de nouveau, plus fort.
– Je suis la honte de mes ancêtres.

Il recommença à se donner des claques partout, sur son visage, sa poitrine, son estomac.
– Je ne fais rien d'autre que manger et dormir. Je suis gros et fatigué, et tellement, tellement triste ! Je ne vais jamais nulle part, je ne vois jamais personne ! Pas de conversation, pas de distraction ! Il vaudrait encore mieux être mort, mais je n'ai même pas le courage de me tuer.

Il sanglota, en continuant à se gifler.
– Je suis désolée, lui dit Kestrel. Je ne vois pas ce que je peux faire.
– Oh, ce n'est pas grave, dit l'Empereur en pleurant abondamment. Ça finit toujours ainsi. Je suis facilement surmené, tu sais. Il vaut mieux que je me repose.

Et sans plus de cérémonie, il monta, tout habillé, sur son grand lit à baldaquin, tira les couvertures sous son menton et s'endormit.

Kestrel resta là, attendant qu'il se produise quelque chose d'autre. Au bout d'un moment, l'Empereur se mit à ronfler. Alors, elle se dirigea sur la pointe des pieds vers l'une des portes qui ouvraient sur un escalier, et descendit doucement les marches, en tenant toujours le rouleau de parchemin à la main.

8
Le déshonneur de la famille Hath

Quand Kestrel arriva à la porte de la tour par laquelle elle était entrée, elle s'arrêta et regarda la cour par le trou de la serrure. Elle vit deux gendarmes qui marchaient de long en large, l'air mauvais, mais désœuvré. Elle cacha la carte dans une poche, inspira profondément, et ouvrit la porte en criant :
– Au secours ! L'Empereur ! Au secours !
– Quoi ? s'écria le gendarme le plus proche. Où ?
– Là-haut, dans sa chambre ! L'Empereur ! Allez vite l'aider !
Elle semblait si bouleversée que les gendarmes ne s'attardèrent pas davantage, et s'élancèrent à toute vitesse dans l'escalier. Kestrel traversa la cour à toute allure, se précipita dans un long couloir, puis sortit par la porte qui était tout au bout. Elle se retrouva sur la grande place, près de la statue de Créoth Ier.
Elle se rapprocha du Quartier Orange en suivant des passages et des rues secondaires, prenant garde de ne pas se faire remarquer par les autorités de la ville. Mais, en tournant dans sa rue, elle comprit immédiatement

qu'il lui serait impossible de rentrer chez elle en passant inaperçue. Un petit groupe s'était rassemblé devant sa maison, et la plupart des voisins regardaient par la fenêtre. Des deux côtés de la porte close, se tenaient deux gendarmes du quartier, qui tripotaient leur insigne d'un air grave. Tout le monde semblait attendre quelque chose.

Tandis que Kestrel se rapprochait de plus en plus lentement, Rufy Blesh l'aperçut et se précipita vers elle.

— Kestrel, lui cria-t-il, tout excité, tu vas avoir de gros ennuis. Et ton père aussi.

— Qu'est-ce qui s'est passé ?

— On va l'emmener suivre un Cycle d'Études en Résidence.

Il baissa la voix.

— En fait, mon père m'a dit que sous ce nom se cache une vraie prison. Ma mère dit que c'est une honte, et que c'est une chance qu'on soit admis au Quartier Écarlate car, après ça, on ne pourra plus vous parler.

— Alors, pourquoi me parles-tu ?

— Eh bien, pour le moment, ils ne l'ont pas encore emmené, dit Rufy.

Kestrel se rapprocha de chez elle autant qu'elle le put, puis se glissa dans une petite allée latérale. Elle courut le long de la ruelle où s'entassaient les poubelles, et arriva à l'arrière de la maison. Elle vit sa mère derrière la fenêtre de la cuisine, qui faisait les cent pas, avec Pim dans les bras, mais aucune trace de Bowman. Elle lui envoya un appel silencieux :

« Bo ! Je suis là ! »

Elle sentit aussitôt sa présence et le soulagement qu'il éprouva en comprenant qu'elle était saine et sauve.

« Kess ! Tu es vivante ! »

Il apparut à la fenêtre de leur chambre. Elle sortit de l'ombre et se montra.

« Fais attention, ne te montre pas, Kess. Ils sont venus te chercher. Ils vont emmener papa.

– Je vais entrer dans la maison. Il faut que je le voie. »

Bowman quitta la fenêtre, descendit l'escalier et se rendit dans la pièce au milieu de laquelle se trouvait son père, en train de faire sa valise. Le professeur Batch était assis sur le canapé à côté d'un membre supérieur du Collège des Examinateurs, le professeur Minish. Tous deux avaient l'air grave et rébarbatif. Le professeur Batch sortit une montre et la regarda.

– Nous avons déjà une demi-heure de retard sur l'horaire prévu, déclara-t-il. Nous ne pouvons pas savoir quand la fille reviendra. Je propose que nous y allions.

– Vous devrez prévenir les gendarmes dès qu'elle rentrera à la maison, dit le professeur Minish.

– Mais je ne serai pas là, répondit doucement Hanno.

– Dépêchez-vous, monsieur, dépêchez-vous.

Le professeur Batch s'énervait en voyant la nonchalance avec laquelle Hanno regardait le tas de vêtements et de livres par terre.

– N'oublie pas tes affaires de toilette, pa, lui dit Bowman.

– Mes affaires de toilette ?

Hanno Hath regarda son fils. Bowman lui-même lui avait descendu sa brosse à dents et son rasoir, une demi-heure plus tôt.

– Dans la salle de bains…
– Dans la salle de bains ?

Il comprit.

– Ah, oui.

Le professeur Minish avait suivi cette petite conversation avec exaspération.

– Allons, dépêchez-vous, mon vieux !
– Oui, je me dépêche.

Hanno Hath monta l'escalier et se dirigea vers la salle de bains. Ira Hath entra dans la salle de séjour avec Pim dans les bras. Celle-ci sentait l'anxiété ambiante et pleurait d'une petite voix plaintive.

– Voudriez-vous boire quelque chose, en attendant ? demanda Mme Hath aux deux professeurs.

– Pourquoi pas un verre de citronnade, si vous en avez, dit le professeur Minish.

– Aimez-vous la citronnade, professeur Batch ?
– Oui, madame. Une citronnade serait la bienvenue.

Mme Hath retourna dans la cuisine.

Hanno Hath retrouva sa fille qui l'attendait dans la salle de bains. Il la prit silencieusement dans ses bras et l'embrassa, profondément soulagé.

– Ma fille chérie, ma petite Kess. J'avais craint le pire.

En chuchotant, elle lui parla du Service d'Éducation Spécialisée, et il ne put s'empêcher de grommeler à haute voix :

– Ne les laisse jamais t'emmener là-bas ! Jamais, jamais, jamais !

– Pourquoi ? Qu'est-ce qui se passe, là-bas ?

Mais il se contenta de secouer la tête en répétant :

– Ne les laisse jamais t'emmener là-bas.

Puis elle lui parla de l'homme qui prétendait être l'Empereur.

– L'Empereur ! Tu as vu l'Empereur ?

– Il m'a dit que je devais aller chercher la voix du Chanteur de Vent. Il m'a donné ça.

Elle lui montra la carte. Il la déroula et la regarda, stupéfait. Ses mains se mirent à trembler tandis qu'il tenait le vieux rouleau de parchemin.

– Kess, mais c'est extraordinaire…

– Il m'a dit que le Morah existe vraiment et que nous sommes tous en son pouvoir.

Son père hocha la tête pensivement.

– C'est écrit en vieux manth, dit-il. Cette carte a été faite par le peuple du Chant.

– Qui est-ce ?

– Tout ce que je sais, c'est que ce peuple vivait il y a très longtemps et que c'est lui qui a construit le Chanteur de Vent. Oh, Kess, oh, Kess, ma chérie, ma petite fille. Comment pourrais-je sortir de là ? Et toi, qu'est-ce qu'ils vont te faire ?

Kess était maintenant gagnée par l'excitation de son père. Elle le tint fermement par le bras, comme pour l'empêcher de partir où que ce soit sans elle.

– Alors, tout cela est vrai ?

– Oui, c'est vrai. Je le sais. Je comprends le vieux

manth. Regarde, là, il est écrit : *La Grande Voie*. Ici, *La Fêlure de la Terre*. Et là, *Les Châteaux du Morah*. Là encore, *Dans le Feu*.

Il retourna la carte, regarda les inscriptions qui y figuraient, et le curieux C qui était dessiné à côté.

– C'est la marque du peuple du Chant.

– L'Empereur a dit que c'était la voix du Chanteur de Vent.

– Cette voix devait donc avoir la forme de leur marque.

Il étudia attentivement les lettres à moitié effacées, remettant ensemble certains mots, parlant à voix basse.

– La chanson du Chanteur de Vent... vous rendra libres. Alors cherchez... le Pays des Origines.

Il regarda Kestrel, les yeux brillants.

– Oh Kess, si seulement je pouvais m'enfuir...

Il se mit à arpenter la petite salle de bains, élaborant plusieurs plans extravagants. Puis il hocha la tête avec amertume.

– Non... Ils prendraient Ira et les enfants...

Il frissonna.

– Il vaut mieux que je coopère. Ma punition n'est pas si terrible. Je dois suivre un Cycle d'Études en Résidence jusqu'au Grand Examen.

– Résidence, tu parles ! C'est une prison !

– Allons, allons, dit doucement son père. Ils ne me feront pas de mal. Peut-être que, si je travaille dur, j'aurai de meilleurs résultats au Grand Examen et que je pourrai leur demander de te donner une deuxième chance.

— Je ne veux pas de deuxième chance. Je les hais.
— Mais je ne supporterai pas que…
Il s'interrompit en haussant les épaules.
— Je ferais tout pour toi, ma chérie. Je mourrais pour toi. Mais il semble que l'épreuve qui me soit réservée est de savoir que je ne peux rien faire.

Il se tut, et regarda la carte. Ils entendirent la voix désagréable du professeur Minish crier, en bas de l'escalier :
— Dépêchez-vous, monsieur. Nous attendons !
— L'Empereur a dit que si je rapportais la voix et que le Chanteur de Vent recommençait à chanter, il n'y aurait plus d'examens, dit Kestrel.
— Ah, il a dit ça ?
La tristesse disparut un instant de son regard.
— Mais, ma petite fille adorée, tu ne peux pas y aller, tu n'es qu'une enfant. De toute façon, ils ne te laisseraient pas quitter la ville. Ils te surveillent. Non, il faut attendre que je revienne à la maison pour s'en occuper.

Dans la pièce du bas, les professeurs attendaient, de plus en plus impatients à mesure que le temps passait, et de plus en plus assoiffés. Quand Mme Hath revint de la cuisine, elle portait Pim qui s'était endormie dans ses bras. Le professeur Batch, qui désirait ardemment sa citronnade, lui lança un regard perçant. Le professeur Minish fronça les sourcils et regarda de nouveau sa montre.
— Vous nous avez parlé de citronnade, tout à l'heure, lui dit le professeur Batch.

— De citronnade ?

— Vous nous avez proposé de boire quelque chose, dit-il d'une voix un peu plus coupante.

— Ah bon ? dit-elle, surprise.

— Oui, madame. Vous nous avez demandé si nous aimerions un peu de citronnade.

— Oui, je m'en souviens.

— Et nous vous avons répondu de façon affirmative.

— Oui, je me souviens de cela aussi.

— Mais vous ne nous en avez pas apporté.

— Vous en apporter, professeur Batch ? Je ne comprends pas.

— Vous nous avez demandé si nous aimerions un peu de citronnade, répéta-t-il lentement, comme s'il parlait à un élève particulièrement stupide, et nous vous avons dit oui. Maintenant, vous devez nous en apporter.

— Pourquoi ?

— Parce que… parce que… Nous en avons envie.

— Mais, professeur Batch, il doit y avoir un malentendu. Je n'ai pas de citronnade.

— Vous n'avez pas de citronnade ? Mais madame, vous nous en avez proposé. Comment pouvez-vous le nier ?

— Comment aurais-je pu vous offrir de la citronnade si je n'en ai pas à la maison ? Non, monsieur. Je vous ai demandé si vous aimiez la citronnade. Ce n'est pas du tout la même chose.

— Grands dieux, femme ! Pourquoi demander à un homme s'il aime quelque chose alors que vous n'avez pas l'intention de le lui donner ?

– Vous avez un curieux raisonnement, professeur Batch. Serais-je censée vous donner tout ce que vous aimez ? Je ne doute pas que vous aimiez les longues soirées d'été, mais j'espère que vous n'allez pas m'envoyer vous en chercher une !

Le professeur Minish se leva.

– Appelez les gendarmes, dit-il. Trop, c'est trop.

– Nous allons retrouver votre fille et elle devra rendre des comptes. Croyez-moi !

Le professeur Minish cria vers l'escalier :

– Vous venez, monsieur ? Ou il faut aller vous chercher ?

La porte de la salle de bains s'ouvrit et Hanno sortit. Tandis qu'il descendait l'escalier, le professeur Batch ouvrit la porte d'entrée.

– M. Hath arrive, dit-il aux gendarmes.

Dehors, la foule se pressa vers la porte.

Hanno Hath entra dans la pièce du bas et fit ses adieux à sa famille. Il embrassa la petite Pim qui dormait toujours dans les bras d'Ira. Il embrassa sa femme qui, malgré tous ses efforts, ne put retenir ses larmes. Puis il embrassa Bowman en lui murmurant :

– Veille sur Kess pour moi.

Il prit sa valise d'une main et sortit.

Les gendarmes l'encadrèrent et se mirent au pas, tandis que les deux professeurs en toge écarlate les suivaient en se dandinant. La foule s'écarta, regardant passer le petit cortège en silence. La famille Hath resta ensemble, sur le perron de la maison, pour le voir partir. Bowman et Ira gardaient la tête haute et lui faisaient des signes de la main, comme s'il partait en voyage.

Mais les badauds hochaient tristement la tête en murmurant :

— Pauvre homme, qui doit supporter toute cette honte !

Lorsque le petit cortège arriva au coin de la rue, Hanno Hath s'arrêta un instant et se retourna pour voir sa famille. Il fit un dernier signe d'adieu, un grand geste du bras au-dessus de sa tête, et sourit. Bowman n'oublia jamais ce geste, ni ce sourire car, tandis qu'il le regardait du perron de la maison, il perçut les sentiments de son père d'une façon très soudaine et très claire. Il sentit l'immensité de son amour pour eux, chaud, fort, inépuisable, et entendit son cri silencieux et désolé qui signifiait : « Dois-je vous quitter pour toujours ? »

Au même instant, le père de Rufy Blesh, qui se tenait près de là, vit ce sourire et ce geste d'adieu plein de défi. Bowman l'entendit dire à sa femme :

— Il peut sourire autant qu'il veut, ils ne le laisseront plus jamais revoir sa famille.

C'est à ce moment-là que Bowman décida, en son for intérieur, qu'il ferait tout pour ramener son père, qu'il détruirait Aramanth s'il le fallait car, entre une vie entière dans ce monde propre et ordonné et un seul instant où il pourrait revoir le bon sourire aimant de son père, il avait fait son choix.

9
La fuite hors d'Aramanth

Cette nuit-là, les gardes se postèrent tout autour de la maison, pour arrêter Kestrel quand elle rentrerait chez elle. Ils pensaient qu'elle reviendrait quand il ferait nuit. Mais elle était déjà dans la maison, bien sûr, et se gardait d'approcher des fenêtres.

Lorsque la nuit tomba et qu'Ira put tirer les rideaux sans éveiller de soupçons, Kestrel se sentit plus libre de ses mouvements.

Ira Hath refusa de céder à la panique ou au désespoir. Elle répéta si souvent et avec tant de fermeté : « Votre père va revenir » que les jumeaux commencèrent à y croire. Elle donna à manger à Pim, lui fit prendre un bain, comme tous les soirs. Avec ses trois enfants, elle fit les vœux de la nuit, comme toujours, bien que ce ne fût pas la même chose sans leur père.

Mais en souhaitant tous qu'il revienne à la maison, ils eurent un peu l'impression qu'il était là, avec eux. Ensuite, Ira alla coucher Pim dans son petit lit, comme d'habitude. Enfin, quand la fillette fut endormie, elle s'assit avec les jumeaux, croisa les mains sur ses genoux et dit :

—Racontez-moi tout.

Kestrel lui expliqua ce qui lui était arrivé, et ce que son père lui avait dit. Puis elle sortit la carte et, avant de les oublier, écrivit à côté de chaque ensemble de lettres les mots que son père lui avait traduits : *La Grande Voie, Les Châteaux du Morah, Dans le Feu.*

Au dos de la carte, elle écrivit, également de mémoire, la traduction de l'inscription : *La chanson du Chanteur de Vent vous rendra libres. Alors cherchez le Pays des Origines.*

—Ah, notre pays ! s'exclama Ira Hath en soupirant. On ne s'est jamais vraiment senti chez soi, ici.

—Où est-il, ce pays ?

—Qui sait ? Mais nous le saurons quand nous le trouverons.

—Comment ?

—Nous le saurons, car nous nous sentirons vraiment chez nous.

Elle regarda la carte encore un moment puis la roula de nouveau.

—Quoi qu'il en soit, il vaut mieux attendre que votre père revienne, dit-elle. Pour l'instant, il faut décider de ce que tu vas faire.

—Je ne peux pas me cacher ici, dans la maison ? demanda Kestrel.

—Ma pauvre chérie, je ne crois pas qu'on nous permette d'y rester très longtemps.

—Je ne les laisserai pas m'emmener. Jamais !

—Non, non. Nous devons te cacher. Je vais réfléchir à ce qu'on peut faire.

Les émotions de cette longue journée les avaient épuisés, surtout Kestrel, aussi Ira Hath décida-t-elle de remettre la discussion au lendemain matin. Mais ils n'imaginaient pas que la punition tomberait si rapidement.

Le soleil venait tout juste de se lever quand ils furent réveillés par des coups frappés violemment contre la porte d'entrée.

— Debout ! Levez-vous ! C'est l'heure de partir !

Mme Hath ouvrit la fenêtre de sa chambre et se pencha pour voir ce qui se passait. Un escadron de gendarmes était dans la rue.

— Emballez vos affaires ! lui cria l'un d'eux. Vous déménagez !

Ils avaient été relogés : pas dans le Quartier Marron, comme ils s'y attendaient, mais dans le Quartier Gris. Leur nouveau logement consistait en une seule pièce, dans un immeuble de dix étages, partagé par trois cents familles. Leur maison à Orange devait être remise à une nouvelle famille avant midi.

Ira Hath ne se laissa pas abattre.

— Ça fera toujours ça de moins à nettoyer, dit-elle, en réveillant Pim.

Le problème le plus urgent était Kestrel. Les gendarmes surveillaient toujours la maison. Comment la famille pourrait-elle en sortir sans que l'adolescente soit découverte ?

Quelques instants plus tard, deux gardiens descendirent la rue en traînant une charrette pour transporter les affaires de la famille Hath dans le Quartier Gris. Les voisins s'étaient levés, à présent, et nombre d'entre eux étaient sortis pour assister à l'intéressant spectacle qui allait bientôt se dérouler sous leurs yeux.

— Il va y avoir des larmes. La mère sort toujours en pleurs quand la famille est rétrogradée. Mais les nouveaux, ah, ceux-là, ils seront tout sourire !

— Et le bébé ? Ils ont bien un bébé ? Il ne va rien comprendre à ce qui lui arrive.

— Mais les jumeaux, eux, ils sont malins comme des singes. Et tous les deux !

— Vous êtes au courant de ce que la fille a fait ? Je savais qu'elle tournerait mal.

— Elle doit s'en mordre les doigts, maintenant !

À l'intérieur de la maison, Ira Hath et les jumeaux discutaient pour savoir s'ils pourraient cacher Kestrel dans le grand coffre à linge. Bowman regarda par la fenêtre ; il vit les gendarmes, les gardiens, les voisins et fit signe que non.

— C'est trop risqué, dit-il.

Mais il aperçut aussi une petite silhouette perdue dans la foule. C'était Mumpo. Il rôdait furtivement, les yeux fixés sur la porte d'entrée, espérant de toute évidence apercevoir Kestrel.

— Mumpo est dehors, dit-il.

— Ah non ! Encore ce vieux Mumpo puant !

— J'ai une idée.

Bowman alla jusqu'au placard de leur chambre, où il prit la lourde cape d'hiver de Kestrel, un long vêtement orange avec un capuchon pour se protéger du froid. Il la plia, en l'aplatissant le plus possible, et la cacha sous sa tunique.

— Je vais parler à Mumpo, dit-il. Ne faites rien avant mon retour.

— Mais Bo…

Il était déjà parti.

— Alors, vous êtes prêts ? lui cria un gardien du Quartier Gris, lorsque Bowman sortit par la porte principale.

— Pas encore, répondit-il. Ma mère est méticuleuse quand elle fait ses valises.

Il courut tout le long de la rue, pour éviter de répondre à la curiosité de ses voisins et ne s'arrêta que lorsqu'il fut hors de vue, après avoir tourné un coin. Comme il s'y attendait, Mumpo le rejoignit bientôt, soufflant et bavant.

— Bo ! Qu'est-ce qui se passe ? Où est Kess ?

— Est-ce que tu veux l'aider ?

— Oui. Où est-elle ?

Bowman sortit la cape de sous sa tunique et la déplia.

— Voilà ce que tu dois faire.

Bowman était rentré à la maison depuis une bonne heure quand sa mère ouvrit enfin la porte et dit aux gardiens qu'ils pouvaient prendre les malles. À leur grande surprise, elles avaient été bouclées dans la chambre du haut, la plus éloignée de la porte d'entrée.

— Pourquoi vous n'avez pas fait vos bagages dans l'entrée ? C'est pas drôle de monter et de descendre ce sacré escalier, vous savez !

Pour ajouter à la confusion, la famille Warmish, qui devait emménager dans la maison, était arrivée en avance, avec deux charrettes lourdement chargées. Les Warmish étaient naturellement impatients d'entrer et de voir leur nouveau logement, mais Ira Hath se planta devant la porte avec un sourire implacable, bien décidée à les empêcher de passer.

– Est-ce que la cuisine est grande ? demanda Mme Warmish. Est-ce qu'on peut y prendre le petit déjeuner ou est-ce simplement un coin cuisine ?

– Oh, c'est très spacieux, répondit Mme Hath. On peut manger à trente-six sur la table de la cuisine, si on veut.

– Trente-six ? Mon Dieu ! C'est bien vrai ?

– Et attendez de voir la salle de bains ! Huit adultes peuvent prendre leur bain en même temps, avec assez de place pour s'allonger dans la baignoire et se savonner.

– Eh bien, ma parole !

Cette dernière information étonna tellement Mme Warmish qu'elle en resta bouche bée et se contenta d'essayer de nouveau d'apercevoir quelque chose derrière le large corps de Mme Hath.

– Est-ce que le plancher est ciré ou verni ?

– Verni ? s'exclama Ira avec un profond mépris. De la pure cire d'abeille, je vous assure, comme dans les meilleures maisons !

Une à une, les malles furent descendues et portées jusqu'à la charrette. Les meubles restaient tous dans la maison, car le nouvel appartement serait beaucoup plus petit. Lorsque la dernière malle fut sortie de la maison, Mme Hath, qui gardait toujours la porte pour contrarier l'impatience des Warmish, hissa Pim dans ses bras, puis se retourna pour croiser le regard de Bowman. Il lui fit un bref signe de tête et se glissa derrière elle, sur le perron. De là, il fit quelques pas en avant, comme pour se diriger vers la charrette, mais soudain, il montra du doigt un point derrière l'attroupement et s'écria :

– Kess !

Tout le monde se retourna et vit la silhouette d'un enfant emmitouflé, tout au bout de la rue.

– Va-t'en, Kess ! Vite ! lui cria Bowman.

L'enfant fit demi-tour et se mit à courir.

Aussitôt les gendarmes et les gardiens partirent à sa poursuite et la foule des voisins se hâta de les suivre dans l'espoir d'assister à son arrestation.

Kestrel se glissa par la porte d'entrée ; elle serait passée complètement inaperçue si Pim ne l'avait vue, et ne s'était joyeusement écriée :

– Kess !

Le plus lent des gardiens, qui était encore en train d'attacher les malles dans la charrette au moment où avait commencé la poursuite, entendit ce cri et se retourna. Il vit Kestrel se précipiter dans l'allée latérale, Bowman à ses côtés.

– Elle est là ! Je l'ai vue ! s'écria-t-il en s'élançant lourdement derrière eux.

Les enfants couraient plus vite que lui et ils le semèrent rapidement mais, en réalité, ils ne savaient où aller. Leur plan s'était limité à faire sortir Kestrel de la maison. Ensuite ils s'étaient fiés à leur instinct et à la chance.

Ils s'arrêtèrent pour reprendre leur souffle.

Tout près, il y avait un recoin où des poubelles attendaient d'être vidées. Ils s'accroupirent derrière.

— Il faut sortir de la ville, dit Kestrel.

— Comment ? Nous n'avons pas de laissez-passer. Ils n'ouvrent pas les portes sans laissez-passer.

— On peut sortir par les mines de sel. Je l'ai vu. Mais je ne sais pas comment y aller.

— Tu m'as dit qu'elles servaient de cloaque, c'est bien ça ? lui demanda Bowman.

— Oui.

— Alors c'est là que doivent converger tous les égouts.

— Tu as raison, Bo !

Leurs yeux scrutèrent la chaussée et là, à quelques mètres d'eux, ils découvrirent une bouche d'égout. En même temps, ils entendirent leurs poursuivants qui les cherchaient en s'interpellant bruyamment.

— Ils se rapprochent.

— Tu es sûre qu'on peut sortir des mines de sel ?

— Non.

Un gardien apparut tout au bout de la rue. Ils n'avaient plus le choix. Ils coururent vers la bouche d'égout.

La dalle qui la recouvrait était ronde, en fer, et très lourde. Il y avait un anneau au milieu pour la soulever. Il n'était pas facile de le relever car il avait rouillé dans son alvéole : mais ils finirent quand même par passer leurs doigts dedans. Le gardien les aperçut et s'écria aussitôt :

– Ils sont là ! Hé, venez tous, je les ai trouvés !

La peur leur donna des forces, ils tirèrent ensemble et parvinrent à faire bouger la dalle. Centimètre par centimètre, ils dégagèrent l'ouverture jusqu'à ce qu'il y ait assez d'espace pour passer. Des échelons en fer descendaient dans le trou, et en dessous, on entendait le bruit de l'eau.

Kestrel passa la première et Bowman la suivit. Lorsqu'il arriva sous le niveau de la dalle, il essaya de la remettre à sa place, au-dessus d'eux, mais elle était trop lourde.

– Laisse tomber, lui dit Kestrel, allons-y.

Bowman descendit la petite échelle. En arrivant en bas, il se retrouva les pieds dans l'eau. Il était trop préoccupé de savoir où il allait pour regarder au-dessus de lui mais, s'il l'avait fait, il aurait vu une ombre se projeter soudain à travers la bouche d'égout restée ouverte.

– Ça va, dit Kestrel. Ce n'est pas profond. Suivons le courant.

Il avancèrent le long du tunnel, dans le noir, de l'eau jusqu'aux chevilles ; la lumière qui passait par le puits qu'ils avaient emprunté s'estompait peu à peu. Ils eurent l'impression de marcher très longtemps. Bowman ne disait rien, mais il avait peur de l'obscurité. Ils entendaient des bruits bizarres autour d'eux, des gargouillements et des écoulements d'eau, ainsi que l'écho de leurs pas. Ils dépassèrent d'autres conduits qui aboutissaient dans leur tunnel, et sentirent que la galerie s'élargissait de plus en plus au fur et à mesure qu'ils avançaient.

C'est alors qu'ils entendirent un son humide, quelque part derrière eux, mais qui ne venait pas de l'eau. Splash, splash, splash. Impossible de s'y tromper : quelqu'un les suivait.

Ils hâtèrent le pas. L'eau, plus profonde, leur arrivait aux mollets. Là-bas, plus loin, ils apercevaient une tache de lumière d'où provenait un vacarme assourdissant. Derrière eux, ils percevaient toujours le bruit de pas régulier de leur poursuivant.

Soudain, la galerie aboutit dans une grande caverne, au milieu de laquelle coulait une rivière tumultueuse. La lumière qui éclairait faiblement les parois scintillantes venait d'un grand trou tout au fond de la caverne, où se jetait la rivière. Ils se retrouvèrent au sec, sur des pierres plates.

Presque aussitôt, Bowman sentit une présence terrifiante tout près d'eux.

— On ne peut pas s'arrêter, dit-il. Il faut aller plus loin, vite !

— À la maison, dit une voix profonde. Rentrez à la maison avec nous.

Kestrel sursauta et scruta l'obscurité.

— Bo, c'était toi ?

— Non, répondit-il en tremblant violemment. Il y a quelqu'un d'autre.

— Un ami, dit la voix grave. Un ami en difficulté.

– Qui êtes-vous ? demanda Kestrel. Je ne vous vois pas.

Pour toute réponse, elle entendit le craquement d'une allumette, puis la flamme brillante d'une torche s'incurva dans l'air pour atterrir à quelques mètres d'eux. La torche resta là, sifflant et pétillant, jetant autour d'elle une auréole de lumière ambrée.

Sortant de l'obscurité et s'avançant dans le halo de lumière, apparut la silhouette d'un petit homme aux cheveux blancs. Il marchait à pas lents, comme un vieillard, mais lorsqu'il s'approcha plus près de la flamme vacillante, les jumeaux virent que c'était un garçon qui avait à peu près leur âge : les seules différences étaient ses cheveux complètement blancs ainsi que sa peau desséchée et ridée.

Il resta là un instant, les regardant tranquillement, puis il leur dit :

– Vous pouvez me voir, maintenant.

C'était la voix grave qu'ils avaient entendue avant, celle d'un vieil homme. Cette voix lasse et rauque, provenant du corps d'un enfant, produisait un effet particulièrement effrayant.

– Les Vieux Enfants, dit Kestrel. Ceux que j'ai déjà vus.

– Nous étions si impatients de t'avoir dans notre classe ! dit l'enfant aux cheveux blancs. Enfin, tout est bien qui finit bien, comme on dit. Suivez-moi, et je vais vous ramener.

– Mais nous ne voulons pas, protesta-t-elle.

– Vous ne voulez pas sortir d'ici ?

Sa voix apaisante rendait puérile la méfiance de Kestrel.

— Vous ne comprenez donc pas ? Sans mon aide, vous n'arriverez jamais à sortir de ce labyrinthe. Vous y mourrez.

Il y eut comme un rire dans le noir. L'enfant aux cheveux blancs sourit.

— Mes amis trouvent ça drôle.

D'autres enfants avancèrent, un par un, dans la flaque de lumière. Certains avaient les cheveux blancs, comme le premier, d'autres étaient chauves, tous étaient prématurément vieillis. Au début, Kestrel et Bowman crurent qu'ils n'étaient que quelques-uns, mais ils en virent sortir de plus en plus de l'ombre, marchant d'un pas traînant : une dizaine d'abord, puis une vingtaine, une trentaine et davantage encore. Bowman les regarda et frissonna.

— Nous sommes vos petits alliés, dit l'enfant aux cheveux blancs.

Et tous se mirent de nouveau à rire, avec leur grosse voix rauque d'adultes.

— Nous vous aidons et vous nous aidez. C'est honnête, non ?

Le garçon aux cheveux blancs vint plus près des jumeaux et leur tendit la main.

— Venez avec moi.

Derrière eux, les autres Vieux Enfants se rapprochèrent, à petits pas traînants. Ils leur tendaient la main, eux aussi. Ils ne semblaient pas très agressifs, plutôt curieux.

— Mes amis veulent vous caresser, dit leur chef d'une voix profonde, douce et distante.

Bowman avait si peur qu'il ne pensait qu'à s'enfuir. Il recula, voulant échapper à ces bras qui se tendaient vers lui. Mais derrière, il y avait la rivière qui roulait, tumultueuse, vers son trou souterrain. Les Vieux Enfants se rapprochèrent encore de lui, et il sentit une main effleurer son bras. Aussitôt, une sensation inconnue le submergea : c'était comme si on lui enlevait sa force. Il se sentit épuisé, endormi.

— Kess ! appela-t-il désespérément. Aide-moi !

— Laissez-le tranquille ! cria-t-elle.

Elle s'élança courageusement en avant et voulut frapper le garçon aux cheveux blancs pour le faire tomber par terre. Mais dès qu'elle le toucha, son coup faiblit et elle sentit son bras devenir flasque. L'air autour d'elle devint irrespirable, les sons s'estompèrent et s'évanouirent.

« Bo ! appela-t-elle. Il m'arrive quelque chose ! »

Bowman la vit tomber à genoux ; il sentait la faiblesse terrible qui s'emparait du corps de sa sœur. Il savait qu'il devait lui venir en aide, mais il restait pétrifié de terreur.

« Va-t'en, Kess, l'implora-t-il. Va-t'en ! »

— Je ne peux pas ! »

Il savait, il sentait qu'elle ne le pouvait pas. Elle était de plus en plus faible, comme si les Vieux Enfants l'emmenaient déjà avec elle.

« Je ne peux plus bouger, Bo. Aide-moi ! »

Bowman les vit se rassembler autour d'elle, mais il

était malade de peur, impuissant. Conscient de sa faiblesse, il se mit à pleurer de honte.

Soudain, il entendit un craquement. Une vraie tornade fonçait dans le tunnel, derrière eux, rugissant comme un animal sauvage, éclaboussant et donnant des coups de tous les côtés, faisant de grands moulinets avec les bras, et criant :

– *Rakka-Rakka-Rak ! Bubba-bubba-bubba-Rakka !*

Les Vieux Enfants firent un bond en arrière, effrayés. La tornade passa près de Bowman, le poussant dans la rivière bouillonnante. Les éclaboussures qu'il fit en tombant éteignirent la torche. Dans l'obscurité soudaine, Kestrel sentit qu'on la tirait vers le bord de la rivière et qu'on la poussait dans l'eau. Il y eut ensuite un troisième plongeon, et tous les trois tourbillonnèrent dans l'eau, entraînés par le courant vers le trou où se précipitaient les flots rugissants.

L'eau froide ranima Kestrel qui se mit à battre des pieds pour remonter à la surface. Elle aspira avidement une bouffée d'air. Puis elle vit la voûte basse et rocheuse approcher, et elle replongea sous l'eau. Elle resta quelques instants immergée, puis se retrouva soudain projetée en l'air au milieu de gerbes d'eau, et elle retomba aussitôt, entraînée dans une chute de plus en plus rapide. Elle s'efforçait de respirer, se disant : « C'est la fin, je vais me rompre les os », quand brusquement, avec un bruit sourd et un étrange chuintement, elle atterrit dans une boue molle et profonde.

10
Dans les mines de sel

Quand elle eut retrouvé ses esprits, Kestrel sentit l'odeur écœurante de l'air et comprit qu'elle avait atterri dans un coin du Lac Souterrain. Au-dessus d'elle, elle reconnut la grande voûte de sel gemme qu'elle avait déjà vue. Un peu plus loin, un trou laissait filtrer un peu de lumière qui éclairait faiblement la caverne. Devant elle s'étendait une nappe d'eau et de boue, sombre, luisante, nauséabonde. Derrière, la chute d'eau tumultueuse d'où elle était tombée. Elle chercha la plate-forme et la jetée avec les péniches amarrées, mais elles devaient être dans une autre partie des mines de sel, perdues dans les ténèbres.

Elle entendit un faible murmure, se retourna et vit Bowman qui pataugeait dans la boue.

– Ça va, Bo ? lui demanda-t-elle.

– Oui, dit-il.

Et il se mit à pleurer. Un peu parce qu'il était soulagé d'être toujours vivant, mais surtout parce qu'il avait honte.

– Ne pleure pas, Bo, lui dit Kestrel. Nous n'avons pas le temps.

— Oui, je sais. Excuse-moi.

Il implora son pardon en silence.

« J'aurais dû t'aider. Mais j'avais si peur. »

— C'est le Lac Souterrain, répondit sa sœur à haute voix pour lui changer les idées et ramener son attention sur des problèmes pratiques. Il y a une issue vers les plaines, j'en suis sûre.

Elle se retourna vers la boue liquide, et vit soudain en sortir une forme vaguement familière qui crachotait et grognait. Une fois debout, la curieuse apparition essuya la boue de son visage et lui fit un grand sourire.

— Mumpo !

— Salut, Kess, dit-il joyeusement.

— C'était donc toi !

— Je t'ai vue descendre dans le trou, dit-il. Je t'ai suivie. Je suis ton ami.

— Mumpo, tu m'as sauvée !

— Ils allaient te faire du mal. Je ne laisserai jamais personne te faire du mal, Kess.

Il était couvert de boue des pieds à la tête, et elle s'étonna qu'il puisse sembler si content.

Mais à présent ils étaient tous dans le même état, et dégageaient la même odeur pestilentielle.

— Mumpo, tu as été fort et courageux ; je te serai toujours reconnaissante de m'avoir sauvé la vie. Mais à présent, tu dois repartir.

Le visage du garçon s'assombrit.

— Je veux rester avec toi, Kess.

— Non, Mumpo.

Elle lui parlait gentiment mais avec fermeté, comme à un petit enfant.

—C'est moi qui suis recherchée, pas toi. Tu dois rentrer à la maison.

—Je ne peux pas. Je ne peux plus bouger les jambes.

C'est alors que Kestrel et Bowman s'aperçurent qu'ils étaient en train de couler. Pas vite, mais régulièrement.

—Ce n'est pas grave, dit Kestrel. Je suis déjà venue ici, on ne s'enfonce que jusqu'aux genoux.

Elle essaya de soulever une jambe, mais sans succès.

« Kess, lui dit son frère en silence, et s'ils nous poursuivent ? »

Elle regarda dans toutes les directions, mais rien ne signalait la présence des Vieux Enfants.

« S'ils viennent, ils s'enliseront, eux aussi. »

Ils restèrent donc ainsi, avec leurs vêtements trempés, collés sur leurs corps grelottants ; ils respiraient l'air fétide et sentaient qu'ils s'enfonçaient peu à peu dans la boue. Quand ils eurent de l'eau au-dessus des genoux, Bowman dit :

—On continue à s'enliser.

—On finira bien par toucher le fond, dit Kestrel.

—Pourquoi ?

—On ne peut quand même pas entièrement couler.

—Et pourquoi pas ?

Ils ne dirent plus rien pendant un moment et continuèrent à s'enfoncer dans la boue. Soudain, Mumpo rompit le silence.

—Je t'aime, Kess. Tu es mon amie.

— Oh, tais-toi, Mumpo. Je suis désolée. Je sais que tu m'as sauvé la vie, mais franchement...

Un autre silence s'installa. Ils avaient maintenant de la boue jusqu'à la taille.

— Tu m'aimes bien, Kess ? lui demanda Mumpo.
— Un peu.
— Nous sommes amis, dit-il joyeusement. Nous nous aimons tous les deux.

Sa joie imbécile finit par faire dire tout haut à Kestrel ce qu'elle n'aurait même pas osé penser :

— Espèce d'imbécile ! Tu ne comprends donc pas ? Nous allons être engloutis dans la boue !

Mumpo la regarda, stupéfait.

— Tu es sûre, Kess ?
— Regarde autour de toi. Qui va nous sortir de là ?
— Au secours ! Je me noie ! Au secours, je coule ! Au secours !
— Oh, tais-toi, tu vois bien qu'il n'y a personne pour nous aider.

Mais Mumpo se mit à crier encore plus fort. Ce qui ne fut pas plus mal, car Kestrel avait tort. Quelqu'un pouvait les aider.

Pas très loin d'eux, un petit homme rondouillard du nom de Willum était penché au-dessus du lac, à la recherche de feuilles de tixa. La tixa poussait en des endroits insoupçonnés. La seule façon d'en trouver était d'errer au hasard et d'en chercher du coin de l'œil, dans un état de demi-veille, pendant plusieurs heures. Si on regardait trop intensément la surface grise et trouble du lac, on n'en voyait jamais, car sa couleur était aussi trouble que celle du lac. Si on ne regardait pas trop fixement, mais juste du coin de l'œil, on en découvrait parfois.

On cueillait alors les feuilles de tixa, on les mettait dans son sac, et on en mâchait une en chemin. On devenait lent et rêveur, ce qui permettait d'en trouver davantage.

Quand Willum entendit les cris, au loin, il se redressa et scruta l'obscurité, essayant pour une fois de bien voir.

– Ça ! Ah, ça par exemple ! murmura-t-il en souriant.

Il ne se rendait pas compte qu'il souriait. Il était resté hors de chez lui presque toute la journée, mâchant sans arrêt de la tixa, et il était temps de rentrer. Ses chaussettes à noix, qui pendaient de chaque côté de son cou, étaient pleines, et sa femme devait l'attendre depuis longtemps.

Mais les cris perçants ne cessaient pas et Willum décida d'aller voir, en suivant le réseau de pistes que tous les gens du peuple de la bourbe apprenaient à connaître dès qu'ils étaient en âge de marcher. Ces pistes étaient recouvertes d'une couche de boue plus ou moins épaisse qui montait parfois jusqu'aux genoux. Les gens de la bourbe avaient une façon de marcher bien à eux : ils avançaient à grandes enjambées lentes et régulières, enfonçant délicatement un pied dans la boue, sortant doucement l'autre dans un balancement régulier. On ne pouvait pas aller vite, on avançait d'un pas dansant, surtout après une journée passée à chercher de la tixa.

Pendant ce temps, les enfants continuaient à s'enfoncer. Ils avaient de la boue jusqu'au cou, à présent, et ils avaient beau remuer désespérément leurs orteils, ils ne touchaient pas le fond. Kestrel avait peur et elle se serait mise à pleurer si Mumpo n'avait pas pleuré assez fort pour tous les trois. Il braillait exactement comme un bébé. Aussi n'entendirent-ils pas Willum approcher, jusqu'à ce qu'il parle.

– Oh, douce mère ! s'exclama-t-il, s'arrêtant au bout de la piste la plus proche des enfants.

Mumpo se tut brusquement, non pas en raison de la présence de Willum, mais parce que sa bouche s'était remplie de boue. Les trois enfants essayèrent de tourner la tête, mais en vain.

– Aidez-nous ! cria Bowman, d'une voix étranglée par la boue.

– Il faudrait peut-être y penser, en effet.

Comme tous les hommes qui sortaient sur le lac, il avait une corde avec lui qu'il avait enroulée plusieurs fois autour de sa taille replète. Il la déroula et la jeta habilement sur la surface du lac pour que les enfants puissent s'y accrocher.

– Attrapez-la, leur dit-il. Mais doucement !

Tandis qu'ils s'efforçaient de sortir leurs mains de la boue et d'attraper la corde, Willum aperçut un plant de tixa qui poussait juste à côté d'eux. C'était une grosse touffe, avec de larges feuilles bien mûres, de la meilleure qualité.

—Les feuilles, dit-il. Apportez-les avec vous, hein ?

Les efforts que faisaient les enfants pour atteindre la corde les faisaient couler plus vite et la boue les étouffait à moitié. Willum était si excité par la vue des feuilles qu'il en oublia leur situation dramatique.

—Les feuilles, dit-il en les montrant du doigt. Apportez-moi les feuilles !

Bowman avait réussi à attraper la corde, et il tira si violemment dessus qu'il fit presque sortir Willum de la piste. De l'autre main, il empoigna sa sœur et la soutint jusqu'à ce qu'elle saisisse la corde, elle aussi. À son tour, Kestrel aida Mumpo, qui était le plus près des plants de tixa.

—Tirez ! cria Bowman, sentant qu'ils recommençaient à couler. Tirez !

—Il faudrait peut-être y penser, dit Willum. Mais prenez d'abord les feuilles.

Ce fut uniquement par hasard que la main de Mumpo, en tâtonnant pour attraper la corde, se referma sur le plant de tixa. Dès que Willum vit qu'il l'avait, il se mit à tirer. Penché en avant pour peser de tout son poids sur la corde, il avança sur la piste, tirant comme une bête de somme. Ses courtes jambes étaient incroyablement vigoureuses, comme chez tous ceux de son peuple, et les enfants sentirent bientôt qu'ils sortaient de cette boue collante.

Kestrel essuya son visage en crachotant, puis remplit goulûment ses poumons d'air. Mumpo cracha de la boue et recommença aussitôt à brailler. Bowman, haletant, le cœur battant, s'efforça de ne pas penser à ce qui leur serait arrivé si l'homme de bourbe ne les avait pas trouvés.

Quand ils sentirent la terre ferme de la piste sous leurs pieds, ils s'écroulèrent et restèrent là, épuisés par toutes les épreuves qu'ils avaient subies, comme trois petits tas couverts de boue. Willum se pencha sur Mumpo et lui prit les feuilles de tixa des mains.

— Ça ira. Merci bien.

Il était ravi. Il cassa la pointe d'une feuille, enleva la boue qui la recouvrait, et la fourra dans sa bouche. Puis il mit prestement le reste dans son petit sac.

Enfin, il se retourna pour observer les enfants qu'il avait sortis du lac. Qui étaient-ils ? Ils n'appartenaient pas au peuple de la bourbe, c'était sûr. Ils étaient beaucoup trop maigres et aucun habitant du lac ne se serait écarté des pistes pour se risquer dans les boues mouvantes, en tout cas, pas sans cordes. Ils devaient venir de là-haut.

— J'sais bien qui vous êtes, leur dit-il. Vous êtes des Maigrichons.

Ils suivirent tous trois le petit homme grassouillet le long de pistes tortueuses que lui seul pouvait voir sous la surface noire du Lac Souterrain.

Trop épuisés pour poser des questions, ils marchaient d'un pas lourd, les uns derrière les autres, se tenant toujours à la corde. Ils avaient mal aux jambes, à cause des efforts qu'ils avaient faits pour s'arracher à la boue, mais ils continuèrent à avancer jusqu'à ce que le crépuscule commence à pointer par les grands trous qui donnaient sur le ciel, au-dessus d'eux.

Willum chantait doucement en marchant, et pouffait de rire de temps en temps. Quelle sacrée chance il avait eue de trouver ces Maigrichons ! se dit-il. Quelle surprise pour Jum ! À cette pensée, il éclata de rire.

Willum était allé loin dans sa recherche de tixa et, le temps de revenir chez lui, il faisait presque nuit. Les ténèbres étaient si épaisses que les enfants ne voyaient plus où ils mettaient les pieds ; ils ne restaient sur la piste que grâce à la corde. Enfin, Willum s'arrêta et leur annonça avec un soupir de satisfaction :

– On n'est jamais mieux qu'à la maison, hein ?

En effet, mais quelle maison ? Il n'y avait pas la moindre trace de maison, ni de quelque abri que ce soit, si ce n'est un léger filet de fumée qui s'élevait d'un petit trou dans le sol. Les enfants, grelottants, apeurés et épuisés, regardèrent autour d'eux.

– Suivez-moi, petits Maigrichons. Attention aux marches.

Sur ces mots, il descendit directement dans le sol. Kestrel, qui le suivait, sentit ses pieds s'enfoncer dans un trou où elle crut sentir un escalier.

– Fermez la bouche, fermez les yeux ! dit Willum.

Kestrel sentit la boue monter autour de son cou, puis lui recouvrir la bouche, le nez et les yeux avant de se retrouver dans une pièce souterraine enfumée et éclairée par un feu. Au-dessus d'eux, en haut de l'escalier, la boue s'était refermée comme un couvercle.

– Eh bien, Willum, dit une voix irritée, tu en as mis du temps !

– Ah, mais regarde donc, Jum !

Willum s'écarta pour lui montrer les enfants. Une femme grassouillette et enduite de boue était assise sur un tabouret à côté du feu ; elle remuait quelque chose dans une casserole, l'air renfrogné.

– Qu'est-ce que c'est que ça ? lui demanda-t-elle.

– Des Maigrichons, mon amour.

– Des Maigrichons, vraiment ?

Elle se leva pesamment et se dirigea vers eux. Elle tapota, puis caressa leurs joues tremblantes de ses mains boueuses.

– Pauvres petits, dit-elle.

Puis elle se tourna vers Willum et lui dit brusquement :

– Les dents !

Obéissant, il lui montra ses dents. Elles étaient teintées d'un brun jaunâtre.

– Tixa ! Je le savais !

– Juste une toute petite feuille, ma chérie.

– Et demain, c'est la moisson ! Tu devrais avoir honte, Willum ! Tu mériterais de t'allonger là et de mourir.

– J'ai des noix de gadoue, Jum, dit-il pour l'apaiser.

Il dénoua sa longue chaussette à noix, et en sortit un nombre incroyable de boules marron.

Jum retourna vers le feu, refusant de reconnaître le fruit de son labeur.

– Mais mon amour ! Mon trésor en sucre, mon petit sucre d'orge !

– N'essaie pas de m'amadouer ! J'en ai assez de toi et de ta tixa !

Les enfants, dont plus personne ne s'occupait pour le moment, examinaient la pièce dans laquelle ils se trouvaient. C'était un grand terrier rond, avec un toit en forme de petit dôme, en haut duquel un trou laissait échapper la fumée du feu.

Le foyer se trouvait au milieu de la pièce, sur un socle en pierre qui l'élevait à la hauteur d'une table. Tout autour, il y avait une sorte de cage avec de gros barreaux de métal auxquels on pouvait suspendre des casseroles et des bouilloires au-dessus du feu, de tous les côtés et à tous les niveaux. Une grande bouilloire accrochée tout en haut fumait doucement ; plus bas, une cocotte grésillait et écumait.

À côté du feu, ils virent un banc en bois sur lequel étaient assis les membres de la famille de Willum, tous aussi rondouillards et couverts de boue, si bien qu'il était difficile de les distinguer les uns des autres. Par bonheur, ils étaient de taille différente. En fait, il y avait une enfant, une tante et un grand-père. Tous regardaient les nouveaux venus avec curiosité, à l'exception du grand-père, qui ne perdait pas Willum de vue et lui faisait des clins d'œil répétés.

Le sol du terrier était recouvert de petits tapis moelleux, tachés de boue et fripés, jetés les uns sur les autres comme un immense lit défait.

– Pollum ! dit Jum en remuant son ragoût. Apporte d'autres assiettes !

L'enfant se leva d'un bond et courut vers un placard.

– Alors, c'était une bonne journée, Willum ? lui demanda le vieil homme en clignant de l'œil.

– Assez bonne, lui répondit celui-ci en lui rendant son clin d'œil.

– Tu ne veux sûrement pas dîner, dit Jum à Willum, en heurtant bruyamment sa casserole. Tu dois être dans ton monde de tixa !

Willum se planta derrière elle et lui passa les bras autour de la taille en la serrant contre lui.

– Qui aime sa petite Jum ? lui dit-il. Qui est revenu à la maison vers sa douce Jum ?

– Qui est resté dehors toute la journée ? grommela-t-elle.

– Jum, Jum, Joum, Joum, mon cœur fait boum !

– Allons, allons, toi alors !

Elle posa sa louche et le laissa l'embrasser dans le cou.

– Eh bien, qu'est-ce qu'on va faire de tes Maigrichons ?

La tante, qui était restée silencieuse, déclara :

– Remplis donc les petits ventres de ces pauvres Maigrichons.

– Bien dit, affirma Willum.

Puis il alla s'asseoir près du vieil homme et se mit à parler à voix basse avec lui.

Pollum posa les assiettes creuses sur la table et Jum les remplit d'un ragoût chaud et épais.

– Asseyez-vous, asseyez-vous donc, les Maigrichons, leur dit-elle d'une voix radoucie.

Bowman, Kestrel et Mumpo s'assirent à table et

regardèrent le ragoût. Ils avaient très faim, mais cela ressemblait tellement à de la boue grumeleuse qu'ils hésitaient à en manger.

— Du ragoût de noix, dit Jum d'un ton encourageant.

Elle en versa une cuillerée dans sa bouche, comme pour leur montrer comment on faisait.

— S'il vous plaît, madame, lui demanda Bowman. Quelle sorte de noix est-ce ?

— Comment ça ? s'étonna Jum, c'est de la noix de gadoue, bien sûr !

Mumpo commença à manger. Il n'eut pas de réaction particulière et Kestrel osa goûter, elle aussi. C'était étonnamment bon, comme des pommes de terre fumées. Ils mangèrent bientôt tous les trois avec appétit. Jum les regardait avec plaisir. Pollum s'entortilla autour des jambes robustes de sa mère et lui murmura quelque chose.

— Qui est-ce, mam ?

— Ce sont des Maigrichons, ils vivent là-haut. Pauvres petites créatures.

— Pourquoi sont-ils là ?

— Ils se sont enfuis. Ils se sont échappés.

En mangeant, les enfants commencèrent à se demander où ils étaient exactement.

— Est-ce que nous sommes au Lac Souterrain ? demanda Kestrel.

— J'en sais rien, lui dit Jum. Tout ce que je sais c'est que nous sommes en dessous, tout en dessous.

— Est-ce que la boue... ? Je veux dire, est-ce qu'elle vient... ?

Elle n'arrivait pas à poser sa question avec politesse. Elle changea donc de tactique :

— La boue ne semble pas sentir aussi fort, ici, dit-elle.

— L'odeur ? demanda Jum. J'aimerais bien que ça sente fort. L'odeur de la bonne et douce terre.

— C'est tout ?

— Tout ? Pourquoi, petite Maigrichonne, ce n'est que ça et c'est tout à la fois.

La tante, assise près du feu, pouffa soudain de rire.

— Squotch ! s'exclama-t-elle. Ils croient que notre boue est de la squotch !

— Non ! dit Jum. Ils ne sont pas si bêtes !

— Demande-leur, dit la tante, allons, demande-leur !

— Vous ne pensez quand même pas que notre boue est de la squotch, petits Maigrichons ?

— Qu'est-ce que la squotch ? demanda Bowman.

— Qu'est-ce que la squotch ? s'exclama Jum, déconcertée.

Pollum se mit à glousser.

— Eh bien, c'est de la squotch.

Willum se mêla à la conversation.

— Eh bien oui, c'est de la squotch, dit-il. Et pourquoi pas ? Tout revient à la douce terre, c'est ce qui lui donne sa saveur. Une grande cocotte à ragoût, voilà ce que c'est.

Il plongea la louche dans la casserole et en sortit un peu de ragoût.

— Un jour j'étendrai mon corps sur le sol, et la douce terre le prendra, en fera de nouveau quelque chose de bon, et le rendra. Ne vous inquiétez pas pour la squotch, petits Maigrichons, nous sommes tous de la squotch, si on y regarde bien. Nous sommes tous un petit bout de la douce terre.

Il mangea le ragoût directement dans la louche. Jum l'observa, et l'approuva d'un hochement de tête.

– Parfois, tu me surprends, Willum, lui dit-elle.

C'est Mumpo qui finit son assiette le premier. Il se roula aussitôt en boule sur le sol recouvert de tapis et s'endormit.

– C'est bien, c'est comme ça qu'il faut faire, lui dit Jum en le couvrant d'un petit tapis.

Bowman et Kestrel avaient envie de se coucher, eux aussi, mais ils voulaient d'abord se débarrasser de la boue qui avait séché sur leur peau.

– S'il vous plaît, madame, demanda Bowman. Est-ce que je pourrais me laver ?

– C'est un bain que tu veux ?

– Oui, madame.

– Pollum ! Prépare un bain !

Pollum alla vers le feu et décrocha la bouilloire fumante. Elle la porta dans un coin du terrier, où un creux en forme de soucoupe se dessinait dans la terre. Puis elle versa l'eau chaude en un jet tourbillonnant directement sur le sol. L'eau mouilla les côtés du creux puis se rassembla au fond, formant une flaque fumante.

– Qui y va le premier ? demanda Jum.

Bowman et Kestrel regardaient, l'air ébahi.

– Montre-leur comment on fait, Pollum, cria la tante. Il n'y a pas de bains, là-haut. Pauvres petites créatures.

Pollum, qui n'avait pas souvent le droit de se rouler la première dans le bain, quand l'eau était encore propre, sauta dans la flaque sans se le faire répéter deux fois. Allongée sur le dos, bras et jambes écartés comme un crabe, elle se tournait et se retournait, s'enduisant d'une nouvelle couche de boue tiède. Elle riait de plaisir en se contorsionnant dans tous les sens.

– Ça suffit, Pollum. Laisses-en un peu pour les autres !

Bowman et Kestrel protestèrent que c'était vraiment gentil de leur part mais que, finalement, ils étaient trop fatigués pour prendre un bain. Jum leur aménagea des coins douillets au milieu de piles de tapis, et ils se couchèrent en boule, comme l'avait fait Mumpo. Bowman, épuisé par les terribles épreuves de la journée, s'endormit profondément, mais Kestrel garda les yeux ouverts un peu plus longtemps, et resta là à observer les gens et à écouter ce qu'ils disaient. Willum avait sorti quelque chose de son sac, en avait donné au vieil homme, et ils gloussaient tous les deux dans un coin. Jum faisait la cuisine près du feu ; elle semblait préparer une énorme quantité de ragoût. Pollum posait question sur question :

– Pourquoi sont-ils si maigres, maman ?

– Ils n'ont pas assez à manger. Il n'y a pas de noix de gadoue, là-haut, tu sais.

– Pas de noix de gadoue !

– Ils n'ont pas de boue pour en faire pousser.

– Pas de boue !

– N'oublie jamais, Pollum, que tu as sacrément de la chance de vivre ici !

Kestrel essayait d'écouter, mais les voix lui semblèrent de plus en plus lointaines et confuses, et le reflet des flammes qui dansaient au plafond s'estompa en une forme vague et tiède. Elle se blottit dans son petit nid douillet. Elle avait mal aux jambes et apprécia la douceur de sa couche improvisée. Ses paupières se firent si lourdes qu'elle les ferma complètement et s'endormit aussitôt.

11
La récolte
des noix de gadoue

Quand ils se réveillèrent, une lumière grise et douce filtrait dans le terrier par le trou à fumée. Tout le monde était sorti, à l'exception de Pollum qui attendait qu'ils se réveillent, tranquillement assise à côté du feu. Mumpo avait disparu.

— Votre ami est allé au lac, leur dit-elle. Il aide à la récolte.

Elle leur avait préparé le petit déjeuner. Au début, ils crurent que c'était une assiette de biscuits, mais ils découvrirent bientôt que c'étaient des tranches de noix de gadoue frites.

— Vous ne mangez jamais rien d'autre que des noix de gadoue ? lui demanda Kestrel.

Pollum n'eut pas l'air de comprendre sa question.

Tandis qu'ils mangeaient, les jumeaux discutèrent de leur situation. Ils étaient perdus et avaient peur. Ils savaient que leur mère devait être morte d'inquiétude à leur sujet. Mais Kestrel savait aussi, sans l'ombre d'un doute, qu'elle ne pouvait rentrer à Aramanth dans l'état actuel des choses.

– Ils nous enverraient rejoindre les Vieux Enfants, dit-elle. Je préfère encore mourir !
– Alors, tu sais ce qu'il nous reste à faire ?
– Oui.

Elle sortit la carte que l'Empereur lui avait donnée et ils l'examinèrent tous les deux attentivement. Bowman suivit la Grande Voie du doigt.

– Nous devons trouver cette route.
– Il faut d'abord arriver à sortir d'ici.

Ils demandèrent à Pollum s'il y avait un moyen de remonter « là-haut », mais elle dit que non, qu'elle n'en avait jamais entendu parler. Cette question-là aussi sembla la déconcerter.

– Il doit bien y avoir un moyen, dit Kestrel. Après tout, la lumière entre bien, elle.
– Eh bien, dit Pollum, après quelques instants de réflexion. On peut tomber plus bas, mais on ne peut pas tomber plus haut.
– Les adultes doivent savoir. Nous leur demanderons. Quand reviennent-ils ?
– Tard. Aujourd'hui, c'est la moisson.
– Quel genre de moisson ?
– De noix de gadoue, dit Pollum.

Elle se leva et commença à débarrasser la table. Kestrel et Bowman se mirent à parler à voix basse.

– Qu'est-ce qu'on va faire pour Mumpo ? demanda-t-elle.
– Il vaut mieux qu'il vienne avec nous. Il est plus utile que moi.
– Ne parle pas comme ça, Bo. Tu vas recommencer à pleurer.

Et en effet, il était au bord des larmes.

– Excuse-moi, Kess. Mais je ne suis pas courageux.

– Le courage n'est pas la seule chose qui compte.

– Pa m'a demandé de veiller sur toi.

– Chacun de nous veillera sur l'autre, lui dit Kestrel. Tu es celui qui sent les choses, je suis celle qui les fait.

Bowman acquiesça en hochant lentement la tête. Il lui semblait bien qu'il en était ainsi, à lui aussi, mais il n'avait jamais réussi à le formuler aussi clairement.

Pollum avait mis la vaisselle à tremper dans une flaque de boue liquide.

– Il est temps d'aller au lac, leur dit-elle. C'est le jour de la moisson, vous savez. Tout le monde doit aider.

Ils décidèrent de la suivre et de chercher Willum. Il fallait bien qu'ils trouvent le moyen de sortir de là.

La scène qui s'offrit à leurs yeux, quand ils sortirent du terrier, n'avait rien de lugubre. La lumière brillait et se réfléchissait partout, tombant par les fissures de la grande voûte de sel argentée de la caverne, créant des flaques de soleil si étincelantes qu'elles faisaient mal aux yeux. De ces flaques éblouissantes, la lumière se propageait, par vagues, s'adoucissant peu à peu et faisait luire toute la surface du lac de boue au loin, dans la brume. Et sur cette nappe de lumière, des centaines de petits êtres affairés allaient et venaient. Ils travaillaient en rangs, en colonnes, sur de grands radeaux plats. Ils se rassemblaient autour d'immenses feux et de grandes machines ressemblant à des treuils. Et là où ils étaient regroupés, ils chantaient. Les chansons passaient de l'un à l'autre comme des chants de marins ; et comme les chants de marins, c'étaient des chants de travail. Car le peuple de la bourbe travaillait, et travaillait dur.

—Ça ne sent plus mauvais, dit Kestrel, étonnée.

—Si, lui répondit Bowman. On s'est simplement habitués à l'odeur.

Ils regardèrent tout autour d'eux pour s'assurer que les Vieux Enfants n'étaient pas en vue. Ils essayèrent aussi de retrouver un visage connu, mais les gens de la bourbe se ressemblaient beaucoup : ils étaient tous aussi grassouillets et couverts de boue. Derrière Pollum, ils longèrent une crête, d'un pas mal assuré, vers le feu le plus proche. En marchant, ils regardaient les gens travailler, et ils commencèrent à comprendre ce qu'ils faisaient.

Les noix de gadoue poussaient à une faible profondeur sous la surface du lac, dans des champs de boue molle. Les moissonneurs les ramassaient en marchant lentement dans ces champs. Ils se baissaient, puis plongeaient leurs bras dans la boue. De longues files d'hommes serpentaient à travers le lac, de façon méthodique. Ils avançaient tous en même temps, se baissaient et enfonçaient en cadence leurs mains dans la fange.

Après avoir sorti les noix du lac – elles avaient à peu près la taille d'une pomme – ils les jetaient dans des paniers en bois à fond plat qu'ils traînaient derrière eux. Ils chantaient en avançant et en ramassant les noix, et toute la file gardait ainsi la même cadence.

C'était un spectacle impressionnant que ces longues files ondoyantes déployées sur tout le lac, ces files de gens qui se levaient puis se baissaient en un seul et même mouvement, tandis que leur chant s'élevait jusqu'à la haute voûte de la caverne, pour revenir en un écho profond et assourdi. Autour des grands feux aussi, les gens chantaient, mais d'une façon moins organisée, fredonnant des bribes de mélodies. Leur tâche était moins lourde ; certains semblaient même ne rien faire du tout mais, en réalité, tout en riant beaucoup, ils travaillaient. Quelques-uns faisaient griller des noix de gadoue en les faisant rouler sous les braises, puis en les sortant avec de longs bâtons. D'autres les nettoyaient en raclant la boue qui recouvrait leur écorce ; enfin, un nombre considérable d'entre eux allait et venait avec des paniers.

Pollum prit trois paniers vides, en donna un à Kestrel et un à Bowman en leur disant :

—Suivez-moi, je vais vous montrer ce qu'il faut faire.

Elle ne pouvait pas imaginer qu'ils n'aident pas à moissonner et, comme ils n'avaient pas revu Willum, et que tout le monde travaillait dur, il leur aurait semblé ingrat de refuser. Ils suivirent donc Pollum dans le champ de boue.

Les enfants étaient chargés de vider les paniers lorsqu'ils étaient pleins. Quand les cueilleurs de noix de gadoue en avaient rempli un, ils criaient : « Panier à prendre ! » Un enfant se précipitait alors avec un panier vide et repartait avec celui qui était plein. Les noix de gadoue étaient empilées en grands tas autour des feux de bois, qui étaient allumés sur les crêtes qui longeaient les champs, aussi les enfants n'avaient-ils pas trop de chemin à faire. Mais même ainsi, Bowman et Kestrel s'aperçurent rapidement que c'était un travail épuisant. Les paniers pleins étaient lourds; il fallait les tirer en pataugeant dans la boue qui leur montait à mi-mollet. Quand ils arrivaient au feu, ils avaient mal aux bras et aux jambes et transpiraient sous la couche de boue qui les recouvrait.

Mais, au bout d'un moment, ils trouvèrent le rythme, et les chants des files de moissonneurs soulagèrent un peu leur peine. Il y avait toujours une pause avant que retentisse de nouveau le cri « Panier à prendre ! » En approchant du feu, ils sentaient sa chaleur réconfortante et entendaient le rire des hommes qui sortaient les noix des braises. Puis venait toujours le moment béni où ils déchargeaient leur panier et sentaient leur corps devenir aussi léger que l'air. Au retour, ils n'avaient plus aucun effort à faire et avaient l'impression de voler, ou de danser entre les reflets du soleil et les ombres qui tachetaient la surface du lac.

Après avoir travaillé pendant ce qui leur sembla être une longue journée, quand le soleil eut pâli à travers les trous de la voûte, les jumeaux virent que les moissonneurs s'étiraient, frottaient leur dos endolori et se dirigeaient vers les feux.

– Dîner, dit Pollum.

Les gens se rassemblaient en grand nombre autour des feux, où des bassines, pleines de noix de gadoue fraîches, les attendaient, avec des récipients remplis d'eau. Ils burent d'abord directement dans des louches à long manche, pour étancher la soif d'une journée de travail. Puis ils s'assirent par petits groupes ; ils bavardaient entre eux, se passant les bassines et mangeant les noix de gadoue les unes après les autres, comme des pommes.

Les jumeaux n'essayèrent pas de chercher leurs amis. Ils avaient si faim qu'ils prirent chacun une grosse noix de gadoue et mordirent dedans. Ils mangèrent en silence pendant quelques instants, puis leurs regards se croisèrent. Ils savaient tous deux qu'ils n'avaient jamais rien mangé d'aussi bon. Les noix avaient un petit goût de noisette, sucré et crémeux en même temps ; elles étaient croustillantes vers l'écorce, tendres au milieu ; l'écorce, légèrement brûlée par les braises, avait une saveur fumée et craquait doucement sous la dent.

— Jamais rien mangé de pareil, hein ?

C'était Willum, qui venait tranquillement vers eux, avec un grand sourire.

— Tout juste sorties de la boue, tout juste sorties du feu. La vie n'est jamais aussi douce qu'une noix de la moisson.

Il leur fit un clin d'œil puis éclata de rire, sans raison apparente.

— S'il vous plaît, monsieur, lui demanda Kestrel, voyant qu'il allait repartir. Est-ce que vous pourriez nous aider ?

— Vous aider, petite Maigrichonne, et comment ?

Il restait là, se balançant doucement d'un pied sur l'autre en gloussant.

– On voudrait savoir comment sortir des mines de sel et aller dans la plaine.

Willum plissa les yeux, fronça les sourcils, puis se remit à sourire.

– Sortir des mines de sel ? Aller dans la plaine ? Non, non, non, vous ne voulez pas faire ça !

Et il repartit d'un pas chancelant en riant doucement dans sa barbe.

Les jumeaux regardèrent autour d'eux et virent que plusieurs personnes étaient dans le même état que Willum : leurs mouvements étaient lents et vagues, et ils riaient tout le temps. Ils se rassemblaient çà et là en petits groupes vacillants et hilares.

– Je crois que ce sont ces feuilles qu'ils mâchent, dit Bowman.

– C'est bien ça, dit une voix familière en soupirant. Tous les hommes seront à Tixyland, cette nuit !

C'était Jum, qui passait à la ronde une bassine pleine de noix de gadoue grillées.

– Les femmes ont trop de bon sens, vous savez, reprit-elle. Et trop à faire !

– S'il vous plaît, madame, lui demanda Kestrel. Savez-vous comment on peut sortir d'ici ?

– Sortir d'ici ? Eh bien, ça dépend de là où vous voulez aller.

– Vers le nord. Vers les montagnes.

– Les montagnes ?

Jum fronça les sourcils.

– Qu'est-ce que vous leur voulez aux montagnes ?
– On veut aller aux Châteaux du Morah.

Un brusque silence tomba autour d'eux. Les gens se levèrent et s'éloignèrent d'un pas traînant, en jetant des coups d'œil nerveux aux jumeaux.

– Nous ne parlons pas de ces choses-là, ici, dit Jum. Nous ne les nommons même pas.

– Et pourquoi ?

Jum fit non de sa tête ronde.

– Nous n'avons rien de tout ça, ici, et nous n'en voulons pas. Il y en a assez là-haut.

Elle leva les yeux vers la voûte de la caverne.

– À Aramanth ?

– Là-haut, dit Jum, vit le peuple de celui que nous ne nommons pas. Mais vous le savez bien, petits Maigrichons. C'est pour ça que vous vous êtes enfuis.

– Non… dit Kestrel, mais son frère l'interrompit.

– Si, dit-il. C'est pour ça.

Kestrel le regarda, très étonnée.

– Tu crois ? lui demanda-t-elle.

– Oui, répondit-il, bien qu'il ne sache pas très bien comment expliquer ce qu'il venait de comprendre.

Il sentait confusément que le monde qu'il connaissait si bien, le seul monde qu'il eût jamais connu jusqu'à présent, était une sorte de prison, et que le peuple, son peuple, était enfermé entre ses murs.

– Là-haut, il y a le monde de celui que nous ne nommons pas, reprit Jum. Tous lui appartiennent d'une manière ou d'une autre. Ici seulement, dans la douce terre, on nous laisse tranquilles.

—Mais quand le Chanteur de Vent rechantera, dit Bowman, nous n'appartiendrons plus à… à celui que vous ne nommez pas – ce sera fini.
—Ah, le Chanteur de Vent ?
—Vous en avez entendu parler ?
—Ce sont des histoires. De vieilles histoires. J'aimerais bien entendre ce Chanteur de Vent, vraiment. Nous aimons les chansons.
—Alors, s'il vous plaît, aidez-nous à trouver notre chemin.
—Eh bien, dit-elle après un moment de réflexion. Vous devriez parler à la Vieille Reine. Elle saura quoi vous dire.

Elle leur montra de son doigt boudiné une colline qui sortait du lac, à une certaine distance. Au sommet se dressait une petite palissade en bois.
—Vous la trouverez dans son palais, sur la colline.
—Est-ce qu'on nous laissera lui parler ?
Jum eut l'air surpris.
—Et pourquoi pas ? dit-elle. Oui, vous pouvez parler à la Vieille Reine.

Les jumeaux la remercièrent et partirent le long de la crête, vers le palais. Tout autour d'eux, les hommes étaient d'excellente humeur ; ils riaient, chantaient et dansaient, balançant en cadence leurs petits corps rebondis. Il était clair que les feuilles de tixa les remplissaient d'affection pour l'humanité entière car, lorsque les jumeaux passèrent, ils les gratifièrent de grands signes de salut, de sourires, et certains même les embrassèrent.

Ils arrivèrent dans une zone où les champs de boue étaient trop profonds pour être moissonnés à pied, et où les noix de gadoue étaient ramassées sur des radeaux. Ces longs châssis en bois flottaient à la surface du lac ; on les tirait lentement grâce à des cordes reliées à de gros treuils. Pendant la moisson, les cueilleurs se couchaient sur le ventre, au bord des radeaux, et plongeaient les bras dans la boue pour en sortir les noix. Le travail étant fini pour la journée, les radeaux étaient vides. C'était le moment, pour les jeunes les plus intrépides, de se livrer à des concours de plongeons dans la boue.

Bowman et Kestrel s'arrêtèrent pour les regarder, saisis par le spectacle qui s'offrait à eux. Aux coins de l'un des radeaux, de grandes perches avaient été fixées, qui s'élevaient à environ sept mètres de haut. Les plongeurs attachaient une corde autour de leur taille, puis grimpaient à ces perches comme des singes. Ils se suspendaient au sommet, se balançant d'avant en arrière, lâchant d'abord la perche d'une main, puis de l'autre, dans une démonstration d'audace. Puis, en poussant un grand cri, ils plongeaient dans la boue, la corde serpentant derrière eux. La boue était si liquide à cet endroit qu'ils disparaissaient immédiatement sous la surface. Pendant quelques instants d'inquiétude, il ne se passait rien. Puis la corde se mettait à remuer, on voyait un frémissement à la surface du lac, et le plongeur réapparaissait sous une tempête d'applaudissements. Les ovations les plus fortes étaient réservées à ceux qui étaient restés le plus longtemps sous la boue.

Kestrel regardait ces champions de plongeon avec admiration, lorsqu'elle aperçut une silhouette familière en haut de l'une des perches.

– Mais c'est Mumpo !

C'était lui. Il semblait mince et fragile à côté des autres, mais c'était le plus audacieux de tous. Il se balançait au sommet de la perche, se laissait tomber en piqué puis remontait aussitôt, avec une insouciance extraordinaire. Il se lança plus loin, resta plus longtemps sous la boue que les tous les autres. Il remonta à la surface sous une véritable ovation.

Les jumeaux étaient abasourdis.

– Comment a-t-il appris à faire ça ?

– Mumpo ! cria Kestrel. Mumpo ! Nous sommes là !

– Kess ! Kess !

Dès qu'il les aperçut, Mumpo fit un autre plongeon, uniquement pour faire l'intéressant. Puis il détacha sa corde et bondit les rejoindre.

– Vous m'avez vu ? leur cria-t-il. Vous m'avez vu ?

Il était incroyablement content de lui, fringant et plein d'allant, comme un jeune chien. C'est Bowman qui vit les taches jaunes sur ses dents.

– Il a mangé ces fameuses feuilles.

– Je t'aime, Kess, dit Mumpo en l'embrassant. Je suis si heureux ! Et toi, es-tu heureuse ? Je veux que tu le sois autant que moi.

Et il se mit à gambader autour d'elle, riant et agitant ses mains couvertes de boue.

Bowman vit la tête de Kestrel et, avant qu'elle ouvre la bouche, il lui dit tranquillement :

– Laisse-le, Kess.
– Il est devenu fou.
– On ne peut pas l'abandonner ici.

Le garçon tourbillonnait autour d'eux. Bowman le prit par le bras.

– Viens, Mumpo. Allons chercher la Vieille Reine.
– Je suis si heureux ! Heureux, heureux, heureux ! gloussait-il.
– Franchement, soupira Kestrel, je le préférais encore quand il pleurait.

Mais Bowman revoyait Mumpo plongeant du haut de la grande perche. Son corps était si gracieux ! Cela donnait une idée complètement différente de sa personnalité. Il était comme une oie sauvage : maladroite au sol, mais belle en vol. Bowman aimait cette pensée, car elle ne renfermait pas de pitié. Il se rendit compte que la pitié qu'il ressentait auparavant pour Mumpo était une forme d'indifférence. Pourquoi ne s'était-il jamais intéressé à lui ? Après tout, à sa façon, Mumpo était un mystère. D'où venait-il ? Pourquoi n'avait-il pas de famille ? Tout le monde avait une famille, à Aramanth.

– Mumpo... commença-t-il.
– Heureux, heureux, heureux, chantait ce dernier.

Ce n'était pas le moment de lui poser des questions. Ils continuèrent donc à marcher. Mumpo ne cessa de rire et de chanter tout le long du chemin, jusqu'au palais.

12
Les souvenirs d'une Reine

En arrivant près du palais, ils entendirent des bruits très bizarres. Un mélange de babillages, de vagissements et de gazouillis, de pas qui allaient et venaient et de voix qui criaient : « Ça suffit ! », « Couche-toi ! » Mais ils ne pouvaient rien voir car une palissade en bois, avec une seule porte, cachait ce qui se passait à l'intérieur.

En approchant de la porte, même Mumpo sentit sa curiosité s'éveiller et cessa de chantonner pour écouter. Ce fut un soulagement pour Kestrel.

— Maintenant, essaye de te tenir correctement, Mumpo. Nous allons voir la Reine. C'est la personne la plus importante, ici, et il faut être très respectueux à son égard.

Puis elle frappa à la porte. Au bout de quelques instants, elle comprit que personne ne pourrait l'entendre au milieu de cette cacophonie. Elle ouvrit donc la porte.

À l'intérieur s'ouvrait un grand espace en plein air, où s'agitaient des bébés couverts de boue. Il y en avait de tout petits, étendus sur des tapis, d'autres à quatre pattes qui couraient comme de jeunes chiens, quelques-uns faisaient leurs premiers pas, perdaient l'équilibre et tombaient les uns sur les autres ; certains d'entre eux marchaient, et d'autres couraient en poussant des cris perçants. Ils étaient tous entièrement nus, bien que complètement recouverts de boue. Et ils semblaient s'amuser comme des fous. Ils n'arrêtaient pas de se tamponner et de se piétiner de la façon la plus chaotique qui soit, mais personne n'avait l'air de se faire mal, ni ne se plaignait bien fort. Ils se remettaient très vite et retournaient à leurs préoccupations de bébés.

Au milieu de cette masse grouillante, plusieurs vieilles dames, très grosses, étaient assises. Contrairement aux enfants, elles restaient immobiles, comme des îles montagneuses au milieu d'une mer démontée. Les bébés grimpaient sur elles et autour d'elles exactement comme sur des collines et, parfois, l'une d'elles tendait un bras protecteur ou en grondait un. Mais, la plupart du temps, elles ne faisaient rien.

Face à tout ce désordre, les jumeaux ne savaient plus très bien que faire. Ils virent une grande ouverture au milieu de l'espace clôturé, avec des marches qui descendaient probablement vers une ou plusieurs pièces en sous-sol, et ils se dirent que la Reine devait être là. Mais il valait mieux demander.

Kestrel se dirigea vers la plus proche des vieilles dames.

—S'il vous plaît, madame, lui dit-elle. Nous sommes venus voir la Reine.

— Bien sûr, lui répondit-elle.
— Pourriez-vous nous dire où aller, s'il vous plaît ?
— Je n'irais nulle part, si j'étais vous, lui répondit la vieille dame.
— Alors, pourrait-on nous conduire jusqu'à la Reine, s'il vous plaît ?
— Eh bien, je suis la Reine, lui répondit-elle. Tout au moins, l'une d'entre elles.
— Oh, dit Kestrel, en devenant écarlate. Il y en a donc plusieurs ?
— Une bonne quantité, oui. Toutes ces dames, là, et bien d'autres encore.

Voyant la confusion de Kestrel, elle hocha la tête et lui dit.
— Ne t'inquiète pas pour ça, jeune Maigrichonne. Dis-moi plutôt ce que tu veux.
— Nous voulons parler à la Vieille Reine.
— Ah, à la Vieille Reine, c'est ça ?

À ce moment-là, trois bébés qui commençaient tout juste à marcher et qui avaient grimpé sur son dos dégringolèrent tous en même temps en gémissant. La Reine les remit sur leurs pieds, leur tapota la tête et dit :
— Nous allons bientôt coucher les enfants. Je vous emmènerai tous les trois voir la Vieille Reine quand ils seront au lit. Ce sera plus calme.

Au même moment, une sonnerie retentit et toutes les vieilles dames se levèrent, commencèrent à rassembler les bébés et les emmenèrent en bas des grandes marches. Bowman, Kestrel et Mumpo les suivirent dans une indifférence quasi générale.

L'effet des feuilles de tixa diminuait et Mumpo s'était calmé.

En bas des marches, il y avait une sorte de terrier, comme celui où ils avaient passé la nuit, mais immense. Il était si grand que, lorsqu'il avait été construit, des piliers de terre dure avaient été laissés là pour soutenir le toit. Ces rangées de piliers donnaient l'impression que la salle était interminable, une alcôve succédant à l'autre et se perdant dans l'ombre, au loin.

La foule des bébés fut couchée de la façon la plus simple. Comme dans le terrier de Willum, le sol était recouvert de tapis moelleux, et les bébés s'y allongèrent par terre, s'entassant les uns sur les autres, les bras de l'un s'emmêlant avec les jambes d'un autre. Tout cela au milieu de marmonnements et de petits cris. Les grosses vieilles dames passaient parmi eux en se dandinant, les tapotaient, les caressaient. De temps en temps, elles remettaient une couche à l'un d'eux, le couvraient d'un petit tapis mais, dans l'ensemble, elles les laissaient se coucher comme ils le voulaient. Ensuite, elles s'assirent autour de la pièce et se mirent à chanter une berceuse de leurs vieilles voix grinçantes. La chanson emplit l'immense terrier, planant doucement au-dessus du grand nid ; les bébés firent alors entendre quelques couinements, bâillèrent et glissèrent rapidement dans le sommeil.

Mumpo se plaignit d'avoir un peu mal à la tête et de se sentir tout drôle. Puis il regarda les bébés ensommeillés, bâilla à s'en décrocher la mâchoire, et dit qu'il s'assiérait bien un moment. Avant qu'ils aient pu l'arrêter, il s'était recroquevillé sur les tapis parmi les bébés et s'était endormi.

Bientôt le silence régna ; si l'on peut appeler silence une atmosphère remplie de centaines de petites respirations. La vieille dame qui avait parlé aux jumeaux se tourna alors vers eux, leur fit signe et les conduisit tout au bout de la pièce à colonnades.

En marchant, elle leur dit qu'elle se nommait Reine Num, et qu'ils ne devaient pas croire que les bébés passaient toujours la nuit au palais. D'habitude, les Reines ne les gardaient que pendant la journée, mais ce jour-là, c'était un soir de moisson, et les gens faisaient la fête tard dans la nuit. Kestrel dit qu'il lui semblait étrange qu'elles gardent les bébés, et la Reine Num lui répondit en riant :

– Pourquoi ? À quoi d'autre pourraient servir les Reines ? Nous sommes trop vieilles pour travailler dans les champs, vous savez.

Au fond de la grande salle souterraine, ils virent un petit groupe de dames encore plus vieilles. Assises dans des fauteuils autour du feu, elles fixaient l'espace d'un air absent. L'une d'elles était si vieille qu'on aurait dit qu'elle était quasiment morte. C'est vers elle que Reine Num les conduisit.

– Êtes-vous réveillée, ma chère ? lui demanda-t-elle en parlant très clairement.

Puis, se tournant vers les enfants, elle leur dit :

– Voici la Vieille Reine. Elle n'entend pas bien.

Il y eut un moment de silence, puis une petite voix désagréable sortit du visage desséché :

—Bien sûr que je suis réveillée. Je ne dors plus depuis des années. Si seulement je pouvais dormir !
—Je sais, ma chère. C'est très éprouvant pour vous.
—Qu'est-ce que vous voulez au juste ?
—De jeunes Maigrichons sont venus vous voir, ma chère. Ils veulent vous poser quelques questions.
—Ce ne sont pas des devinettes, au moins ? demanda la voix grincheuse.

Elle ne semblait pas avoir vu les enfants qui se tenaient pourtant juste devant elle.
—Les devinettes m'ennuient.
—Je ne pense pas que ce soit des devinettes. Je crois qu'il s'agit plutôt de souvenirs.
—Oh, les souvenirs, dit la Vieille Reine d'un air dégoûté.

Soudain, elle fixa son regard d'oiseau sur Kestrel, qui était la plus près d'elle.
—J'ai mille ans. Tu te rends compte ?
—Non, pas vraiment.
—Tu as raison, c'était un mensonge.
Et elle éclata d'un petit rire lent et sec.
Puis son rire s'évanouit et son visage retrouva son expression désagréable.
—Vous pouvez partir, maintenant, dit-elle.
—S'il vous plaît, ma chère, intervint Reine Num, vous ne pourriez pas leur parler un peu ? Ils viennent de loin.
—Tant pis pour eux s'ils sont si bêtes ! Ils n'avaient qu'à rester chez eux.

Elle ferma les yeux, serrant les paupières. Reine

Num se tourna vers les jumeaux et haussa les épaules avec impuissance.

– Je suis désolée. Quand elle est comme ça, il n'y a rien à faire.

– Est-ce que je pourrais lui parler ? demanda Bowman.

– Je ne pense pas qu'elle te réponde.

– Ça ne fait rien.

Bowman s'assit par terre, à côté d'elle, ferma les yeux et tourna son esprit vers la Vieille Reine. Au bout de quelques instants, il commença à sentir le bourdonnement de ses pensées, comme un vol de mouches. Il sentit ses marmonnements rageurs, ses regrets lointains, et surtout la terrible lassitude qui la rongeait. Il attendit patiemment, atteignant des couches de plus en plus profondes ; il perçut une région de peur, aussi sombre et silencieuse que la nuit. Et soudain – il le sentit – un gouffre de terreur.

Sans se rendre compte de ce qu'il faisait, il se mit à crier.

– Aaah ! Horrible !

– Qu'y a-t-il ? lui demanda anxieusement Kestrel.

– Elle va mourir, murmura Bowman d'une voix tremblante. C'est si proche et si horrible ! Je n'aurais pas cru que c'était aussi terrible de mourir !

En l'entendant, la Vieille Reine se mit à parler, plus pour elle-même que pour Bowman.

– Trop fatiguée pour vivre, dit-elle, de sa voix grinçante, où perçait un peu d'ironie. Et trop effrayée pour mourir.

En parlant, des larmes se mirent à couler sur ses joues ridées. Elle ouvrit les yeux et regarda Bowman.

— Ah, Maigrichon, petit Maigrichon, lui dit-elle, comment as-tu fait pour pénétrer dans mon cœur ?

Bowman pleura lui aussi, non de tristesse mais parce que, à ce moment-là, ils étaient unis tous les deux. La Vieille Reine leva ses bras tremblants et, comprenant ce qu'elle voulait, il monta sur sa chaise et se laissa enlacer par ses bras fragiles. Elle pressa ses joues humides contre le visage de Bowman, et leur larmes se mêlèrent.

— Tu es un petit voleur, lui murmura-t-elle. Tu es un petit voleur de cœur.

Kestrel le regardait, fière de lui et étonnée à la fois. Elle avait beau être sa sœur jumelle et se sentir parfois aussi proche de lui que s'ils partageaient un seul et même corps, elle ne comprenait pas comment il parvenait à pénétrer les sentiments des gens. Mais elle ne l'en aimait que davantage.

— Allons, allons, dit la Vieille Reine, essayant de se calmer et d'apaiser Bowman en même temps. Ça ne sert à rien de pleurer là-dessus.

La Reine Num leva les yeux vers eux, stupéfaite.

— Ma chère, dit-elle. Oh, ma chère.

— Il n'y a rien à faire, dit la Vieille Reine, en caressant les cheveux de Bowman, durcis par la boue. Rien à faire.

— S'il vous plaît, demanda-t-il, pourriez-vous nous aider ?

— En quoi une vieille dame comme moi pourrait-elle être utile, petit Maigrichon ?

– Parlez-nous...

Il hésita et saisit l'avertissement silencieux que lui lançait Kestrel.

– Parlez-nous de celui dont vous ne prononcez pas le nom.

– Ah, c'est donc ça !

Elle lui caressa encore les cheveux en silence. Puis elle se mit à parler, d'une voix lointaine :

– On dit que celui qui n'a pas de nom dort et qu'il ne faut jamais le réveiller, car... Il y avait une raison, mais je l'ai oubliée. Tout est loin, si loin... Ah... Attends ! Je me souviens maintenant... Ils marchent, ils tuent, et ils continuent à marcher. Pas de pitié. Pas d'échappatoire. Oh, laissez-moi mourir avant que les Zars ne reviennent !

Elle scruta l'espace sombre devant elle, se redressant, raidie par la terreur, comme si elle les voyait surgir devant elle.

– Les Zars ! murmura Bowman.

– Oh, reprit la Vieille Reine en tremblant, je les avais oubliés pendant toutes ces années ! Si vous saviez, mes petits Maigrichons ! Ma grand-mère m'a raconté des histoires si horribles sur eux ! Sa propre grand-mère avait vu la dernière marche des Zars. Pitié ! pitié ! Il vaut mieux tous mourir que de les voir reprendre leur marche !

Elle se mit à respirer difficilement, montrant des signes de faiblesse. La Reine Num s'approcha d'elle.

– Ça suffit, ma chère. Il faut vous reposer, à présent.

– Nous savons comment faire de nouveau chanter le Chanteur de Vent, dit Kestrel.

– Ah...

En entendant ces mots, la Vieille Reine sembla retrouver son calme.

– Le Chanteur de Vent... Si je pouvais entendre la chanson du Chanteur de Vent, je n'aurais plus peur...

Kestrel sortit la carte et la déroula devant la Vieille Reine.

– C'est là que nous devons aller, lui dit-elle. Mais nous ne comprenons pas la carte.

La Vieille Reine la prit et l'examina de ses yeux larmoyants. Elle soupira plusieurs fois en la regardant, comme si elle regrettait les jours perdus d'autrefois.

– Qui t'a donné cela, ma petite ?
– L'Empereur.
– L'Empereur ! Peuh ! Empereur de quoi, je me le demande !
– Est-ce que vous comprenez cette carte ?
– La comprendre ? Oui, oh oui...

Elle leva un doigt ridé et tremblant, et suivit le chemin tracé sur le papier jauni.

– C'est ce qu'on appelle la Grande Voie... Ah, c'était si bien, autrefois ! Il y avait des géants pour nous montrer le chemin. J'en ai vu, quand j'étais petite...

Son doigt osseux continuait à suivre le chemin sur la carte.

– Il n'y a qu'un seul pont au-dessus du ravin. Au-dessus de... de... comment s'appelait-il, déjà ? Oh misère, quel malheur d'être vieux !

– La Fêlure de la Terre, dit Kestrel.

– C'est ça ! Comment le sais-tu ?

— Mon père sait lire le vieux manth.

— Vraiment ? Il ne reste pas beaucoup de gens qui sachent encore lire le vieux manth. Il doit être encore plus âgé que moi. Vous devez suivre la Grande Voie, car elle mène au seul pont...

Sa voix faiblit.

— Vous vous fatiguez, ma chère, lui dit la Reine Num. Vous devriez vous reposer.

— Bien assez de temps pour me reposer, et bien assez vite, murmura la Vieille Reine.

— Que se passe-t-il ensuite ? lui demanda Bowman.

— Ensuite, il y a la montagne... Il y a le feu... Il y a celui dont on ne prononce pas le nom... Il y a le feu dans lequel on entre mais dont on ne sort pas...

— Pourquoi ? Que pourrait-il nous faire ?

— Ce qu'il fait à tout le monde, petit Maigrichon ! Voler vos cœurs et tout l'amour qu'ils contiennent.

— Nous n'avons pas le choix, dit Kestrel à voix basse. Nous devons faire en sorte que le Chanteur de Vent chante de nouveau, sinon la méchanceté ne finira jamais.

La Vieille Reine ouvrit les yeux et la regarda.

— La méchanceté ne finira jamais... Tu as raison. Eh bien, c'est peut-être ainsi que les choses doivent être... Num, vous feriez bien de mettre ces Maigrichons sur le chemin des Hautes Terres. Aidez-les le plus possible. Que tout notre amour les suive ! Vous m'entendez ?

— Oui, ma chère.

La voix de la Vieille Reine n'était plus qu'un murmure épuisé.

—Si elle doit venir, qu'elle vienne, dit-elle.

Ce furent les derniers mots qu'elle prononça avant de glisser dans un sommeil léger et plein de rêves agités.

La Reine Num fit comprendre aux visiteurs qu'il valait mieux partir, et elle les emmena dans une autre partie du palais, où un souper était servi.

—On ne peut rien faire jusqu'à demain matin, dit-elle avec son bon sens habituel.

Elle leur montra un endroit où ils pourraient s'allonger après avoir mangé. Elle-même comptait passer la nuit sur une chaise, à surveiller le sommeil des bébés.

—Je ne dors jamais, les nuits de moisson, dit-elle. Je m'assieds, simplement, et je veille jusqu'au lendemain matin. Ça me fait du bien de regarder les bébés dormir.

Les jumeaux s'agenouillèrent sur le tapis étendu sur le sol, et là, avant de s'installer pour dormir, ils firent une petite séance de vœux de la nuit.

C'était triste, ce n'était vraiment pas la même chose de le faire dans ces conditions, sans les bras protecteurs de leurs parents, sans le souffle chaud de leur petite sœur sur leur visage, mais c'était mieux que rien et cela leur rappela la maison.

Kestrel posa son front contre celui de son frère et fit son vœu la première, parlant à voix basse dans la pièce où l'on n'entendait que la respiration légère des bébés endormis.

—Je souhaite que nous trouvions la voix du Chanteur de Vent et que nous revenions vite à la maison.

Bowman fit son vœu à son tour.

– Je souhaite que pa, mam et Pim aillent bien, qu'ils ne soient pas tristes à cause de notre départ et qu'ils sachent que d'une manière ou d'une autre nous reviendrons.

Puis ils se blottirent l'un contre l'autre pour s'endormir.

– Kess, murmura Bowman, est-ce que tu as peur ?

– Oui, lui répondit-elle doucement. Mais quoi qu'il arrive, nous sommes ensemble.

– Je ne crains rien si tu es avec moi.

Et ils s'endormirent enfin.

13
La punition de la famille Hath

Ira Hath n'avait pas dormi depuis que les jumeaux avaient disparu. Cette nuit-là, seule avec Pim dans l'unique pièce qui leur avait été attribuée dans le Quartier Gris, elle l'avait mise au lit, comme d'habitude, et était restée assise dans la nuit, espérant entendre un léger coup frappé à la porte. Ils se cachaient quelque part dans la ville, elle le savait, et réussiraient sûrement à se glisser jusqu'à elle, à la faveur de la nuit. Mais ils n'étaient pas venus.

Le lendemain matin, elle reçut la visite de deux gendarmes au visage dur qui lui posèrent plusieurs questions sur les jumeaux et l'enjoignirent de les signaler aux autorités dès qu'ils reviendraient. Cette visite lui redonna de l'espoir. Il était évident qu'ils n'avaient pas été pris. Elle comprit soudain qu'ils n'avaient sans doute pas osé approcher de son nouvel appartement, qui risquait d'être surveillé. Elle décida donc de sortir dans le quartier et de se montrer, espérant qu'ils la verraient peut-être de leur cachette et lui enverraient un message.

Dès qu'elle fit quelques pas dans la rue avec Pim, elle

s'aperçut que tous les passants la regardaient d'un air méprisant et mauvais. Personne ne s'approcha d'elle, ne lui adressa la parole. Ils se contentaient de la regarder en ricanant.

Il y avait une boulangerie dans les environs et elle entra y acheter quelques galettes de maïs pour leur petit déjeuner. La femme du boulanger la regarda avec insolence, elle aussi, et lui dit en lui tendant les galettes :

– On ne doit pas manger souvent de galettes de maïs à Orange !

– Pourquoi dites-vous ça ? lui demanda Ira, surprise.

– Oh, ils ont de bons gâteaux à Orange, dit la femme du boulanger en secouant sa frange qui lui retombait dans les yeux. Ça doit être une sacrée humiliation pour vous !

Dans la rue, elle vit un petit groupe de voisins vêtus de gris, qui sifflaient et gloussaient comme des poulets. Une mère de famille, dont l'appartement donnait dans le même couloir que le sien, sortit du groupe, s'avança brusquement vers elle et glapit :

– Ça ne sert à rien de prendre des airs par ici. Le gris est bon pour nous, il doit être assez bon pour vous aussi.

Ce n'est qu'à ce moment-là qu'Ira Hath se rendit compte que dans la confusion et le stress de son déménagement, elle avait oublié de changer de vêtements. Pim et elle étaient toujours habillées en orange.

Un autre voisin lui cria :

– Je vous ai dénoncée ! Vous allez avoir des ennuis, maintenant, et ce sera bien fait pour vous.

– J'ai oublié, dit Ira.

— Oh, elle a oublié ! Elle se croyait toujours à Orange !

— Elle n'est pas mieux que nous. Avec ses enfants qui courent les rues comme des rats !

— Regardez sa pauvre petite ! C'est mal, voilà ce que c'est.

Pim se mit à pleurer. Ira Hath regarda tous ces visages l'un après l'autre et n'y lut qu'une même expression de haine.

— Je ne pense pas être mieux que vous, dit-elle. Je suis toute seule, pour le moment, et ce n'est pas facile.

C'était une façon de demander un peu de sympathie, mais elle avait parlé d'une voix si calme que cela ne fit qu'exaspérer davantage ses voisins.

— À qui la faute ? dit Mme Mooth, celle qui habitait à côté de chez elle. Votre mari devrait travailler plus dur, vous savez ! On n'a rien pour rien dans ce monde !

« Ô peuple malheureux ! » pensa Ira Hath. Mais elle ne dit plus rien. Elle hissa Pim, qui pleurait, dans ses bras et décida de rentrer. Elle monta trois étages, longea le sombre couloir jusqu'au numéro 318, bâtiment 29, Quartier Gris, et entra dans la pièce unique qui leur servait désormais de maison.

Elle n'avait pas répondu à ses voisins mais, après avoir refermé la porte derrière elle et posé Pim par terre, elle se sentit bouillir de rage. Son mari lui manquait terriblement, elle était folle d'angoisse au sujet des jumeaux, et elle haïssait les gens du Quartier Gris d'une haine féroce.

Elle s'assit sur le lit, qui remplissait la moitié de

la pièce, et regarda par la petite fenêtre qui donnait sur le bâtiment 28, de l'autre côté de la rue. Les immeubles étaient en béton gris. Les murs de sa chambre, qui n'étaient pas peints, étaient en ciment gris. Le seul rideau était gris. La seule touche de couleur de la pièce venait des vêtements orange qu'elle portait et du couvre-lit à rayures qu'elle avait emporté, en quittant le Quartier Orange, et sur lequel elle était assise.

– Ô Hanno, dit-elle à haute voix, et vous mes enfants chéris, s'il vous plaît, revenez à la maison…

À peu près au même moment, Hanno Hath était assis derrière un pupitre, à côté de vingt-deux autres candidats – comme on les appelait – dans la plus grande salle de séminaire du Centre d'Études Résidentiel. Ils écoutaient le principal, M. Pillish, leur expliquer qu'il était uniquement là pour les aider.

– Vos résultats ont été décevants lors des Grands Examens que vous avez passés, entonna-t-il avec la voix que prennent toujours les gens qui ont déjà dit bien des fois la même chose. Vous vous êtes déçus vous-mêmes, vous avez déçu vos familles, et vous le regrettez tous profondément. À présent, vous êtes là pour redresser la situation et je suis là pour vous y aider. Mais avant tout, vous êtes là pour vous aider vous-mêmes, car le seul moyen d'améliorer votre triste condition, c'est de travailler dur.

Il frappa brusquement ses mains l'une contre l'autre pour souligner ce point de la plus haute importance et répéta :

– Travailler dur !

Il prit quatre livres à la couverture marron.

– Le Grand Examen n'est pas très difficile. Ses questions sont variées. Il ne favorise pas seulement ceux qui ont des aptitudes naturelles. Il favorise ceux qui travaillent dur.

Il montra les livres marron un par un.

– Calcul. Grammaire. Science générale. Art général. Tout ce que vous devez savoir pour le Grand Examen est contenu dans ces quatre livres d'étude. Lisez. Apprenez. Répétez. C'est tout ce que vous avez à faire. Lire. Apprendre. Répéter.

Hanno Hath n'écoutait pas. Son esprit était entièrement occupé par les craintes qu'il nourrissait pour sa famille. Pendant la pause, au milieu de la matinée, il se mit à faire les cent pas dans la cour entourée d'un haut mur, essayant de se calmer et de réfléchir tranquillement. Il n'avait pas eu de nouvelles depuis qu'il était parti de chez lui. Cela semblait signifier que Kestrel n'avait pas été prise, et se cachait toujours quelque part dans la ville. Mais même s'il en était ainsi, ce n'était plus qu'une question de temps, car il ne voyait pas comment elle pourrait sortir d'Aramanth.

Il tournait et retournait ces pensées inquiétantes dans sa tête, suivant le cours circulaire de sa promenade, lorsqu'il entendit des sanglots étouffés et s'arrêta. L'un des autres candidats, un petit homme aux cheveux gris clairsemés, pleurait, debout contre le mur.

Hanno s'approcha de lui.

– Que se passe-t-il ? lui demanda-t-il.

– Oh, rien, répondit l'homme, en se tamponnant les yeux. Parfois, je ne peux pas m'en empêcher.

– C'est à cause du Grand Examen ?

Le petit homme fit signe que oui.

– J'essaye vraiment. Mais dès que je m'assieds à ma table, tout ce que j'ai appris s'efface de ma tête.

Il s'appelait Miko Mimilith. Il raconta à Hanno qu'il faisait des efforts pour apprendre, qu'il était compétent dans son travail, mais que le Grand Examen annuel le terrorisait complètement.

– Je vais avoir quarante-sept ans cette année, dit-il. J'ai passé le Grand Examen vingt-cinq fois. Et c'est toujours la même chose.

– Est-ce que vous parvenez à répondre à certaines questions ?

– J'arrive à faire les opérations, en calcul, enfin quelques-unes, quand je ne suis pas trop énervé. Mais c'est tout.

– Eh bien, vous avez de la chance, intervint un jeune homme blond, qui avait entendu la conversation. Moi, j'aimerais bien arriver à faire le calcul. Et pourtant, si on me posait des questions sur les papillons, j'aurais un certain nombre de choses à dire !

– Ou s'ils posaient des questions sur les nuages ! ajouta un troisième homme.

– Je connais tous les papillons qu'on a jamais vus à Aramanth, reprit le jeune homme blond avec ardeur. Et même une espèce qu'on n'a pas vue depuis plus de trente ans !

– Posez-moi des questions sur les nuages, dit le troisième homme, pour ne pas être en reste. Donnez-moi la force du vent, sa direction, la température de l'air et je vous dirai où la pluie va tomber et quand.

— Moi, ce qui me plairait, dit le petit Miko Mimilith, en caressant l'air de ses doigts délicats, ce seraient des questions sur les étoffes. La finesse du coton, la fraîcheur du lin, la chaleur du tweed. Je les connais toutes. Si on me bandait les yeux et qu'on me faisait toucher du doigt un tissu, je pourrais dire ce que c'est, et sans doute même où il a été tissé.

Hanno Hath les regarda les uns après les autres et vit que la morne indifférence de leurs regards avait disparu ; ils avaient la tête haute et se coupaient la parole dans leur hâte de parler.

— Oh, ce serait tellement bien, dit l'homme aux nuages en poussant un long soupir, si nous étions notés sur ce que nous savons vraiment !

— C'est peut-être ce qu'ils devraient faire, dit Hanno Hath.

Avant qu'il puisse s'expliquer davantage, la voix de M. Pillish retentit dans la cour :

— Candidat Hath, présentez-vous au bureau du principal !

Hanno entra dans la pièce tapissée de livres, où le principal, M. Pillish, discutait avec l'examinateur en chef lui-même, Maslo Inch.

— Ah, le voici, dit le principal. Dois-je vous laisser seuls ?

— Ce n'est pas la peine, répondit Maslo Inch.

Il se tourna vers Hanno avec son sourire glacial.

– Ah, mon vieil ami. Je suis désolé d'interrompre tes études. Mais j'imagine que tu aimerais savoir ce que deviennent tes enfants.

Hanno ne répondit pas, mais son cœur se mit à battre violemment.

– Les nouvelles ne sont pas bonnes. On les a vus entrer dans le Lac Souterrain, hier après-midi. Ils n'ont pas réapparu. Je crains qu'il n'y ait plus beaucoup d'espoir de les retrouver vivants.

Il regardait Hanno attentivement en lui parlant. Celui-ci afficha l'expression la plus neutre qui soit, mais il sentit soudain l'espoir revivre en lui.

« Il y avait la lumière du jour, sous terre, se dit-il. Et Kestrel l'a vue. Ils sont sur la bonne voie. »

La fierté l'envahit en pensant à ses enfants adorés et au courage qu'ils avaient eu d'entreprendre un voyage si dangereux. Mais elle fut aussitôt remplacée par un frisson d'angoisse.

« Préservez-les, implora-t-il silencieusement, comme s'il s'adressait à quelqu'un ou à quelque chose. Ils sont si jeunes ! Veillez sur eux. »

– Tu es le seul responsable, mon cher.

– Oui, dit Hanno. Je m'en rends compte, à présent.

L'examinateur en chef lui avait donné ces nouvelles en personne pour avoir le plaisir de le punir. Hanno ne le comprenait que trop bien. Il baissa la tête, espérant avoir l'air contrit. Il ne voulait éveiller aucun soupçon.

– Il te reste une enfant. Elle est encore trop jeune pour avoir été contaminée par ton exemple. Je te conseille de t'appliquer à partir de maintenant. Que cette malheureuse affaire t'apprenne la valeur de la discipline, de l'ambition personnelle, du simple et dur travail.

—Dur travail, répéta respectueusement M. Pillish.

—Je vais faire prévenir ta femme.

—Elle va être terriblement bouleversée, dit Hanno à voix basse. Pourrais-je lui annoncer la nouvelle moi-même ?

L'examinateur en chef regarda le principal.

—Je pense que l'on pourrait autoriser un bref entretien, étant donné les circonstances, dit-il.

Ira Hath portait de sobres vêtements gris quand on la fit entrer dans le parloir du Centre d'Études Résidentiel. M. Pillish surveillait l'entretien, comme il avait été chargé de le faire, à travers une fenêtre fermée. Il fut satisfait de voir que le couple endeuillé pleurait et s'embrassait beaucoup. Mais il n'entendait pas les mots qu'ils se disaient et qui avaient un tout autre sens que celui qu'il pouvait imaginer. Maintenant qu'ils avaient des raisons de croire que les jumeaux s'étaient échappés, Hanno et Ira se sentaient animés d'un nouveau courage. Bowman et Kestrel risquaient tout pour briser le sinistre pouvoir qui écrasait leur vie. Leurs parents ne pouvaient pas rester à la traîne.

—Je vais reprendre le combat, dit Hanno.

—Moi aussi, dit sa femme. Et je sais comment.

14
Le retour des Vieux Enfants

Quand Bowman et Kestrel se réveillèrent, ils virent que tous les bébés étaient partis et que Mumpo les attendait, plein d'énergie, après avoir pris un bon petit déjeuner. Plusieurs hommes arrivèrent pour les guider et les aider à sortir du Lac Souterrain. Parmi eux, Willum avait l'air abattu et faisait grise mine.

– Dur travail que la moisson, marmonna-t-il, sans s'adresser à personne en particulier. Après ça, on est complètement éreinté.

– Nous allons vivre une aventure, lui annonça Mumpo. Kess est mon amie.

Le soleil brillait déjà à travers les trous de la voûte. Les jumeaux expédièrent leur repas et firent leurs adieux. La Reine Num leur donna de petites tapes amicales et, d'un air subitement triste, leur tendit les chaussettes à noix qu'elle avait remplies pour leur voyage.

– Il y a deux chaussettes pour chacun, car vous ne pourriez en porter plus. Faites bien attention, mes petits Maigrichons. C'est un monde sec et cruel, là-haut !

Ils nouèrent les lourdes chaussettes à noix deux par deux et les laissèrent pendre de chaque côté de leur cou, comme le faisaient les hommes du peuple de la bourbe. Elles se balançaient et cognaient contre leur poitrine ou leur estomac à chaque pas, mais ils s'y habituèrent rapidement et trouvèrent même cette sensation réconfortante.

Ils quittèrent le palais, accompagnés d'une vingtaine de personnes. Tandis qu'ils marchaient le long de la piste de plus en plus lumineuse, d'autres gens les rejoignirent, jusqu'à ce que plus d'une centaine d'hommes et de femmes les suivent de leur pas dansant.

— Nous sommes trois amis, nous sommes trois amis, chantait Mumpo, jusqu'à ce que Kestrel lui ordonne de se taire.

Le sol montait imperceptiblement, et la boue durcissait sous leurs pieds, à mesure qu'ils approchaient de l'ouverture de la grande mine de sel qui contenait le Lac Souterrain. Au bout d'un moment, ils sentirent une brise fraîche sur leur visage, et la voûte argentée de la caverne sembla briller plus fort tandis que la lumière augmentait.

Au début, l'ouverture de la caverne leur apparut simplement comme une bande de lumière aveuglante, loin devant eux. Mais en approchant – ils marchaient désormais sur du sable humide, mais ferme – ils virent que la caverne se rétrécissait et ne mesurait plus que huit cents mètres environ de large, tandis que la grande voûte s'arrondissait et s'abaissait, formant comme un auvent de la hauteur d'un grand arbre.

Au-delà de la caverne, l'éclat du jour révélait une vaste plaine sablonneuse sous un ciel d'un bleu profond.

Quand la colonne arriva enfin à l'endroit où la lumière du soleil tombait sur la terre ferme, elle s'arrêta, les gens de la bourbe prenant bien garde de rester dans le royaume des ombres. Les enfants comprirent que, à partir de là, ils devraient continuer seuls.

– Merci, leur dirent-ils. Merci de vous être occupés de nous.

– Nous allons chanter pour vous, dit Willum. Pour que vous trouviez votre voie.

Au moment de se quitter, tous leur firent au revoir de la main et se mirent à chanter. C'était une douce chanson d'adieu, sans mots, comme une suite de vagues mélodieuses.

– C'est leur amour, dit Kestrel en se souvenant des paroles de la Vieille Reine. Ils nous donnent leur amour pour qu'il nous suive.

Tandis que les enfants sortaient de la mine de sel et s'éloignaient vers les plaines poudreuses, le chant du peuple de la bourbe les suivit, chaleureux et affectueux comme les terriers dans lesquels ils dormaient. Puis il devint de plus en plus faible dans la brise, et disparut complètement. Alors ils surent qu'ils étaient seuls.

Après l'ombre protectrice du Lac Souterrain, les plaines à travers lesquelles ils marchaient à présent leur semblèrent illimitées. Au nord, seulement, très très loin, ils pouvaient apercevoir la ligne gris pâle des montagnes. Puis, comme le soleil montait, la brume de chaleur s'éleva de la terre desséchée et unit le ciel et l'horizon, les fondant en un monde indistinct et miroitant dont ils étaient les seuls êtres vivants. Pendant un moment encore, ils purent voir, en tournant la tête, la longue ouverture noire de la caverne dont ils étaient sortis, mais elle s'effaça bientôt au loin, dans l'air poussiéreux. Ils n'avaient plus aucun repère.

Ils marchèrent vers le nord, en essayant de suivre une ligne droite. Ils espéraient apercevoir la Grande Voie. Le vent leur piquait le visage, soufflait sur le sable, faisait frissonner la terre. Bowman et Kestrel ne parlaient pas, mais chacun d'eux ressentait l'anxiété de l'autre. Seul Mumpo restait insouciant. Il suivait Kestrel en mettant les pieds dans les traces qu'elle laissait derrière elle et criait à tue-tête :

– Je t'aime bien, Kess ! Nous sommes pareils !

Le vent se renforça, soulevant de plus en plus de sable, masquant l'éclat de la lumière. Il devint difficile de marcher car le sable leur fouettait le visage. Soudain, à travers l'air trouble, ils aperçurent devant eux une structure basse et carrée, comme une hutte sans toit, et ils se dirigèrent vers elle pour s'y abriter.

Lorsqu'ils arrivèrent tout près, ils virent que c'était une sorte de chariot couché sur le côté. Ses essieux étaient cassés, et les roues à moitié ensevelies. Le sable s'était accumulé du côté exposé au vent mais, de l'autre, il y avait un espace protégé, où ils purent se blottir à l'abri. Là, ils dénouèrent leurs chaussettes et mangèrent un repas bienvenu à base de noix de gadoue grillées.

Le goût fumé des noix leur rappela la moisson et les visages chaleureux des gens du peuple de la bourbe. Ils seraient volontiers retournés dans les terriers confortables du Lac Souterrain ! Le vent était trop fort pour se remettre en marche, aussi Kestrel sortit-elle sa carte pour l'examiner avec Bowman. Il n'y avait pas de points de repère, dans le désert, seule la position du soleil dans le ciel pouvait leur indiquer le nord, et peut-être la vue des montagnes au loin. Mais il leur fallait pourtant trouver la Grande Voie, ou ce qu'il en restait.

– La Vieille Reine a dit qu'il y avait des géants.

– C'était autrefois. Il n'y a plus de géants de nos jours.

– Nous avons intérêt à continuer vers le nord. On repartira dès que la tempête se sera calmée.

Kestrel leva les yeux de sa carte et vit Mumpo qui la regardait en souriant.

– Qu'est-ce qui te rend si heureux, Mumpo ?

– Rien.

Puis elle vit que ses deux chaussettes à noix étaient vides, devant lui.

– Je n'arrive pas à y croire ! Tu as tout mangé ?

– Presque, admit-il.

– Il ne t'en reste pas une seule !

Mumpo ramassa ses chaussettes vides et les regarda d'un air surpris.

– Il n'y en a plus une seule, dit-il, comme si quelqu'un d'autre les avait prises.

– Tu es un grand *pongo* ! Tu étais censé en garder pour plusieurs jours !

— Désolé, Kess, dit Mumpo.

Mais il avait le ventre plein, se sentait très bien et ne semblait pas désolé du tout.

Bowman se remit à examiner le chariot derrière lequel ils s'abritaient, et les débris qui gisaient tout autour. À part les roues, qui étaient étonnamment grandes et étroites, il y avait des morceaux de mâts brisés, des bouts de tissu et de filets et des cordes effilochées. Tout cela rappelait l'épave d'un bateau à voile. Il se leva et alla voir les débris de plus près, plissant les yeux pour se protéger du sable. Il vit que les mâts avaient été fixés sur le châssis du chariot et comprit qu'il devait s'agir d'une sorte de char à voile. Il retourna à l'abri du vent, creusa le sable qui s'était amoncelé autour de l'engin et trouva une poulie, puis une courroie de transmission. Il faillit se couper la main en déterrant deux longues lames de fer. Il était évident que le char avait transporté toute une machinerie. Mais quel genre de machines et destinées à quel usage ?

Comme il n'avait rien de mieux à faire pour le moment et que son esprit fonctionnait ainsi, Bowman se mit à reconstruire l'appareil dans sa tête, à partir des débris qui jonchaient le sol. Il y avait deux mâts, c'était assez clair ; le char devait s'élever très haut, avec ses quatre roues immenses. La proue se terminait par un éperon. De l'autre côté, il y avait probablement des espèces de bras, de grosses poutres en bois qui sortaient à l'extérieur ; des filets, dont il ne restait que des lambeaux, y étaient encore accrochés. Le char à voile avait sans doute été conçu pour traverser les plaines, les bras déployés, traînant des filets sur le sol, attrapant et emportant quelque chose au passage. Mais quoi ?

Comme pour chercher une réponse, il se tourna vers la tempête. Et en regardant, il lui sembla apercevoir quelque chose qu'il n'avait pas vu auparavant. Il plissa les yeux pour essayer de mieux voir la forme mouvante à travers les tourbillons flous du sable. Il distingua deux formes. Puis trois. De vagues silhouettes qui approchaient lentement. Son cœur se mit à battre.

– Kess, dit-il, il y a des gens qui arrivent.

Kestrel posa sa carte et sortit la tête dans le vent pour voir. Ils étaient faciles à repérer, maintenant : ils formaient une ligne sombre contre le ciel couvert.

Elle regarda autour d'elle et vit deux autres ombres sur le côté. Et derrière.

– Ce sont eux, dit Bowman. Je le sais.
– Qui ? demanda Mumpo.
– Les Vieux Enfants.

Mumpo se mit à danser d'un pied sur l'autre en agitant les bras.

– Très bien, je vais leur donner une autre **raclée** ! s'écria-t-il.
– Ne les laisse pas te toucher, Mumpo ! l'avertit Kestrel, d'une voix aiguë qui retentit dans le vent. Il se passe quelque chose quand ils nous touchent. Reste hors d'atteinte !

Les sombres silhouettes se rapprochaient de leur pas traînant, à travers la tempête de sable, encerclant peu à peu l'épave du char à voile, **derrière laquelle les enfants s'abritaient.**

Une voix retentit, grave et apaisante, une voix qu'ils connaissaient déjà.

– Vous vous souvenez de nous ? Nous sommes vos petits alliés.

Ils entendirent gronder leurs rires tout autour d'eux.

– Vous ne pouvez pas nous échapper, vous le savez bien. Alors pourquoi ne pas revenir à la maison avec nous ?

Mumpo se mit à sautiller, et à donner des coups de poing en l'air.

– Je suis l'ami de Kess ! cria-t-il. Que quelqu'un approche et je le frappe !

Bowman chercha des yeux un objet quelconque qui puisse lui servir d'arme pour les repousser. Il tira sur un morceau de mât à moitié enterré, mais il ne bougea pas. Les Vieux Enfants étaient si près d'eux que Mumpo et les jumeaux voyaient leurs visages, à présent, ces sinistres visages ridés qui étaient à la fois vieux et enfantins. Leurs mains flétries se tendaient vers eux pour les toucher.

– Faut-il vous caresser pour vous endormir ? Caresses, caresses, caresses, et vous vous réveillerez vieux, comme nous.

Les autres se mirent à glousser, et leurs rires caverneux emportés par le vent tourbillonna dans l'air rugissant.

« Il faut s'échapper en courant, dit silencieusement Kestrel à Bowman. Est-ce que tu vois un endroit où passer ?

– Non, ils sont tout autour de nous.

– Il n'y a pas d'autre solution.
– Je suis sûre qu'on peut courir plus vite qu'eux. »

Les Vieux Enfants se rapprochaient de plus en plus de leur pas traînant, resserrant leur cercle autour d'eux.

– *Bubba bubba kak* ! cria Mumpo en donnant des coups de poing dans l'air. Vous voulez que je vous écrase le nez ?

« Si Mumpo frappait l'un d'eux, nous pourrions courir par la brèche qu'il ouvrirait.

– Mais que deviendrait Mumpo ? »

Au moment même où Bowman envoyait cette pensée, Mumpo bondit en avant et frappa un Vieil Enfant sur le nez. Mais il recula immédiatement, en poussant un gémissement pitoyable.

– Kess ! Kess !

Kestrel le rattrapa et il s'effondra en geignant dans ses bras.

– Il y a quelque chose qui ne va pas, Kess. Aide-moi !

Les Vieux Enfants gloussaient et leur chef dit :

– C'est le moment, maintenant. Vous avez déjà manqué assez de cours. Pensez à votre classement.

– Non ! s'écria Kess. Je préfère mourir ici !

– Oh, vous ne mourrez pas, dit la voix profonde et apaisante, en se rapprochant. Vous deviendrez simplement vieux.

Ils n'avaient pas d'échappatoire. Terrifié, Bowman ferma les yeux et attendit qu'une main osseuse et desséchée le touche. Il entendit leur pas traînant se rapprocher encore de lui. Puis, malgré le gémissement du vent, il entendit un nouveau bruit, celui d'un cor qui s'élevait et retombait à la manière d'une sirène, approchant à grande vitesse.

Soudain, le son fut tout près d'eux, accompagné d'un fracas assourdissant, de craquements et de claquements. Surgissant de la tempête, poussé par le vent déchaîné, apparut un char à voile monté sur d'immenses roues, ses bras tendus traînant de grands filets volant au vent. Kestrel le vit et sut aussitôt ce qu'elle devait faire. Juste avant qu'il ne les dépasse, elle attrapa le poignet de Bowman d'une main, celui de Mumpo de l'autre, et les entraîna sur le passage du vaisseau. Presque aussitôt les filets les enlevèrent. Emmêlés dans les mailles épaisses, ils furent emportés, filant à la vitesse du vent, à une allure hallucinante, aveuglés par le sable qui s'élevait dans la plaine.

Dès qu'ils eurent retrouvé leur souffle, Kestrel entreprit de monter dans le filet. Se cramponnant aux mailles dans le vent qui soufflait violemment, elle put enfin regarder autour d'elle. Elle vit Mumpo en dessous, attrapé comme un animal sauvage, les jambes prises dans les mailles du filet, la tête en bas, qui poussait des hurlements. Bowman s'était relevé et la suivait, montant à son tour. Ce n'était guère facile car le char à voile avançait si vite que chaque creux du sol, chaque pierre le secouait et le déséquilibrait. Pendant tout ce temps, le sable emporté par le vent leur piquait les yeux. La sirène au sommet du mât gémissait comme un spectre de mort et, à l'extrémité des bras en bois déployés de chaque côté, d'immenses lames en forme de faux tournaient à toute vitesse en produisant un sifflement effrayant et suraigu.

Kestrel s'aperçut qu'il n'y avait pas d'équipage, que personne ne conduisait le char. Elle chercha un gouvernail ou une barre mais n'en vit pas. Le char à voile était incontrôlable : il suffisait qu'il heurte une grosse pierre pour qu'il s'écrase à pleine vitesse, en les broyant avec lui. Il fallait trouver le moyen de ralentir la machine.

— Ça va ? demanda-t-elle à Bowman.
— Oui, je crois.
— Fais monter Mumpo dans le char. Je vais affaler les voiles.

Aidé par Bowman, Mumpo réussit à se relever et à remonter le long du filet. Une fois à l'intérieur du vaisseau, ils s'agrippèrent tous deux aux mâts, tandis que le char à voile filait dans un bruit assourdissant.

Kestrel trouva l'endroit où la grand-voile était fixée et commença à dérouler la corde. Une secousse brutale la projeta hors du vaisseau, mais elle se cramponna de toutes ses forces à la corde et alla s'écraser contre le flanc du char. En remontant le long de la corde, elle se hissa à nouveau. Elle relâcha la grand-voile. Elle avait l'intention de la libérer entièrement pour freiner leur vitesse affolante, mais seul un côté de la voile se détacha. Elle changea brusquement d'amure, faisant basculer le vaisseau sur deux roues. Pendant quelques instants de folie, le char à voile avança en cahotant avec deux roues en l'air. Une lame labourait le sable. Puis elle se ficha dans le sol et le vaisseau bondit, tourna sur lui-même, entraîné par sa vitesse. Dans sa course, les grandes lames se cassèrent net, les mâts se brisèrent, ainsi que les roues. Mais le châssis auquel les enfants se cramponnaient resta intact. Lorsque le vaisseau fracassé s'immobilisa enfin, après un dernier soubresaut, les enfants s'aperçurent que, bien qu'ils eussent des contusions sur tout le corps et le souffle coupé, ils étaient toujours vivants et ne s'étaient cassé aucun membre.

Ils restèrent là, en silence, écoutant les battements fous de leur cœur reprendre un rythme plus normal. La tempête faisait toujours rage, mais la sirène s'était tue et la machinerie du char à voile s'était arrêtée. Ils n'entendaient plus que le claquement des voiles affalées qui battaient dans le vent. Cette fois encore, ils se retrouvaient à l'abri, derrière un engin accidenté. Ils ne pouvaient rien faire d'autre que de rester allongés là à attendre que cesse la tempête.

Épuisés par la terreur que leur avait inspirée les Vieux Enfants et leur terrible fuite, ils sombrèrent tous les trois dans un sommeil agité, où il leur semblait toujours être sauvagement emportés dans la course folle du char à voile à travers la plaine. Leurs rêves et leurs souvenirs se mêlaient au mugissement du vent, et ils se sentaient continuellement heurtés et malmenés. Ils se réveillèrent en criant et en se cramponnant les uns aux autres, heureux d'être en vie.

Tandis qu'ils reprenaient leurs esprits, ils se rendirent compte qu'un grand silence les entourait. Le vent n'était plus qu'une brise. L'air s'était éclairci et, au-dessus d'eux, lorsqu'ils sortirent de l'abri du char à voile, le ciel était d'un bleu éclatant. Depuis qu'ils avaient quitté les mines de sel, c'était la première fois qu'ils pouvaient voir aussi loin.

Ils étaient au milieu d'une plaine sablonneuse et monotone, où des dunes s'étendaient à perte de vue. Vers le nord, la ligne des montagnes se découpait à l'horizon. C'était le seul point de repère qui s'offrait au voyageur. Les montagnes étaient plus près d'eux qu'avant, mais il fallait quand même plusieurs jours de marche pour les atteindre.

Ils avaient encore de la nourriture pour le lendemain, s'ils faisaient attention. Mais ensuite ?

– Allons-y, dit Kestrel. Il se passera bien quelque chose.

Le soleil déclinait dans le ciel. Il était trop tard pour reprendre leur voyage aujourd'hui. Elle sortit donc leurs provisions de noix de gadoue.

Comme elle l'avait prévu, Mumpo déclara aussitôt qu'il avait faim.

– Nous avons tous eu le même nombre de noix, Mumpo.

– Moi, je n'en ai plus.

– Je regrette, lui dit Kestrel, mais je ne t'en donnerai pas.

– Mais j'ai faim !

– Tu aurais dû y penser avant.

Elle était décidée à lui donner une leçon ; aussi mangea-t-elle ses noix de gadoue en silence, sans gratifier Mumpo d'un seul regard. Mumpo était assis et la contemplait comme un chien triste et fidèle.

— Ça ne se fait pas de regarder quelqu'un de cette façon, Mumpo. Tu as eu tes noix, et maintenant j'ai les miennes.

— Mais j'ai faim !

— Il est trop tard, à présent.

Il se mit à pleurer silencieusement, laissant les larmes couler sur ses joues. Au bout d'un moment, Bowman sortit l'une de ses noix de gadoue et la lui donna.

— Merci, Bo, lui dit Mumpo retrouvant aussitôt sa joie de vivre.

Kestrel le regarda la manger et se sentit irritée. La gentillesse de son frère la mit en colère contre elle-même.

— Tu es vraiment irrécupérable, Mumpo, lui dit-elle.

— Oui, Kess.

— On a un long chemin à faire, tu sais ?

— Non, lui répondit-il avec simplicité. Je ne sais même pas où nous allons.

C'était vrai : ils n'avaient pas eu le temps de lui en parler. Bowman en eut honte.

— Montre-lui la carte, Kess.

Kestrel déroula la carte et expliqua leur voyage du mieux qu'elle put. Mumpo écouta en silence. Quand elle eut fini, il la regarda dans les yeux et lui demanda :

— Est-ce que tu as peur, Kess ?

— Oui.

— Je t'aiderai. Je n'ai pas peur.

— Comment se fait-il que tu n'aies pas peur, Mumpo ? lui demanda Bowman.

– Qu'avons-nous à craindre ? Nous sommes là, tous les trois, et nous sommes amis. La tempête s'est calmée. Nous avons dîné. Tout va bien.

– Tu ne t'inquiètes pas de ce qui pourrait nous arriver plus tard ?

– Comment ça ? Je ne peux pas savoir ce qui va se passer jusqu'à ce que ça se passe.

Bowman regarda Mumpo avec curiosité. Il n'était peut-être pas si bête, après tout. Peut-être...

Il se raidit. Kestrel sentit soudain qu'il avait peur.

– Qu'y a-t-il, Bo ?

– Tu n'entends pas ?

Elle tendit l'oreille : un grondement s'élevait au loin. Ils scrutèrent l'horizon.

– Oui, il y a quelque chose. C'est très gros et ça vient vers nous.

15
Prisonniers d'Ombaraka

Un drapeau était apparu parmi les dunes et venait dans la direction des enfants. Un drapeau rouge et blanc, sur un mât, claquant dans la brise. Ils ne voyaient pas sur quoi le mât était planté, car il était caché par une dune, mais ils savaient qu'il avançait vers eux car il s'élevait de plus en plus haut.

Bientôt ils virent qu'il ne s'agissait pas seulement d'un mât portant un drapeau, mais d'un mât auquel était fixée une voile. Ils se faufilèrent dans la coque du char à voile accidenté pour ne pas être vus par ceux qui approchaient. Et depuis cette cachette, ils continuèrent à observer.

Les voiles se multiplièrent, alignées sur une longue rangée de mâts; les plus petites étaient au sommet et les plus grandes en dessous. À présent, ils pouvaient distinguer la superstructure du vaisseau, une construction complexe bordée de fenêtres, à l'intérieur de laquelle on pouvait circuler sur des passerelles. Il y avait des gens qui couraient sur ces passerelles, mais ils étaient trop loin pour qu'on puisse voir leur visage. Le vaisseau continuait d'escalader lentement la dune, et maintenant ils entendaient clairement le bruit qu'il faisait. C'était un grondement sourd et grave. D'autres voiles apparaissaient sur des mâts plus petits, situés sous les passerelles. Puis un deuxième niveau de la superstructure apparut au-dessus du sable. Il était beaucoup plus large que le premier et était occupé par tout un ensemble de cabanes et d'abris, reliés les uns aux autres par des ponts de corde et des coursives en bois. Une foule de gens grouillait parmi ces cahutes et maintenant qu'ils approchaient, les enfants les entendaient se crier des ordres les uns aux autres. Ils étaient vêtus de longues robes qui flottaient dans le vent et se déplaçaient avec agilité, montant et descendant d'un niveau à l'autre, leurs robes gonflées par la brise.

Le soleil bas éclaira le flanc du gigantesque vaisseau qui montait le long de la dune en grinçant et en craquant, ses multiples voiles gonflées par le vent. Tandis que les enfants le regardaient avec un émerveillement mêlé de crainte, un troisième niveau de constructions en bois apparut dans leur champ de vision. Ce troisième niveau était conçu d'une manière beaucoup plus complexe. C'était un alignement classique de maisons avec de belles fenêtres sculptées autour de trois patios à colonnades. Les grands mâts se dressaient au milieu de ces constructions et traversaient les deux niveaux supérieurs jusqu'aux plus hautes voiles et aux drapeaux, tout en haut.

La vaste structure ne cessait de grandir et elle atteignit enfin le sommet de la dune, se dirigeant toujours vers le char à voile. Son bruit – à la fois grondement, raclement, craquement – était devenu assourdissant et semblait emplir le monde entier. Déjà le vaisseau se dressait au-dessus d'eux, remplissant le ciel. À présent, les roues sur lesquelles il se déplaçait étaient visibles. Chacune était plus haute qu'une maison. Et, entre elles, il y avait encore un autre niveau, avec des réserves, des manufactures, des cours de ferme et des forges. Tous ces bâtiments étaient reliés par des passages et des chemins intérieurs. Ce n'était pas seulement un vaisseau terrestre, c'était une véritable ville roulante, un monde poussé par le vent.

Malgré sa taille colossale, le vaisseau était conduit avec une grande précision. Les enfants ne pouvaient que rester tapis à l'intérieur du char, espérant ne pas être écrasés par ce monstre qui avançait vers eux. Mais il ne passa pas. Lorsque son ombre tomba sur eux, des cris retentirent d'un niveau à l'autre, les centaines de voiles furent affalées, le monstre fut parcouru d'un tremblement et s'arrêta. Ses roues les plus proches n'étaient plus qu'à quelques mètres de l'endroit où étaient tapis les enfants.

D'autres ordres furent lancés. Le bras d'une grue en bois vint se balancer d'un niveau supérieur. De son extrémité descendit une paire de pinces en fer géantes. Les hommes qui actionnaient cette grue étaient très habiles. Avant que les enfants aient compris ce qui se passait, les mâchoires de la grande pince s'étaient refermées sur le char à voile et, dans un grand tremblement, ils se sentirent hissés vers le ciel.

Tandis qu'ils s'élevaient, ils virent des gens sur le grand vaisseau qui les montraient du doigt en gesticulant. Le bras de la grue pivota vers l'intérieur et le char à voile fut brutalement déposé dans un espace aménagé entre le pont supérieur et le pont inférieur. Déjà l'ordre de repartir avait été donné. Les voiles furent à nouveau hissées et l'immense édifice reprit sa route dans un grand tremblement. Lorsque le char à voile heurta le pont, les enfants se virent encerclés par des hommes aux regards féroces. Ils avaient tous la même apparence : ils étaient grands et barbus, portaient des robes couleur de sable attachées par des ceintures de cuir ; leurs longs cheveux étaient coiffés en centaines de petites nattes ; dans chacune d'elles était tressé un fil d'une couleur éclatante.

— Sortez ! leur ordonna l'un des hommes.

Les enfants s'extirpèrent du char. Les hommes s'emparèrent aussitôt d'eux et les immobilisèrent.

— Des espions chakas ! dit le commandant en crachant sur le pont. Des saboteurs !

— S'il vous plaît, monsieur... commença Kestrel.

— Silence ! hurla le commandant. Sales Chakas ! Vous n'avez pas à parler tant que je ne vous dis pas de le faire !

Il se tourna vers le char à voile. Certains de ses hommes l'inspectaient pour évaluer les dommages.

— La corvette est-elle détruite ?

— Oui, monsieur.

— Enfermez-les ! Ils méritent la pendaison !

Il s'éloigna à grands pas, suivi d'un petit groupe de

subordonnés. Bowman, Kestrel et Mumpo furent poussés dans une sorte de cage, sur le côté du pont. Leurs gardes y entrèrent avec eux et crièrent :

– Tout en bas !

La cage descendit alors entre des rails verticaux en bois, jusqu'au fin fond du vaisseau. Pendant la descente, les gardes toisèrent les enfants avec haine et dégoût.

La cage s'arrêta brusquement, et ils furent escortés le long d'un sombre passage jusqu'à une porte barrée. On les poussa brutalement à l'intérieur de ce qui était manifestement une cellule. La porte se referma derrière eux et ils entendirent le bruit d'une grande clef tourner dans la serrure.

La cellule était nue ; il n'y avait même pas de banc pour s'asseoir. Une fenêtre donnait sur une cour. Les enfants s'étaient relevés et regardaient autour d'eux, essayant de faire le point sur la situation, quand ils entendirent des bruits de pas. Par la fenêtre, ils virent une troupe d'hommes barbus se ranger dans la cour. Leur chef aboya un ordre et les hommes sortirent tous de longues épées qu'ils brandirent devant eux.

– Mort aux espions chakas ! cria le chef.

– Mort aux espions chakas ! reprirent tous les autres.

Suivit une scène de cris et de gestes violents qui ressemblait à une danse guerrière. Le chef cria d'une voix perçante :

– Baraka !

Et les hommes fendirent l'air de leur épée, hurlant à leur tour :

– Raka ! Raka ! Raka ! Raka ! Puis :
– Mort aux espions chakas !

Ils le répétèrent plusieurs fois, de plus en plus fort et de plus en plus violemment chaque fois, jusqu'à ce que les hommes tapent du pied, le visage écarlate de fureur, prêts à se battre contre n'importe quoi et n'importe qui.

Kestrel et Bowman contemplaient la scène avec un désarroi croissant, mais Mumpo suivait la danse guerrière avec admiration. Ce qui le frappait le plus, c'étaient leurs cheveux.

– Vous avez vu comment ils font ça ? leur demanda-t-il, montrant ses propres cheveux raides et ternes. Ils enroulent un fil rouge et bleu dans chaque natte. Et du jaune, du vert ! De toutes les couleurs !

– Tais-toi, Mumpo.

La serrure cliqueta et la porte s'ouvrit pour laisser passer un homme qui ressemblait aux autres. Il était simplement plus vieux et plus corpulent. Il respirait bruyamment et leur apportait un plateau de nourriture.

– Je ne vois pas à quoi ça sert, dit-il en posant le plateau par terre, vu que vous allez être pendus. Mais que la volonté du Morah soit faite !

– Le Morah ! s'exclama Kestrel. Vous connaissez le Morah ?

– Et pourquoi pas ? répondit le garde. Le Morah veille sur nous tous. Même sur moi.

– Pour vous protéger ?

– Me protéger !

Cette idée le fit rire.

– Oui, c'est ça, le Morah me protège. Avec des tempêtes et des maladies, et de bonnes vaches à lait qui meurent sans raison. Voilà comment le Morah me protège. Et vous, vous allez voir. Aujourd'hui vous êtes là, tout beaux tout jolis, et demain vous serez pendus. Eh oui, le Morah veille sur nous tous, c'est bien ça.

Il leur avait apporté du pain de maïs, du fromage et du lait. Mumpo s'assit et se mit aussitôt à manger. Après quelques hésitations, les jumeaux l'imitèrent. Le garde resta près de la porte, les observant d'un air soupçonneux.

– Vous êtes jeunes pour des espions, remarqua-t-il.
– Nous ne sommes pas des espions, dit Kestrel.
– Vous êtes des canailles de Chakas, c'est bien ça ?
– Non.
– Vous n'allez pas me dire que vous êtes des Barakas !
– Non...
– Alors si vous n'êtes pas des Barakas, vous êtes des Chakas, dit simplement le garde.

Kestrel ne savait plus que répondre.

– Et nous tuons les Chakas, ajouta le garde.
– J'aime bien vos cheveux, dit Mumpo qui avait fini de manger.
– Vraiment ?

Le garde fut surpris, mais il était évident que ce compliment lui avait fait plaisir. Il leva le bras et tira négligemment sur ses nattes.

– J'essaye les verts et les bleus, cette semaine.
– C'est difficile à faire ?
– Je ne dirais pas que c'est difficile. Mais pour que les

nattes soient espacées régulièrement et qu'elles soient bien serrées, il faut un peu d'entraînement.

— Je parie que vous êtes très habile.

— J'ai un certain coup de main, dit le garde. Tu es un jeune garçon intelligent, je dois dire. Pour un sale Chaka.

Les jumeaux suivaient la conversation avec stupeur. La voix du garde avait perdu toute son hostilité.

— Le bleu est exactement de la couleur de vos yeux, lui dit Mumpo.

— À vrai dire, c'est un peu ce que je voulais, admit le garde. La plupart des gens aiment une touche de rouge, mais je préfère les tons naturels.

— J'imagine que vous ne pourriez pas me faire la même chose, lui dit Mumpo d'un air mélancolique. J'aurais adoré vous ressembler !

Le garde le regarda d'un air songeur.

— Après tout, je pourrais le faire, dit-il enfin. Puisque vous allez être pendus de toute façon, ça ne fera pas beaucoup de différence. Quelles couleurs aimerais-tu ?

— Quelles couleurs avez-vous ?

— Toutes. Tu peux choisir celles que tu veux.

— Alors, je les veux toutes, dit Mumpo.

— Ce n'est pas très subtil, tu sais, lui dit le garde. Mais, bon, c'est la première fois que tu essayes.

Il les quitta, en refermant la porte derrière lui.

— Franchement, lui dit Kestrel, comment peux-tu t'occuper de tes cheveux à un moment pareil ?

— À quoi d'autre veux-tu que je pense ? lui répondit Mumpo.

Le garde revint avec un peigne et un sac plein de

bobines de fil de toutes les couleurs. Il s'assit par terre, les jambes croisées et se mit à faire de petites tresses avec les cheveux de Mumpo. Cette activité le rendit presque amical. Il se nommait Salimba et était vacher de son métier. Il leur raconta qu'Ombaraka, l'énorme ville roulante dans laquelle il vivait, transportait un troupeau de plusieurs milliers de vaches, ainsi qu'un troupeau de chèvres et des moutons. Kestrel profita de la cordialité du garde pour essayer d'obtenir des renseignements plus importants et d'apprendre, par exemple, qui étaient les Chakas.

Salimba prit cette question pour une ruse.

— Ah, vous ne m'aurez pas comme ça ! Tiens, voilà un joli violet. Ça ne te ferait pas de mal de te laver les cheveux, tu sais.

— Oui, je sais, dit Mumpo.

— Est-ce que les Chakas sont les ennemis des Barakas ? demanda encore Kestrel.

— Comment pouvez-vous me demander ça ? Des ennemis ! Vous les Chakas, vous nous avez massacrés depuis des générations ! Vous croyez que nous avons oublié le Massacre du Croissant de Lune, ou le meurtre de Raka IV ? Jamais ! Aucun Baraka ne trouvera le repos tant que le dernier des Chakas ne sera pas mort !

Salimba s'énerva tellement que sa main glissa et qu'il rata une tresse. Il la défit en jurant et recommença.

Kestrel lui reposa la même question, mais sous une forme plus habile :

— Alors les Barakas finiront par gagner ?

— Bien sûr, dit Salimba.

Il leur expliqua que tous les garçons barakas de plus de seize ans faisaient leur service dans l'armée et étaient soumis à un entraînement militaire quotidien. D'un signe de tête, il montra la cour où la troupe venait de finir ses exercices. Tout le monde avait un autre travail, leur dit-il. Certains s'occupaient des voiles, d'autres de menuiserie, d'autres encore de nourrir les bêtes, mais le premier devoir était toujours la défense d'Ombaraka. Quand sonnait le clairon, tous les hommes devaient laisser leur travail, prendre leur épée et se rendre au poste qui leur était assigné. Ils s'y rendaient avec empressement car ce qu'un vrai Baraka désirait le plus au monde, c'était la destruction d'Omchaka. Et ce jour viendrait sûrement, dit-il, selon la volonté du Morah.

Le tressage des cheveux de Mumpo prit plus d'une heure, mais le résultat était magnifique ! Mumpo était toujours aussi crasseux mais, à partir du front, il était éblouissant. Ses cheveux étaient tellement incrustés de boue que, une fois tressés, ils se dressaient en petites nattes toutes droites sur sa tête. Salimba dit que ce n'était pas très courant, mais que sa coiffure avait un certain panache. On voyait bien, à la manière dont il regardait Mumpo, qu'il était assez fier de son œuvre.

Il n'y avait pas de miroir dans leur cellule de prison, et le garçon était impatient de voir sa nouvelle tête.

– Ça ressemble à quoi ? Tu aimes bien ça, Kess ? Dis-moi...

Franchement, Kestrel ne savait pas quoi dire. C'était fascinant. Il ressemblait à un porc-épic multicolore.

– Tu as l'air complètement différent, lui dit-elle.

— C'est joli ?

— C'est autre chose.

Salimba se rappela que le dessous du plateau était brillant. Il le tint devant Mumpo, qui put ainsi contempler le reflet flou de sa nouvelle coiffure. Il se regardait en soupirant d'aise.

— Merci, dit-il. J'étais sûr que vous le feriez bien !

Des bruits de pas dans le passage, à l'extérieur, ramenèrent le garde et ses prisonniers à la réalité. De grands coups furent frappés contre la porte. Salimba reprit aussitôt une expression maussade et ouvrit.

— Prisonniers, debout ! cria-t-il.

Les enfants se levèrent.

Un Baraka âgé entra. Il portait une longue barbe grise tressée et de longues nattes également grises. Derrière lui suivait une troupe d'une douzaine de soldats, tous au garde-à-vous. L'homme aux cheveux argentés regarda Mumpo d'un air surpris, mais décida de ne pas faire de commentaires sur ses cheveux multicolores.

— Je suis Kemba, conseiller de Raka IX, chef militaire des Barakas, suzerain d'Ombaraka, commandant en chef des Guerriers du Vent, et souverain des Plaines, déclara-t-il. Garde, laisse-nous !

— Oui, Conseiller.

Salimba se retira en refermant la porte derrière lui. Kemba alla jusqu'à la fenêtre et regarda dehors, en tripotant sa ceinture de perles colorées. Puis il soupira et se retourna vers les enfants.

— Votre présence ici est profondément dérangeante, dit-il. Mais je suppose que vous devez être pendus.

— Nous ne sommes pas des Chakas, dit Kestrel.
— Bien sûr que si. Si vous n'êtes pas des Barakas, vous êtes des Chakas. Et nous sommes en guerre contre tous les Chakas. Jusqu'à la mort.
— Nous venons d'Aramanth.
— Absurde ! Ne dites pas n'importe quoi. Vous êtes des Chakas et vous devez être pendus.
— Vous ne pouvez pas nous pendre, s'exclama violemment Kestrel.
— En l'occurrence, tu as raison, dit le conseiller, s'adressant plus à lui-même qu'à Kestrel. Nous ne pouvons pas vous pendre à cause du traité. Mais nous ne pouvons absolument pas vous laisser en vie. Oh là là ! soupira-t-il d'un air exaspéré. Tout cela est profondément dérangeant. Mais je trouverai bien quelque chose. Je trouve toujours.

Il frappa dans ses mains pour appeler la troupe, restée à l'extérieur.
— Porte !
Puis il dit aux enfants, comme s'il y pensait après coup :
— Je dois d'abord vous amener devant Raka. C'est une pure formalité. Mais toutes les sentences de mort doivent être prononcées par Raka lui-même.
La porte s'ouvrit.
— Gardes ! ordonna Kemba. Escortez immédiatement les prisonniers jusqu'au tribunal !

Surveillés de près, les enfants furent conduits le long du pont inférieur de l'immense édifice roulant qu'était

Ombaraka jusqu'à une cabine d'ascenseur. Elle était beaucoup plus grande que l'espèce de cage qu'ils avaient prise pour descendre et elle contint facilement toute la troupe qui les escortait. Elle remonta en grinçant à travers des échelles, des passerelles, jusqu'au pont du tribunal. Quand ils sortirent de l'ascenseur, on les escorta dans une avenue élégante et dans une des grandes galeries à colonnades. Sur leur chemin, les passants s'arrêtaient, les regardaient et leur adressaient des sifflements haineux. Mais, lorsqu'ils voyaient Mumpo, ils restaient bouche bée. Kestrel entendait les gardes qui les escortaient parler à voix basse des nattes de Mumpo :

– Beaucoup trop voyant, disait l'un.
– Tout cet orange, c'est trop vulgaire !
– Je me demande comment il a fait pour qu'elles soient toutes droites comme ça !
– Je n'en voudrais pour rien au monde !

Ils avancèrent dans la galerie, où résonna l'écho de leurs pas, jusqu'à une porte à double battant qui se trouvait à l'autre bout. La porte s'ouvrit à leur approche. Ils entrèrent dans une longue salle occupée au centre par une table dont toute la surface était recouverte d'une carte géante. Autour de cette table se tenaient plusieurs personnages à l'allure imposante et à l'air renfrogné ; parmi eux se trouvait le commandant qui avait vu les enfants sortir du char à voile fracassé, et Tanaka, le chef des forces armées, un homme au visage rouge et coléreux, sillonné de rides profondes. Il fut stupéfait, lui aussi, de voir les nouvelles nattes de Mumpo.

– Qu'est-ce que je vous avais dit ? s'écria-t-il. Maintenant, il y en a même un qui se déguise en Baraka !

Le plus petit des hommes qui se trouvaient autour de la table avança vers eux d'un air important. Son regard était chargé d'hostilité. Raka IX, chef militaire des Barakas, suzerain d'Ombaraka, commandant en chef des Guerriers du Vent, et souverain des Plaines, avait la malchance d'être de petite taille. Il compensait ce défaut par les manières les plus féroces qu'on puisse imaginer. Il était le seul homme d'Ombaraka à avoir les cheveux tressés avec de très fines lames d'acier, qui réfléchissaient la lumière chaque fois qu'il bougeait la tête. Sa robe était chargée de ceinturons et de baudriers soutenant des épées et des couteaux de toutes les tailles.

Il avança avec une agressivité terrible, comme s'il en voulait au monde entier et aboya :

– Espions chakas !

– Non, monsieur…

– Tu oses me contredire ! Je suis Raka !

Sa colère était si violente que Kestrel ne dit plus un mot.

– Commandant !

– Oui, Excellence, dit Tanaka en faisant un pas en avant.

– Ils ont détruit une corvette de combat ?

– Oui, Excellence.

– Les Chakas vont le payer !

Il grinça des dents et tapa du pied par terre.

– Est-ce qu'Omchaka est à portée de tir ?

— Non, Excellence, répondit un autre homme qui se tenait près de la carte déployée sur la table.

Il fit un rapide calcul.

— Ils sont à un jour d'ici, tout au plus, Excellence.

— Allons les intercepter! cria Raka. Ils m'ont provoqué. Ils ne pourront s'en prendre qu'à eux-mêmes.

— Vous voulez livrer bataille, Excellence? demanda tranquillement Kemba.

— Oui, Conseiller! Ils doivent savoir que, s'ils attaquent, j'attaquerai dix fois plus fort!

— Bien dit, Excellence.

De nouveaux ordres retentissaient déjà, et même les enfants sentirent aux grincements et aux tremblements de la structure du vaisseau qu'Ombaraka changeait de route.

— Commandant! Préparez la flotte d'attaque pour l'aube!

— Oui, Excellence!

— Et les espions chakas, Excellence?

— Pendez-les, bien sûr!

— Je me demande si c'est bien sage.

C'était la voix pensive de Kemba.

— Sage? Sage? s'écria le petit chef militaire. Que voulez-vous dire? Bien sûr que c'est sage! Qu'est-ce qu'on pourrait en faire d'autre?

Kemba s'approcha de Raka et lui chuchota à l'oreille:

— Interrogez-les. Apprenez les secrets de la flotte chaka.

— Et nous les pendrons après?

— Exactement, Excellence.

Le petit chef militaire hocha la tête et fit les cent pas dans la pièce, en réfléchissant profondément. Tout le monde resta immobile et silencieux.

Puis Raka s'arrêta, et annonça sa décision d'une voix tonitruante :

— Les espions seront d'abord interrogés, puis ils seront pendus.

Kemba lui murmura encore quelque chose à l'oreille :

— Vous devez leur dire qu'ils ne seront pas pendus s'ils se montrent coopératifs, Excellence. Sinon, ils ne nous diront rien.

— Et après, on les pendra ?

— Certainement, Excellence.

Raka hocha la tête et déclara de nouveau, de sa voix tonitruante :

— Les espions ne seront pas pendus s'ils se montrent coopératifs.

Tanaka s'étrangla de surprise et de fureur.

— Ils ne seront pas pendus, Excellence ?

— C'est une affaire de renseignement militaire, Commandant, lui dit Raka d'un ton irrité. Vous ne pouvez pas comprendre.

— Ce que je comprends, c'est que le conseiller se dérobe à son devoir, dit Tanaka avec une sinistre arrogance.

Raka préféra ignorer sa remarque.

— Emmenez-les, Conseiller, dit-il, en faisant le geste de les chasser de la main. Interrogez-les.

Il se tourna vers la table où se trouvait la carte.

– Vous et moi, Commandant, nous avons une bataille à préparer.

Les enfants furent raccompagnés dans leur cellule. Les gardes furent renvoyés, mais Kemba resta avec eux.

– J'ai gagné un peu de temps, leur dit-il. J'en ai besoin pour sortir de cette impasse. Je n'ai pas l'intention de gâcher ces quelques moments de répit en vous interrogeant sur les secrets de la flotte chaka.

– Nous ne connaissons pas les secrets de la flotte chaka.

– Cela n'a aucune importance. Le problème est le suivant : nous ne pouvons pas vous pendre sans rompre le traité. Mais nous ne pouvons pas vous laisser en vie sans déshonorer nos ancêtres et Ombaraka. Tous les hommes sans exception se sont engagés à venger nos morts par le sang des Chakas. Jusqu'à présent, cela n'avait pas posé de problème, car nous n'avons jamais fait de prisonniers chakas. Et croyez-moi, j'aurais préféré ne jamais en capturer.

Il continua à leur expliquer la situation. Il apparut que, quelques années auparavant, pour arrêter le carnage dû à la guerre perpétuelle entre les Barakas et les Chakas, un traité avait été signé par les deux peuples guerriers. Ce traité stipulait tout simplement que, à partir de cette date, le sang chaka ne serait pas versé par les guerriers barakas tant que le sang baraka ne serait pas versé par les Chakas. Et vice versa.

—Ce fut donc la fin de la guerre ?

—Pas du tout, dit Kemba. Cela aurait été et reste impensable. L'existence même d'Ombaraka dépend de la guerre. Nous vivons sur une île roulante pour nous protéger des attaques. Nous sommes un peuple guerrier, tous les rangs de notre société sont des rangs militaires et le plus important de tous, Raka de Baraka, est un chef militaire. Non, la guerre continue. C'est la tuerie qui a cessé. Pas un seul guerrier chaka ni baraka n'est mort au combat depuis une génération.

—Comment peut-il y avoir des batailles sans que personne ne soit tué ?

—C'est possible grâce aux machines.

Kemba montra la cour par la fenêtre. On apercevait au loin des mâts de chars à voile.

—Notre flotte de combat attaque la leur. Parfois, c'est nous qui gagnons, parfois c'est eux. Mais aucun homme ne risque sa vie dans la bataille, ni d'un côté, ni de l'autre. Les corvettes et les cuirassés vont se battre tout seuls.

—Alors, ce n'est qu'un jeu.

—Non, non. C'est la guerre, et nous nous battons avec toutes les passions de la guerre. Ce n'est pas facile à expliquer à des étrangers. Raka croit vraiment que son armée détruira Omchaka un jour, et qu'il sera le seul souverain des Plaines. Nous y croyons tous. Même moi, dans un sens. Vous savez, si nous cessions d'y croire, il faudrait mener une vie complètement différente et nous ne serions plus des Barakas.

—Mais vous n'avez pas vraiment besoin de nous

pendre ! Vous n'êtes quand même pas aussi cruels et impitoyables que ça !

— Oh si, répondit le conseiller, l'air absent, tandis qu'il tournait et retournait le problème dans sa tête. Votre sort me laisse complètement indifférent. Mais ce qui ne me laisse pas indifférent, c'est le traité. Si les Chakas apprennent que nous avons pendu des espions chakas, ils devront venger votre mort, et les massacres recommenceront.

— Alors, vous voyez bien que vous ne pouvez pas nous pendre !

— Mais à présent, tout Ombaraka sait que vous êtes là. Ils attendent votre pendaison. Vous ne pouvez pas savoir comme ils sont excités. Nous n'avons plus le droit de tuer de Chakas, et maintenant, enfin, après toutes ces années, nous avons trois espions chakas surpris en plein acte de sabotage. Il est évident qu'il faut vous pendre.

Il regardait de nouveau par la fenêtre, s'adressant plus à lui-même qu'aux autres :

— J'ai négocié ce traité, vous savez. Ce fut le plus beau moment de ma vie.

Il soupira d'un air mélancolique.

— Vous pourriez nous laisser nous enfuir.

— Non, non. Ce serait une honte pour nous tous.

— Vous pourriez faire semblant de nous pendre.

— Je ne vois pas en quoi cela nous aiderait. Si la feinte réussit, les Chakas diront que nous avons rompu le traité, et la tuerie recommencera. Si la simulation est découverte, le peuple d'Ombaraka vous réduira en miettes de ses propres mains, et moi aussi, sans doute, par la même occasion. Essayez de penser correctement, s'il vous plaît, et faites des suggestions sensées, sinon taisez-vous et laissez-moi réfléchir en paix.

Le silence retomba donc dans la cellule ; on n'entendait plus que les perpétuels craquements et grondements de l'immense vaisseau roulant à travers la plaine.

Au bout de quelques minutes, le conseiller se frappa le front de la main.

— Mais bien sûr ! Comment ne pas y avoir pensé avant ? La réponse me crève les yeux !

Kestrel et Bowman coururent à la fenêtre pour voir ce qu'il regardait. Il n'y avait personne dans la cour. Rien ne semblait avoir changé.

— Qu'est-ce que vous voulez dire ?
— La flotte de combat ! Voilà le juste châtiment pour une telle offense !

Il se tourna vers eux, le visage rayonnant d'excitation.

— Je savais que je trouverais quelque chose ! Ah, quel cerveau, quel cerveau ! Écoutez bien.

Il leur expliqua qu'une bataille devait avoir lieu le lendemain. La flotte de combat baraka serait lancée contre celle des Chakas. Les chars à voile armés entreraient en collision à des vitesses extrêmes, au milieu de la plaine et se détruiraient mutuellement avec leurs lames tournantes. Quelle meilleure mort pour des saboteurs chakas que de les envoyer dans une corvette de combat où ils se feraient réduire en bouillie par leur propre flotte ?

— Je ne sais pas si vous vous rendez compte de la perfection de mon plan ! Vous serez tués, ce qui nous satisfera, mais vous le serez par les Chakas eux-mêmes. Ainsi, le traité ne sera pas rompu ! N'est-ce pas la meilleure solution ?

Il marchait à grands pas dans la cellule, étirant ses bras comme un homme qui fait des exercices de respiration.

— Quelle symétrie, quelle pureté, quelle élégance !
— Mais nous serons tués ?
— Exactement ! Et tout Ombaraka pourra assister à votre mort ! Oui, vraiment, je pense que c'est l'une des meilleures idées que j'aie jamais eues !

Il se retourna et se dirigea vers la porte, sans s'occuper davantage des enfants.

— Gardes ! Ouvrez ! Laissez-moi sortir !
— S'il vous plaît, s'écria Kestrel, pourrions-nous… ?
— Silence, sale Chaka ! lui dit le conseiller, d'une voix neutre et sans méchanceté, en sortant rapidement de la cellule.

16
La bataille du vent

Le plan de Kemba fut manifestement approuvé par Raka de Baraka, car lorsque Salimba vint dans la cellule de la prison, il dit aux enfants que le peuple d'Ombaraka ne parlait plus que de ça.

— Nous n'avons jamais vécu de batailles avec de vrais morts jusqu'à présent, leur dit-il, l'air radieux. Enfin, personne ne se rappelle en avoir vécu personnellement. Oh, je regarderai moi aussi, vous pouvez en être sûrs !

— Comment pouvez-vous être certain que nous serons tués ? demanda Kestrel. La corvette peut-être propulsée à travers la plaine sans heurter quoi que ce soit.

— Oh, non, ils feront attention, dit Salimba. Ils attendront que toute la flotte de combat des Chakas se déploie et ils vous enverront au milieu. Les croiseurs chakas sont pourvus de vieilles lames très lourdes. Elles vous couperont en morceaux sans problème.

— Et ça ne vous fait rien ? lui demanda Bowman, le regard brillant.

Salimba le regarda, puis détourna les yeux, un peu gêné.

—Eh bien, ce n'est pas une bonne chose pour vous, dit-il. Je m'en rends bien compte. Mais pour nous – il le regarda de nouveau – ce sera formidable!

Lorsqu'il repartit, les jumeaux essayèrent de voir ce qu'ils pouvaient faire.

—C'est étrange, dit Bowman, mais, en dehors de toute cette histoire de pendaison et de mise à mort, j'ai l'impression que ce sont des gens plutôt gentils.

—Ouais… ais! dit Mumpo.

—Mumpo?

—Oui, Kess?

—Est-ce que tu te rends compte de ce qui nous arrive?

—Tu es mon amie et je t'aime.

Son regard était un peu bizarre, mais elle poursuivit.

—Ils vont nous mettre dans l'un de leurs chars à voile, demain matin et nous serons attaqués par d'autres chars du même genre.

—C'est très bien, Kess.

—Non, ce n'est pas bien. Ils ont des lames tournantes qui nous tailleront en pièces.

—En gros morceaux, en petits morceaux, ou en miettes?

Il se mit à glousser.

Kestrel le regarda attentivement.

—Mumpo! Montre-moi tes dents!

Le garçon découvrit ses dents. Elles étaient jaunes.

—Tu mâches de la tixa, n'est-ce pas?

— Je suis si heureux, Kess.
— Où est-elle ? Montre-la-moi.

Il tira un bouquet de feuilles de tixa de sa poche.

— Tu es irrécupérable, Mumpo.
— Oui, Kess, je sais. Mais je t'aime.
— Oh, ferme-la.

Bowman regardait les feuilles de tixa gris-vert.

— Nous pourrions peut-être y arriver.
— Arriver à quoi ?
— Quand nous étions abrités sous le char à voile, j'ai vu comment toutes ses parties étaient assemblées. Je crois avoir compris comment ça fonctionne. Si Mumpo peut monter en haut du mât, comme il le faisait avant de plonger dans la boue, je pense qu'on pourra y arriver.

Le lendemain matin, quand la lumière de l'aube commença à blanchir le ciel à l'est, les vigies placées en haut des tours de guet d'Ombaraka envoyèrent les signaux que l'équipage attendait : Omchaka en vue ! Un deuxième grand vaisseau, image inversée d'Ombaraka, roulait pesamment dans la plaine, dans leur direction, dressant ses voiles et ses mâts, ses ponts et ses tours contre le ciel rose et doré.

Un vent fort soufflait du sud-ouest, et les deux villes roulantes louvoyaient pour être à portée de tir l'une de l'autre au moment où le soleil serait haut dans le ciel.

Raka lui-même rejoignit le poste de commandement sur le pont supérieur. En dessous, les treuils et les bossoirs d'embarcation qui retenaient la flotte de combat étaient prêts à être manœuvrés et, partout, les hommes d'Ombaraka se préparaient à la bataille. Les maîtres du vent se tenaient sur les galeries extérieures, où ils déployaient leurs instruments ; au poste de commandement, toutes leurs observations étaient étudiées et affinées pour mieux prédire la force et la direction du vent. Dans une bataille, il y avait deux éléments déterminants : la direction du vent et le moment où l'on lançait la flotte de combat. Plus on la lançait tard, plus les cibles étaient rapprochées, et donc faciles à toucher. Cependant, si le lancement avait lieu trop tard, la flotte risquait de ne pas atteindre sa vitesse maximale avant qu'un engin de guerre ennemi la prenne pour cible.

Pendant ce temps, les deux grands vaisseaux, Ombaraka et Omchaka se rangeaient en position de combat, chacun cherchant à prendre le dessus en se mettant face au vent. Inévitablement, comme toujours en pareil cas, ils finirent par avoir chacun le vent de travers, si bien qu'aucun des deux ne prit l'avantage. Ce n'était pas un grand sujet d'inquiétude, cependant, car en prévision de ce genre de situation, les deux flottes de guerre avaient été conçues de façon à donner le maximum de leur vitesse par vent de travers.

Tandis que le soleil montait à l'horizon, dardant ses rayons éblouissants au-dessus des plaines, Raka donna l'ordre de sonner le clairon. Le son du premier clairon retentit sur la principale tour de guet, puis fut repris par toutes les vigies d'Ombaraka. L'un après l'autre, ils sonnèrent, leurs longues notes graves se faisant écho.

Les enfants les entendirent de leur cellule et comprirent ce que cela signifiait. Des pas précipités résonnèrent à l'extérieur, puis la porte s'ouvrit violemment. Plusieurs hommes lourdement armés s'emparèrent d'eux et les tirèrent dans la coursive. Brutalement, sans dire un mot, ils les traînèrent à travers une cour et les firent descendre le long d'une rampe, jusqu'au pont de lancement. Là, s'étendant aussi loin que pouvait porter le regard, dans toutes les directions, s'alignait la flotte des Barakas : des rangées et des rangées de chars à voile, chacun d'eux suspendu à des bossoirs fixés au flanc du vaisseau principal. Des hommes s'affairaient dans tous les chars, alignant les lames en forme d'hélice, accrochant les filets, vérifiant les courroies et les poulies, fixant les voiles. Chaque engin de la flotte avait sa propre équipe de mécaniciens pour qui c'était un moment d'intense activité. La machine qu'ils avaient construite avec tant d'amour et qu'ils s'apprêtaient à envoyer dans la bataille avec tant de précision serait bientôt lancée pour ne plus jamais revenir. Elle emporterait avec elle leurs espoirs de gloire et s'ils avaient de la chance, elle abattrait un char ennemi avant d'être elle-même inévitablement détruite, soit sous les coups des Chakas, soit par les éléments.

Les enfants furent emmenés le long de la rangée et on leur donna l'ordre de s'arrêter devant les engins les plus légers, que l'on appelait des corvettes. Les soldats de Baraka étaient partout et, chaque fois que leur regard se posait sur les enfants, ils crachaient et les couvraient d'insultes :

— Vermine de Chakas ! Je serai content de voir vos cervelles écrasées se disperser au vent !

À chaque bossoir il y avait des hommes avec de longues gaffes recourbées, se terminant par des crochets, qu'ils utilisaient pour tirer les chars vers le pont. Trois gaffes semblables maintenaient la corvette de tête tout près du pont de lancement, de telle sorte que les enfants puissent monter à bord. Les lames meurtrières brillaient d'un éclat argenté dans la lumière du soleil levant ; elles resteraient immobiles jusqu'à ce que la corvette elle-même se mette en marche.

Le conseiller Kemba apparut à présent pour s'assurer du sort des espions chakas. Il fit un signe de tête amical aux enfants puis donna un ordre aux gardes qui les escortaient :

— Attachez les espions chakas aux mâts !

— S'il vous plaît, dit Kestrel. Vous nous aviez bien dit que tout le monde regarderait ?

— Et alors ?

— Si vous nous attachez, ce sera fini trop vite, n'est-ce pas ?

— Qu'est-ce que tu proposes dans ce cas ?

— Je pensais que si nous courions dans tous les sens dans la corvette ce serait beaucoup plus amusant à voir.

Kemba examina cette suggestion, un peu étonné.

— Mais vous pourriez aussi bien sauter, fit-il remarquer.

— Dans ce cas, attachez-nous avec des liens plus lâches, dit Kestrel, et vous pourriez nous donner quelque chose pour nous battre. Comme ça nous vous offririons un véritable spectacle.

— Non, non, dit Kemba. Pas d'épées, pas pour des espions chakas.

— Pourquoi pas un de ces crochets ? proposa Bowman en montrant les gaffes qui maintenaient la corvette sur le pont de lancement.

— Qu'en feriez-vous ?

— Peut-être que nous pourrions repousser la flotte des Chakas.

— Repousser la flotte des Chakas ? Avec un simple crochet ?

Le vieux conseiller sourit à cette idée et les hommes autour de lui éclatèrent de rire. Ils savaient à quelle vitesse impressionnante les corvettes se jetaient les unes contre les autres.

— Très bien, dit Kemba. Donnez-leur une gaffe. Nous les regarderons repousser les croiseurs chakas.

Au milieu des rires moqueurs, les enfants furent amenés à bord de la corvette et chacun fut attaché par une longue corde au mât central. Les cordes étaient minces mais très longues et les nœuds étaient serrés. Une gaffe munie d'un crochet leur fut lancée et de nouveaux éclats de rire retentirent sur le pont de lancement. La gaffe tomba bruyamment au fond de la corvette et Bowman la laissa là, sans la ramasser. Kestrel murmura quelque chose à Mumpo. Celui-ci approuva d'un signe de tête, sourit, puis alla chercher la gaffe.

Tout au long du flanc ouest d'Ombaraka, la flotte de

combat attendait l'ordre de lancement, prête à intervenir. De là où ils se trouvaient, se balançant dans leur corvette de tête, les enfants comptèrent quatorze grands croiseurs devant eux et derrière eux, neuf autres corvettes. Beaucoup plus loin ils voyaient se découper le vaisseau massif d'Omchaka contre le ciel étincelant, et ils entendaient les échos lointains des clairons chakas annonçant la bataille.

Les deux grands vaisseaux avançaient régulièrement contre le vent et l'espace qui les séparait diminuait peu à peu. Les voiles n'avaient pas encore été hissées sur la flotte de guerre, mais l'équipage se tenait prêt. Kestrel se retourna et leva les yeux vers les ponts et les galeries qui se trouvaient au-dessus d'elle ; elle vit des centaines de personnes, des hommes, des femmes, des enfants, qui se pressaient à chaque point d'observation, scrutant les plaines en silence. Et plus haut encore, dans les tours de guet, les vigies pointaient leurs télescopes sur les bossoirs d'Omchaka, prêtes à crier lorsque la flotte de combat ennemie serait lancée.

C'était un moment de tension pour tout le monde, cette attente, avec l'ennemi qui se rapprochait sans cesse. Pour tous sauf pour Mumpo. Il agitait la longue gaffe et riait tout seul. Il ne semblait pas se rendre compte que les gens de Baraka le haïssaient et quand ils brandissaient leurs poings vers lui, montrant comment il allait se faire tuer dans la bataille, il répondait en agitant la main, l'air hilare. Bowman et Kestrel, au contraire, restaient silencieux, ne voulant surtout pas attirer l'attention sur eux. Ils examinaient le mécanisme des voiles et l'activité de l'équipage chargé de lancer les corvettes.

Enfin, ils entendirent un cri lointain, suivi d'un ordre plus proche et d'un autre plus proche encore.

– Branle-bas de combat !

Aussitôt, les équipes du pont de lancement se mirent en état d'alerte et se préparèrent à exécuter les ordres. Lointain, mais aussi sonore que le rugissement d'une chute d'eau, s'éleva le cri de guerre des Chakas.

– Cha-cha-chaka ! Cha-cha-chaka !

Au même moment, les voiles de la flotte de combat des Chakas furent hissées et le croiseur de tête fut déposé sur le sol, ses voiles se gonflant dans le vent. Tous les regards d'Ombaraka étaient fixés sur le croiseur chaka et sur ses lames qui commençaient à brasser l'air. Tous les regards le suivirent à mesure qu'il prenait de la vitesse et commençait sa course.

– Premier lancement !

Cet ordre mit en action tous les hommes présents sur la rampe de lancement. En douceur, les membres de l'équipage qui se trouvaient devant le croiseur de tête accomplirent leurs gestes routiniers : les voiles furent lâchées, les lames débloquées, la direction du vent vérifiée, les viseurs braqués sur l'ennemi, et le cap donné. Un simple mouvement de tête de la vigie et le chef de l'équipe de lancement donna l'ordre final :

– Allez-y !

Les crochets qui retenaient le char s'ouvrirent d'un coup. Le vent sec éloigna l'engin qui se mit à rouler sur ses hautes roues. Les énormes lames se mirent en mouvement tandis que les voiles se gonflaient au vent. Sortant de l'abri du grand vaisseau, avec toute la force du vent de travers qui s'engouffrait dans ses voiles, mugissant dans la sirène du grand mât, le croiseur accéléra sa course mortelle. De chaque pont, de chaque galerie s'éleva le cri de guerre des Barakas qui accompagnait son lancement.

— Ra-ra-Raka ! Ra-ra-Raka !

Un deuxième croiseur chaka fut lancé, puis un troisième. Tandis que tous les regards suivaient le char de tête, les ordres retentirent sur le pont de lancement, et les croiseurs furent lâchés les uns après les autres. Pendant ce temps, les deux grands vaisseaux ne cessaient de se rapprocher.

Les viseurs avaient fait du bon travail. Les deux premiers croiseurs se jetèrent l'un contre l'autre, leurs grandes lames s'imbriquant les unes dans les autres, se fracassant et faisant tournoyer les deux chars qui s'écrasèrent un peu plus loin, détruits. L'assistance poussa une clameur, tandis que s'élevaient, à travers la plaine, les mêmes acclamations venant des ponts d'Omchaka. La collision avait eu lieu trop loin pour savoir quel croiseur avait subi le plus de dommages. Les cris de joie fêtaient le premier affrontement de la bataille.

Désormais, les raids se succédaient rapidement. Les viseurs et les maîtres du vent étaient des experts et les croiseurs poursuivaient leur cible mouvante avec autant de précision que s'ils avaient transporté des timoniers vivants pour les guider. Bientôt, le milieu de la plaine, entre les deux grands vaisseaux, devint un cimetière d'engins cassés, leurs voiles tirant vainement sur les coques échouées.

Le rythme de lancement s'accéléra encore, car les commandants chakas faisaient pression. Leur but était clairement de submerger la flotte baraka sous le nombre, pour qu'Ombaraka lâche le plus d'engins possible et reste sans défense au cours de la phase cruciale de la bataille, quand les deux villes roulantes seraient assez proches l'une de l'autre pour que les flottes de guerre infligent des dommages aux grands vaisseaux eux-mêmes. Toute la stratégie de la bataille se résumait à cette seule question : comment retenir le plus longtemps possible les derniers engins de la flotte, ceux qui étaient les plus rapides et les plus faciles à manœuvrer, les corvettes ?

Les cris de guerre continuaient à fuser des deux vaisseaux ; leur rugissement incessant se mêlait maintenant au fracas des croiseurs qui s'écrasaient les uns contre les autres ou contre des engins déjà brisés, projetant de plus en plus de débris dans les airs. Impossible de dire quel côté était en train de prendre l'avantage bien que la flotte des Chakas semblât pour le moment si énorme qu'elle couvrait toute la plaine.

Les ordres continuaient de retentir.

– Allez-y ! Allez-y ! Allez-y !

Les engins étaient abaissés les uns après les autres et filaient sur le sable : les chefs de l'équipe de lancement étaient décidés à rendre coup pour coup. Au poste de commandement, Raka se promenait devant la fenêtre d'observation au milieu du tumulte des voix qui criaient :

– Vent tournant à l'ouest de deux degrés !
– Trente et unième lancement chaka !
– Lancez ! Pleine charge !
– Distance face à l'ennemi : douze cents mètres !
– Trente-deuxième lancement chaka ! Trente-troisième !
– Combien en reste-t-il ? s'exclama Raka.
– La deuxième flotte est partie ! Les corvettes sont prêtes !

Tanaka, le commandant des forces armées, se précipita aux côtés du chef militaire.

– Faut-il envoyer les corvettes, Excellence ?
– Non ! C'est justement ce qu'ils cherchent !
– Trente-quatrième lancement chaka ! Trente-cinquième ! Trente-sixième !
– Distance face à l'ennemi : mille mètres !
– Il faut envoyer les corvettes, Excellence ! Nous ne pourrons pas les arrêter sans les lancer !
– Que tous les Chakas soient maudits ! explosa Raka. Combien en ont-ils encore ?
– Trente-septième lancement chaka !
– Il faut envoyer les corvettes !
– Nous les laissons nous dicter notre stratégie, gronda Raka. C'est ce qu'ils veulent !
– Un croiseur chaka a réussi à percer le front ! Un croiseur chaka est passé !

Les hommes ressentirent le même frisson, sur la passerelle de commandement. C'était ce qu'ils redoutaient tous : le premier engin qui percerait les lignes de défense de la flotte baraka et qui foncerait sur le vaisseau d'Ombaraka lui-même !

— Calculez le point d'impact ! aboya Tanaka. Faites retentir les sirènes d'alarme !

Puis, se tournant vers le chef militaire, la voix tendue :

— Excellence, les corvettes !

— Allez-y, alors, dit Raka, le cœur lourd. Envoyez les corvettes !

Sur les ponts de lancement, les équipes entendirent les clairons sonner une nouvelle note, plus aiguë : le signal d'alarme. Les cris de guerre s'embrouillèrent à mesure que la nouvelle se propageait d'une galerie à l'autre : la flotte chaka avait percé les lignes de défense. Mais personne n'eut le temps de se demander comment ni pourquoi car, juste après le signal d'alarme, les ordres de lancement retentirent et les corvettes entrèrent enfin en action.

— Allez-y !

Les enfants avaient beau être dans la corvette de tête, ils ne furent pas les premiers à être envoyés dans la plaine. Derrière eux, les corvettes étroites mais mortelles étaient descendues les unes après les autres et filaient comme des flèches droit sur la ligne des croiseurs chakas, de plus en plus proche. Au moment où elles furent lâchées, l'unique croiseur qui avait réussi à franchir les lignes de défense fut sur elles, avançant à une vitesse impressionnante. Il heurta la première corvette, la projetant en l'air, et continua sa course dans un grondement pour aller s'écraser comme un marteau volant sur le pont inférieur d'Ombaraka. Un cri de joie s'éleva d'Omchaka tandis que les débris du croiseur fracassé tournoyaient dans les airs devant les murs d'Ombaraka, et que les gens se baissaient pour les éviter.

Les équipages des ponts de lancement ne flanchaient pas. Ils continuaient d'envoyer corvette après corvette à l'assaut des croiseurs chakas qui avançaient vers Ombaraka.

Les enfants attendaient dans l'une des corvettes qui étaient restées sur le pont de lancement et regardaient la bataille. Bowman et Kestrel étaient tendus et silencieux, alors que Mumpo brandissait sa gaffe en criant d'un air surexcité :

– Smash ! Smash ! Hubba hubba ! Les voici ! Bang ! crash ! bash ! Ya-ha !

Puis on entendit retentir une nouvelle série d'ordres et tous les hommes d'équipage d'Ombaraka serrèrent les voiles.

Pendant quelques longues minutes, Omchaka continua de rouler vers eux. Avaient-ils décidé que la dernière phase du combat se passerait face à face ? Puis, Omchaka serra également ses voiles, et les deux mastodontes s'immobilisèrent à cinq cents mètres de distance, regardant leur flotte de guerre s'élancer l'une vers l'autre pour l'assaut final.

Au poste de commandement, Raka était plongé dans une angoisse frénétique.

– En ont-ils encore ? Il faut que je sache s'ils en ont encore !

– Non, Excellence.
– Ils ont déjà lancé leurs derniers engins ? J'ai du mal à le croire.
– Lancez ! Chargez à mort ! Lancez ! Chargez à mort !
– Vent tournant sud-ouest de trois degrés !
– Trois corvettes en réserve, Excellence. Devons-nous les lancer ?
– Est-ce qu'ils en ont encore ?
– Tous les bossoirs chakas sont vides, Excellence !
– Alors, allez-y !

Il mit ses mains derrière son dos et ses yeux étincelèrent une fois de plus.

– Ils ont joué leurs dernières cartes trop tôt ! Maintenant, on va voir qui percera les lignes de l'autre !

Des deux côtés, les cris de guerre avaient atteint leur paroxysme, car les tribus ennemies, suffisamment proches l'une de l'autre pour se voir, hurlaient à qui mieux mieux.

– Cha-cha-chaka ! Cha-cha-chaka !
– Ra-ra-raka ! Ra-ra-raka !

Les deux flottes de guerre s'enchevêtrèrent, se brisèrent, chaque collision provoquant un tonnerre d'acclamations de la part des spectateurs. Aucun engin n'avait percé à nouveau les lignes et les lancements des Chakas étaient terminés quand les Barakas donnèrent l'ordre de lancer leurs corvettes de réserve.

L'engin sur lequel se trouvaient les enfants était à présent le troisième et dernier de la rangée. Kemba voulait que leur destruction soit la grande attraction finale de la bataille. Les enfants restèrent calmes tandis que les voiles étaient hissées ; ils sentirent le mât vaciller sous le vent. Les poulies, au-dessus de leur tête, grincèrent tandis qu'on abaissait l'engin vers le sol. Le viseur détermina sa trajectoire et fixa la grand-voile à la baume. Kemba leur fit un dernier geste amical de la main.

– La meilleure idée que j'aie jamais eue, leur dit-il. Offrez-nous un bon spectacle ! Allez-y ! ordonna-t-il.

Les crochets s'ouvrirent et, avec une grande secousse qui fit tomber les enfants, la corvette démarra, filant dans la plaine. Les lames se mirent à tourner de chaque côté et la sirène, en haut du mât, lança son gémissement de mort.

La foule qui s'était amassée sur les ponts d'Ombaraka accueillit le lancement des corvettes de réserve avec un hurlement de triomphe. Les derniers engins lancés dans la bataille allaient sûrement percer les lignes ennemies. Puis, voyant les enfants à bord de la dernière corvette, leur hurlement de triomphe se transforma en hurlement de haine.

– Espions chakas ! À mort ! À mort ! À mort !

Soudain, les injures cessèrent. En effet, d'énormes portes venaient de s'ouvrir dans le flanc d'Omchaka, révélant des bossoirs cachés jusqu'alors, auxquels était accrochée une nouvelle flotte de guerre.

Au poste de commandement, Raka regardait, glacé de désespoir. Il ne pouvait plus rien faire. Il avait envoyé ses derniers engins. Ombaraka était à la merci de l'ennemi.

– Combien y en a-t-il ? demanda-t-il sombrement.

Mais il le vit lui-même, à mesure que les treuils se dévidaient. Huit croiseurs de bataille. À cinq cents mètres, ils n'arriveraient jamais à atteindre leur vitesse maximale, mais ils infligeraient quand même de terribles dommages. Les commandants chakas étaient désormais à l'abri d'une attaque et pouvaient prendre leur temps pour lancer leurs engins, tandis que les Barakas n'avaient d'autre choix que de rester là à attendre leurs coups. Ombaraka serait gravement endommagée. C'était un désastre.

Tout son peuple le savait. Un silence horrifié tomba sur les ponts et les galeries, tandis que tous regardaient leurs propres corvettes entrer en collision avec les derniers croiseurs chakas qui étaient toujours au cœur de la bataille. Il n'y avait plus de cris de mise à mort, à présent. Seul le cri de guerre déchaîné d'Omchaka leur parvenait, porté par le vent.

– Cha-cha-chaka ! Cha-cha-chaka !

Mais tout d'un coup, quelque chose d'étrange se produisit. La troisième corvette, celle qui emportait les espions chakas, décrivit une grande courbe. Étonné, le peuple d'Ombaraka suivit sa trajectoire. Deux des enfants semblaient avoir manœuvré les voiles, l'un la grand-voile, l'autre le foc. Le troisième était monté au sommet du mât principal, d'où il agitait une perche. La large courbe que décrivit la corvette l'emporta à l'écart du champ de bataille. Elle dessina un cercle complet et revint vers eux.

Dans la corvette qui avançait à une vitesse vertigineuse, Bowman et Kestrel s'occupaient des voiles avec la plus grande concentration, sentant l'engin répondre à leurs manœuvres. Lors de leur premier virage, ils prirent soin de maintenir le char sur quatre roues, mais le second fut plus serré et l'engin bascula un peu. Il marchait à la perfection. Kestrel et Bowman échangaient leurs pensées :

« Par le travers maintenant ! De l'autre côté ! Attention au virage ! Hop, on y va ! »

Alors qu'ils décrivaient ce deuxième virage, ils comprirent qu'ils maîtrisaient désormais parfaitement la corvette. Ils échangèrent un regard surexcité en voyant la vitesse à laquelle ils filaient et le contrôle qu'ils exerçaient sur l'engin.

— Ça va, Mumpo ? demanda Kestrel en levant la tête.

— Heureux, heureux, heureux ! répondit-il d'un ton léger, en brandissant la gaffe. Allons-y, allons à la pêche !

Le premier des croiseurs chakas qui étaient restés cachés à l'intérieur du vaisseau toucha le sol. Alors qu'il se mettait en branle, suivant un cap qui évitait l'enchevêtrement des chars déjà endommagés, Bowman et Kestrel prirent un large virage et le poursuivirent. Leur trajectoire était calculée pour contourner le croiseur chaka et le suivre bord à bord.

« Vire, Kess, vire ! Et maintenant, lâche tout ! »

Les habitants d'Ombaraka regardèrent cette manœuvre avec stupéfaction. Ceux d'Omchaka étaient également perplexes et leurs cris de triomphe s'évanouirent. Que se passait-il donc ? Est-ce que cette corvette allait rejoindre leur croiseur chaka ? C'était ce qui semblait se produire, tandis que la corvette, plus légère, se plaçait à côté du lourd croiseur.

« Plus près ! Plus près ! »

Kestrel, à la proue, donnait les ordres, Bowman, à la grand-voile, rapprochait autant qu'il le pouvait la corvette du croiseur chaka sans se faire atteindre par ses immenses lames tournantes. Mumpo était accroché au sommet du mât par les genoux. Il tendait sa perche et hurlait :

– Plus près ! Plus près !

Petit à petit, ils se rapprochèrent jusqu'à ce qu'ils fussent si près qu'ils sentaient le vent des lames du croiseur qui tournaient.

– À la pêche, pêche, pêche ! criait Mumpo.

– Maintenant ! cria Kestrel.

Bowman tira sur la grand-voile pour que, dans sa course, l'engin bascule sur deux roues. Mumpo se suspendit au mât et accrocha l'extrémité de sa gaffe au sommet du gréement du croiseur.

– Écarte-toi maintenant ! Écarte-toi ! cria Kestrel.

Bowman exerça une traction violente sur la bôme, la corvette se redressa et vira brusquement en s'écartant du croiseur. Mumpo était toujours suspendu au mât.

L'engin chaka se déporta d'un côté, Mumpo décrocha sa perche, la corvette s'éloigna en filant à toute allure, basculant sur ses deux autres roues, tandis que le croiseur se renversait dans un bruit assourdissant, se détruisant avec ses propres lames.

Un hurlement déchaîné, accompagné de trépignements, retentit sur tout le vaisseau d'Ombaraka. La corvette retomba sur ses quatre roues, ramenant Mumpo à une position verticale. Il leva les bras comme un champion.

— Bravo, bravo, Mumpo ! lui cria Kestrel.

Ils virèrent à nouveau de bord pour retourner dans la bataille. Le goût du combat brillait dans leurs yeux et, plus ils frappaient, plus ils devenaient audacieux. Ils se précipitaient vers les grands croiseurs et les renversaient comme un chien harcelant un cerf. Ils manquèrent deux fois leur coup, mais ils manœuvraient leur corvette avec une telle virtuosité, à présent, qu'ils revinrent à la charge pour porter un nouveau coup avant que les lourds croiseurs puissent prendre assez de vitesse pour les dépasser. Et chaque fois qu'ils frappaient, le rugissement qui montait des ponts d'Ombaraka les saluait en écho.

Au poste de commandement, Raka regardait, à la fois stupéfait et admiratif.

Ses mains tripotaient machinalement sa ceinture de perles.

— Ce ne sont pas des espions chakas, dit-il à voix basse.

Le désastre était en train de se transformer en triomphe sous leurs yeux. Après la destruction du quatrième croiseur de guerre d'Omchaka, les portes qui dissimulaient la rampe de lancement secrète se refermèrent, et Omchaka hissa les voiles pour battre en retraite.

Raka de Baraka vit cela et ordonna que l'on chante

la victoire. Les clairons retentirent, et tout le peuple d'Ombaraka – hommes, femmes, enfants – les imita en chantant. Au milieu des chants de triomphe de milliers de voix, Bowman et Kestrel mirent le cap sur le grand vaisseau, les lames de la corvette tournant toujours. Lorsqu'ils arrivèrent tout près de la grande structure, les voiles s'abaissèrent et l'engin s'arrêta doucement.

Mumpo glissa en bas du mât et les trois enfants s'embrassèrent, encore tremblants, après la tension de la bataille.

– Mumpo, tu es un héros ! Bo, tu es un héros !
– Tous des héros, dit Mumpo, plus heureux qu'il ne l'avait jamais été de toute sa vie. Nous sommes trois héros !

Tandis qu'on les hissait par-dessus bord, ils furent acclamés, ovationnés tout le long du pont de lancement et plus haut, le long des coursives et des galeries à colonnades, jusqu'au poste de commandement, où Raka les attendait.

– Maintenant que j'ai vu ce dont vous êtes capables, leur déclara-t-il, je sais que vous n'êtes pas des Chakas. Et si vous n'êtes pas des Chakas, vous êtes des Barakas ! Vous êtes nos frères !

– Et notre sœur, ajouta le conseiller Kemba, avec son sourire le plus aimable.

Raka les embrassa l'un après l'autre, tremblant d'émotion.

– Mon peuple et moi sommes à votre service !

En signe de gratitude, Raka de Baraka ordonna que

les trois enfants aient les cheveux nattés par le Maître Tresseur. Après des discussions acharnées entre les conseillers, il fut décidé que les jeunes héros auraient des fils d'or mêlés à leurs cheveux. C'était le plus grand honneur auquel pouvaient prétendre les Barakas, à l'exception des fines lames d'acier que portait le chef militaire lui-même, et plusieurs paires de sourcils se levèrent lorsqu'il leur fut accordé. Mais, comme le fit remarquer le conseiller Kemba, les enfants n'avaient pas l'intention de rester longtemps à Ombaraka, et lorsque leurs cheveux ne seraient plus entretenus par le Maître Tresseur, les fils d'or se terniraient rapidement.

Mumpo était très excité à l'idée d'avoir de l'or dans les cheveux ; Kestrel et Bowman, beaucoup moins. Mais ils sentirent qu'un refus de leur part aurait été un manque de courtoisie impardonnable. Cependant, une fois que cette opération, fort complexe, eut commencé, ils trouvèrent que c'était beaucoup plus agréable que ce à quoi ils s'attendaient. On leur lava d'abord les cheveux trois fois, ce qui enleva enfin toute la boue du Lac Souterrain. Puis d'habiles coiffeurs entrèrent en action, séparant leurs cheveux en centaines de mèches très fines. Ils agissaient avec force et délicatesse à la fois, ce qui procurait une drôle de sensation aux enfants et leur donnait des fourmillements dans le crâne. Puis les sous-tresseurs prirent le relais, travaillant sous les instructions du Maître Tresseur lui-même.

Chaque mèche était entrelacée de trois longueurs de

fil d'or, pour former une natte très fine, qui se terminait par un nœud doré. À la différence du travail précédent sur les cheveux de Mumpo, les tresses étaient faites soigneusement de manière à pendre bien droites, et cela prit très longtemps. Dès que le Maître Tresseur voyait le moindre défaut dans une natte, il la faisait défaire jusqu'aux racines, puis refaire entièrement.

Lorsque ce long et patient travail fut presque terminé, le conseiller Kemba rejoignit les enfants.

– Mes chers amis, leur dit-il, je viens de la part de Raka de Baraka pour vous inviter à un dîner qui sera donné en votre honneur ce soir. Il souhaite également savoir s'il peut vous montrer sa gratitude d'une façon plus durable.

– Nous aimerions simplement que vous nous aidiez à trouver notre chemin, dit Kestrel.

– De quel chemin s'agit-il ?

– Nous cherchons une route nommée la Grande Voie.

– La Grande Voie ?

Le ton aimable de Kemba se fit plus grave.

– Que cherchez-vous par là ?

Kestrel croisa le regard de Bowman et sentit qu'il valait mieux rester sur ses gardes.

– C'est simplement le chemin que nous devons suivre, dit-elle. Savez-vous où il se trouve ?

– Je sais où il se trouvait, répondit Kemba. La Grande Voie n'est plus utilisée depuis très, très longtemps. C'est une région dangereuse. Il y a des loups, et pire encore.

– Les loups ne nous font pas peur, dit Mumpo. Nous sommes trois héros.

– En effet, nous l'avons vu, dit Kemba avec un petit sourire. Mais je pense qu'il vaudrait quand même mieux vous ramener vers le sud, à Aramanth, puisque vous nous avez dit que vous veniez de là.

– Non, merci, dit fermement Kestrel. Nous devons aller vers le nord.

Le conseiller Kemba s'inclina, semblant céder à leur désir, et les laissa à leur séance de tressage.

Le résultat final fut spectaculaire. Les trois enfants se contemplèrent dans le miroir, bouche bée. Leurs cheveux formaient un halo doré autour de leur visage, qui dansait à chaque mouvement de la tête. Le Maître Tresseur leur sourit avec fierté.

– Je savais que l'or irait bien avec la pâleur de votre teint, dit-il. Nous, les Barakas, avons besoin de couleurs plus vives, en vérité. L'or ne se verrait pas bien sur moi.

Il leur montra ses tresses rouges, orange et d'un vert acide.

Au grand dîner, l'entrée des enfants fut saluée par une ovation debout. Tout autour des longues tables, on entendait des exclamations admiratives devant le rayonnement de leurs tresses dorées à la lueur des chandelles. Raka de Baraka les invita à s'asseoir à ses côtés. Pensant leur être agréable, il leur annonça :

– Nous roulons vers le sud ! Kemba m'a dit que l'un de vos souhaits était de rentrer à Aramanth. J'ai donc donné l'ordre d'aller vers le sud.

– Mais ce n'est pas vrai ! s'écria Kestrel. Nous voulons aller au nord !

Le sourire s'effaça du visage de Raka. Il regarda Kemba, de l'autre côté de la table, pour obtenir une explication. Le conseiller Kemba écarta ses mains fines.

– Je considère qu'il est de notre devoir, Excellence, de veiller sur nos héros autant que nous le pouvons. La route du nord est impraticable. Le pont, au-dessus de la gorge, est en ruine. Aucun voyageur n'ose plus s'aventurer sur cette route.

– Eh bien nous, nous oserons, dit Kestrel, l'air farouche.

– Il y a un autre problème, soupira Kemba, comme s'il était gêné d'en parler. Excellence, comme vous le savez, bien que nous soyons en guerre depuis longtemps avec Omchaka, nous avons évité un plus grand danger encore. Je veux parler...

Il hésita, puis murmura à voix basse :

– ... des Zars.

– Les Zars ? répéta Raka, de sa voix tonitruante.

Et le mot fut répété de table en table, comme un écho.

– Les Zars... les Zars.

– Si, par mégarde, les enfants réveillaient...

– Bien, bien, s'empressa de dire Raka. Il vaut mieux continuer vers le sud, en effet.

Les enfants entendirent ces mots avec consternation.

« Laisse tomber pour le moment », lui conseilla Bowman en silence.

Kestrel n'ajouta donc rien, et le conseiller Kemba, qui les observait attentivement, sembla satisfait.

À la fin du grand dîner, Bowman demanda une faveur spéciale à Raka : il demanda au chef militaire de lui parler seul à seul.

— Avec plaisir, dit Raka, qui avait bien mangé, bien bu et qui se sentait plein de bonne volonté. Pourquoi pas ?

Mais Kemba était méfiant.

— Je pense, Excellence…, commença-t-il.

— Allons, allons, Kemba, vous vous faites trop de souci.

Il emmena Bowman dans ses quartiers privés et Kemba dut se contenter d'écouter derrière la porte.

Il ne s'attendait pas du tout à ce qu'il entendit. Pendant un long moment, le garçon et le chef militaire restèrent assis tous les deux en silence. Kemba se demanda même si Raka n'était pas allé se coucher. Mais soudain, il entendit la voix douce du garçon :

— Je sens que vous vous souvenez, dit-il.

— Oui…, répondit Raka.

— Vous êtes encore un bébé. Votre père vous emmène partout. Il vous soulève dans ses bras en souriant. Vous êtes encore tout petit mais vous sentez son orgueil et son amour.

— Oui, oui…

— Maintenant, vous avez quelques années de plus. Vous êtes un petit garçon. Vous vous tenez devant votre père, et il vous dit : « Tiens-toi droit ! Tiens-toi droit ! » Vous savez qu'il voudrait que vous soyez plus grand. Vous aussi, vous le désirez plus que toute autre chose au monde.

—Oui, oui…

—À présent, vous êtes un jeune homme et votre père ne vous regarde plus. Il ne supporte pas de vous voir, à cause de votre petite taille. Vous ne dites rien, mais dans votre cœur, vous lui criez : « Sois fier de moi. Aime-moi ! »

—Oui, oui…, dit Raka en sanglotant doucement. Comment sais-tu tout cela ? Comment le sais-tu ?

—Je le sens en vous. Je le sens en moi.

—Je n'en ai jamais parlé à personne. Jamais, jamais.

Le conseiller Kemba, qui écoutait à la porte, ne put en supporter davantage. Il ne voyait pas clairement en quoi tout cela pouvait interférer avec ses plans, mais il était sûr d'une chose : il n'était pas sain que le chef militaire d'Ombaraka pleure comme un bébé. Ainsi, feignant une grande agitation, il se glissa dans la pièce, interrompant l'entretien privé.

—Excellence, que s'est-il passé ? Que se passe-t-il ?

Raka IX, chef militaire des Barakas, suzerain d'Ombaraka, commandant en chef des Guerriers du Vent et souverain des Plaines, pleurait à chaudes larmes. Il regarda son conseiller en chef, les yeux rougis par les pleurs, et lui dit :

—Occupez-vous de vos affaires !

—Mais, Excellence…

—Allez donc jouer avec vos cheveux ! Sortez !

Le conseiller Kemba dut donc se retirer. Et quelques instants plus tard, l'ordre fut donné aux timoniers de prendre la direction du nord. Le grand vaisseau fit lentement demi-tour et se mit à rouler vers les montagnes.

Lorsque le soleil se leva, le jour suivant, Kestrel grimpa en haut de la plus haute vigie d'Ombaraka et scruta la plaine. C'était un matin clair et frais, et elle voyait à des kilomètres. Au bout de la plaine, elle pouvait apercevoir les hautes terres et les grandes forêts qui les recouvraient. Et plus très loin de là, désormais, à l'horizon, la masse sombre des montagnes.

Comme Kestrel regardait le sol, elle crut voir sous la poussière des plaines et entre les arbres de la forêt les contours d'une longue route abandonnée, large et droite, qui allait vers les montagnes. Elle avait la carte ouverte devant elle, et repéra la Grande Voie, interrompue par la ligne dentelée, qui s'appelait la Fêlure de la Terre. Au bout de la route, à l'endroit exact où la Grande Voie rejoignait la plus haute des montagnes, étaient écrits les mots qui, selon son père, signifiaient : « Dans le Feu ».

Le peuple reconnaissant d'Ombaraka fit de grands adieux à ses héros ; tout le monde vint les saluer, à l'exception du conseiller Kemba qui resta introuvable. Raka les embrassa, un par un, en serrant Bowman particulièrement fort dans ses bras.

— N'hésitez pas à nous demander notre aide, si jamais vous en avez besoin, leur dit-il.

Salimba s'avança avec trois sacs à dos pleins de nourriture pour leur voyage.

– J'ai tout de suite compris que ce n'étaient pas des espions, dit-il. Sinon, je n'aurais jamais fait de tresses à ce garçon !

On les descendit jusqu'au sol, et tout Ombaraka se rassembla pour chanter une fois encore l'hymne de la victoire, comme un dernier hommage. Les chants résonnant encore à leurs oreilles, les enfants se dirigèrent vers les contreforts des montagnes et la grande forêt. Ils se retournèrent pour saluer leurs nouveaux amis et restèrent un moment à regarder la grande ville roulante tandis qu'elle larguait ses myriades de voiles et retournait en craquant et en grondant vers les plaines. Un coup de vent souffla sur leurs petites nattes dorées et les fit frissonner. L'air était plus froid, par ici, et devant eux la terre était sombre.

17
La famille Hath reprend le combat

– Où Bo ? demanda Pim. Où Kess ?
– Ils sont partis dans les montagnes, lui répondit Ira Hath qui pensait qu'il ne fallait pas tromper un enfant, même s'il n'avait que deux ans. Lève les bras.
– Où papa ?
– Il est allé préparer son examen. Reste tranquille pendant que je t'habille. Ce sera bientôt fini.

Elle examina Pim d'un œil critique. Il n'y avait pas assez de tissu, dans son couvre-lit, pour leur faire des robes à toutes les deux.

Aussi avait-elle cousu une tunique sans manches à Pim, qu'elle lui avait passée par-dessus son chemisier orange. En regardant ses vêtements et ceux de Pim, Ira fut contente d'avoir pris la bonne décision. Il aurait été un peu exagéré que la mère et la fille soient habillées exactement de la même façon, avec leurs robes à rayures.

Lorsqu'elles furent prêtes toutes les deux, Ira Hath ramassa le grand panier qu'elle avait préparé un peu plus tôt, prit Pim par la main et sortit dans le couloir. En passant devant l'appartement des Mooth, elle entendit la porte s'entrouvrir, et un cri aigu s'échappa de l'intérieur :

— Oh ! Regarde ce qu'elle a fait, maintenant !

Trois visages choqués apparurent dans l'entrebâillement de la porte et les suivirent des yeux tandis qu'elles se dirigeaient vers l'escalier.

Une fois dans la rue, leurs vêtements à rayures multicolores firent sensation. Le gardien de l'immeuble, qui passait par là, leva brusquement la main, souffla dans son sifflet, et cria :

— Vous n'avez pas le droit de faire ça !

Un homme, qui poussait une charrette pleine de barriques, se retourna et, ne regardant pas où il allait, heurta avec sa charrette un homme qui portait un panier sur la tête. Le panier s'envola et les barriques roulèrent par terre. Une multitude de petits crabes roses sortirent du panier renversé ; c'était un mets délicat, très apprécié dans le Quartier Blanc. Deux grosses femmes qui venaient de l'autre côté de la rue, et qui regardaient elles aussi Ira et Pim, tombèrent sur les tonneaux qui roulaient dans la rue. L'une des deux femmes écrasa complètement une barrique qui éclata, laissant échapper de la mélasse brute sur les pavés. Le gardien de l'immeuble se précipita pour rétablir l'ordre, mais il marcha dans la mélasse, tituba au milieu des crabes qui couraient de tous côtés, et tomba de tout son long sur la plus petite des deux grosses femmes. Alors qu'il essayait de se relever en gigotant, ses bottes qui battaient l'air se collèrent aux cheveux de la femme, les imprégnant de mélasse constellée de petits crabes roses.

Pim regardait la scène avec ravissement, comme si c'était un spectacle spécialement monté pour l'amuser. Ira Hath n'y prêta aucune attention. Superbement indifférente aux regards de ses voisins, aux jurons du gardien, et aux cris de la femme qui avait des crabes dans les cheveux, elle descendit la rue et tourna dans l'avenue principale qui menait au centre de la ville.

Tandis qu'elle marchait à grands pas, tenant son panier dans une main et Pim de l'autre, un petit groupe de gens se mirent à la suivre. Ils avançaient derrière elle, mais en maintenant une certaine distance, et se parlaient à voix basse, comme s'ils avaient peur qu'elle les entende. Ira Hath s'aperçut qu'elle commençait à s'amuser un peu. Être couverte de rayures lui donnait un certain pouvoir.

Elle passa par le Quartier Marron, puis là où elle habitait avant, à Orange. Le nombre de personnes qui la suivaient augmentait sans cesse, atteignant une cinquantaine d'individus de toutes les conditions. En entrant dans le Quartier Écarlate, elle s'arrêta brusquement et se retourna pour leur faire face. Il s'arrêtèrent aussitôt et la regardèrent en silence, comme un troupeau de vaches. Elle savait pourquoi ils la suivaient, bien sûr. Ils voulaient assister à sa punition. Rien n'excitait davantage les habitants d'Aramanth que de voir leurs concitoyens humiliés en public.

Quelque chose, dans ces rangées d'yeux tristes et vides, lui parla, à un niveau ancestral, et les mots montèrent à sa bouche, presque malgré elle :

– Ô peuple malheureux, s'écria-t-elle. Demain vous

apportera du chagrin, mais le jour suivant vous apportera les rires ! Préparez-vous à mélanger vos couleurs !

Puis elle se retourna et se remit en marche ; ils la suivirent tous en traînant les pieds et en parlant à voix basse.

Ira Hath marchait la tête haute et sentait le sang chanter dans son corps. Elle aimait être une épouse et une mère, mais elle venait de découvrir qu'elle aimait aussi être une prophétesse.

Lorsque Ira arriva sur la place, près du Palais Impérial, tous les habitants désœuvrés d'Aramanth semblaient avoir rejoint la foule qui la suivait. À vrai dire, personne n'était censé l'être à Aramanth, puisque les dirigeants de la ville s'assuraient que tout le monde avait une tâche utile à remplir. Aussi la vue de tous ces gens qui suivaient mollement cette mère et son enfant vêtus d'habits à raies éclatantes, et qui passaient devant le Conseil des Examinateurs ne fut-elle pas du tout du goût des gouverneurs de la ville.

Ira continua d'avancer à grands pas, à travers la double rangée de colonnes de marbre, jusqu'aux arènes. Elle descendit les neuf gradins, et la foule la suivit, pour voir ce qu'elle allait faire. Au centre des grandes arènes, au pied du socle en bois du Chanteur de Vent, elle s'arrêta. Elle hissa son panier, puis Pim sur le socle. Enfin, elle y monta elle-même. Elle sortit alors une couverture de son panier, l'étala sur les planches et s'assit dessus, avec Pim. Elle prit ensuite dans son grand panier une bouteille de citronnade et un sachet de petits pains au lait.

La foule la regardait, bouche bée, attendant sa prochaine provocation.

– Ô peuple malheureux, s'écria la prophétesse. Le temps est venu de s'asseoir et de manger des petits pains.

Et c'est ce qu'elle fit.

Les badauds attendaient patiemment, sachant que les choses n'en resteraient pas là. Au bout d'un moment, un examinateur de haut rang apparut, suivi de quatre gendarmes. L'examinateur, M. Greeth, était responsable du maintien de l'ordre dans la ville. Un frisson parcourut la foule, lorsqu'elle le vit descendre les neuf gradins, flanqué des quatre robustes gendarmes.

– Madame, dit M. Greeth de sa voix claire et coupante, cet endroit n'est pas un cirque. Vous n'êtes pas un clown. Veuillez descendre d'ici et aller mettre les vêtements qui vous sont attribués.

– Non, répondit Ira Hath.

M. Greeth fit aussitôt signe aux gendarmes.

– Faites-la descendre !

La prophétesse se dressa de toute sa hauteur et s'écria de sa voix la plus prophétique :

– Ô peuple malheureux ! Regardez, et vous verrez qu'il n'y a pas de liberté à Aramanth.

– Pas de liberté à Aramanth ! s'indigna M. Greeth.

– Je suis Ira Hath, descendante directe de la prophétesse Ira Manth, et je suis venue prophétiser !

L'examinateur fit signe aux gendarmes d'attendre.

– Madame, dit-il d'une voix forte pour que tout le monde puisse l'entendre. Ce que vous dites est absurde. Vous avez la chance de vivre dans la seule société libre qui ait jamais existé. À Aramanth, tous les hommes et toutes les femmes naissent égaux et ont la même chance d'atteindre les plus hautes positions. Il n'y a pas de pauvreté ici, ni de crime, ni de guerre. Nous n'avons pas besoin de prophètes.

— Et pourtant, s'écria la prophétesse, vous avez peur de moi !

C'était adroit de sa part, et M. Greeth le comprit aussitôt. Il n'avait pas intérêt à réagir trop violemment.

— Vous vous trompez, madame. Nous n'avons pas peur de vous. Nous vous trouvons simplement un peu trop bruyante.

La foule se mit à rire, ce qui le combla d'aise. Il était inutile de faire usage de la force, cela ne ferait qu'attirer la sympathie de la foule vers cette femme. Il valait mieux la laisser sur son perchoir jusqu'à ce qu'elle ait froid et faim et redescende d'elle-même.

En attendant, pour réaffirmer son autorité, il commanda aux gendarmes de disperser la foule.

— Retournez travailler ! ordonna-t-il. Laissez-la prophétiser ce qu'elle mangera pour le dîner.

Hanno Hath, enfermé dans le Centre d'Études Résidentiel, n'apprit la révolte de sa femme qu'au déjeuner. Les filles qui servaient à table en parlaient à mi-voix, sur un ton excité, en servant un ragoût de légumes dans les assiettes des candidats. Elles racontaient qu'une femme extravagante, habillée en clown, était assise sur le Chanteur de Vent, disant à tous qu'ils étaient malheureux. Hanno reconnut immédiatement sa femme, et sentit l'orgueil, puis l'inquiétude l'envahir. Il pressa les filles de lui donner plus de détails. Est-ce que les autorités avaient forcé cette femme extravagante à descendre du Chanteur de Vent ?

– Oh non, dit la fille qui servait du riz au lait. Ils sont venus et ont bien ri, comme nous tous.

Cela rassura Hanno et renforça encore la résolution qu'il avait prise. Le Grand Examen devait avoir lieu deux jours plus tard, et son petit acte de rébellion était déjà bien avancé. Peu à peu, les autres candidats avaient accepté son plan, à l'exception d'un seul, un certain Scooch, balayeur dans une usine, qui ne se laissait pas convaincre. Ce plan avait eu, comme effet secondaire, de changer l'atmosphère du Centre. Les candidats qui fixaient auparavant leurs livres de révision d'un air hébété et écoutaient les cours du Principal avec une expression de défaite dans le regard, s'étaient mis à travailler avec ardeur.

Le principal, M. Pillish, observait tout cela avec satisfaction. Il avait l'impression que les candidats s'aidaient les uns les autres à surmonter leur approche négative des examens, et cela augurait favorablement des résultats. Il vit que l'aimable Hanno Hath, avec sa voix douce, était au centre de ce nouvel enthousiasme. Curieux de savoir ce qu'il avait raconté aux autres candidats, il l'appela dans son bureau pour avoir un entretien privé avec lui.

– Je suis impressionné, Hath, lui dit-il. Quel est votre secret ?

– Oh, c'est très simple, lui répondit Hanno. Nous avons le temps, ici, de réfléchir au sens réel des examens. Nous avons compris que l'examen ne fait qu'évaluer ce qu'il y a de meilleur en nous. C'est pourquoi, si nous donnons le meilleur de nous-mêmes – quel que soit le résultat – nous devrions être contents d'être jugés là-dessus.

– Bravo ! s'écria le principal Pillish. C'est un véritable retournement de votre part. Je n'ai pas besoin de vous dire que votre dossier vous présente comme un incurable défaitiste. Mais ceci est excellent ! Donner le meilleur de soi-même ! Très bien. Je n'aurais pas trouvé mieux.

Ce que Hanno Hath ne s'était pas senti obligé d'expliquer au principal, c'était la façon dont les autres candidats et lui se proposaient de donner le meilleur d'eux-mêmes. L'idée lui était venue en écoutant Miko Mimilith parler des différents tissus qui lui passaient entre les mains. Si seulement Miko pouvait se présenter à un examen sur les tissus, s'était-il dit, il n'aurait pas peur. La connaissance des tissus était sa spécialité et sa passion. Pourquoi était-il toujours interrogé sur d'autres sujets, auxquels il ne pouvait répondre ? Hanno en avait conclu que chacun d'entre eux aurait dû être interrogé et jugé sur ce qu'il connaissait le mieux.

Il avait fait part de ses idées à ses nouveaux amis du Centre d'Études.

– Tout ça, c'est très bien, lui avaient-ils dit, mais ça ne se passera jamais comme ça.

Il fallait répondre à plus d'une centaine de questions au Grand Examen, et ils auraient de la chance s'ils en trouvaient une seule sur les tissus ou la formation des nuages.

— Ignorez les questions qui sont sur le papier, leur dit Hanno. Écrivez sur ce que vous connaissez le mieux. Donnez-leur le meilleur de vous-mêmes.

— Ils vont tout simplement nous recaler.

— Ils nous recaleront de toute façon, même si nous essayons de répondre à leurs questions.

Ils hochèrent tous la tête en signe d'assentiment. Ce n'était pas faux. Ils étaient là précisément parce qu'ils avaient toujours échoué auparavant. Pourquoi en serait-il autrement cette fois-ci ?

— Alors, qu'en pensez-vous ? leur demanda Hanno, en insistant gentiment. C'est comme vouloir apprendre à voler à un poisson. Qu'on nous laisse plutôt faire ce qu'on est capable de faire !

— Ils ne vont pas apprécier !

— Ne vous occupez pas d'eux. Avez-vous envie de vous asseoir de nouveau dans ces arènes et d'être malades d'angoisse pendant quatre heures ?

Ce fut cet argument qui les décida. Chacun d'entre eux redoutait, peut-être plus encore que les résultats, la longue humiliation de l'examen lui-même. Chaque détail exécré restait gravé dans leur mémoire. La lente marche jusqu'à la table numérotée. Le bruit de milliers de chaises raclant le sol, au moment où on les tirait. Le froissement de milliers de formulaires d'examen que l'on retournait. L'odeur de l'encre fraîche. La danse des lettres noires sur le papier, formant des mots qui n'avaient pas de sens. Le crissement des plumes sur le papier, autour d'eux, tandis que les candidats les plus doués commençaient à répondre aux questions. Les pas feutrés des examinateurs qui surveillaient l'examen et passaient entre les rangs. Le besoin panique de commencer à écrire quelque chose, n'importe quoi. La triste certitude, au fond de soi, que rien de ce que l'on écrivait ne serait ni exact, ni bon, ni beau. La lente avancée des aiguilles de l'horloge. Le désespoir envahissant, paralysant.

Tout, tout, mais pas ça !

Aussi, un par un, s'étaient-ils ralliés à la secrète révolte de Hanno Hath. Pendant les heures d'étude, ils écrivaient des textes sur des sujets qu'ils choisissaient eux-mêmes. Des monographies étaient en cours sur les systèmes de drainage, la culture des choux et sur la corde à sauter. Miko Mimilith travaillait sur le classement définitif des tissus de laine. Hanno Hath s'attachait à résoudre quelques problèmes concernant l'ancienne écriture manth. Seul Scooch n'écrivait rien. Il restait assis, courbé sur son pupitre, les yeux fixés sur le mur.

– Vous devez bien savoir quelque chose sur quelque chose, lui dit Hanno.

– Eh bien, non. Je ne sais rien sur rien. Je fais juste ce qu'on me dit de faire.

– Vous avez peut-être une activité agréable après votre travail ?

– J'aime rester assis, dit Scooch.

Hanno Hath soupira.

— Il faut que vous écriviez, ne serait-ce que quelques lignes, lui dit-il. Pourquoi ne décririez-vous pas simplement une journée ordinaire ?

— Que voulez-vous dire par décrire ?

— Vous commencez par le commencement, par le moment où vous vous levez, et vous écrivez ce que vous faites dans la journée.

— Je prends mon petit déjeuner. Je vais travailler. Je rentre à la maison. Je dîne. Je vais me coucher.

— Bien. Maintenant, il suffit d'ajouter quelques détails. Essayez peut-être d'écrire ce que vous mangez au petit déjeuner. Ce que vous voyez pendant le trajet, quand vous vous rendez à votre travail.

— Ça ne me paraît pas très intéressant.

— C'est plus intéressant que regarder le mur.

Scooch se décida donc à décrire une de ses journées ordinaires. Au bout d'une heure de travail constant, il arriva au moment de raconter la pause matinale à l'usine et fit une découverte. Il profita de la pause des candidats pour se précipiter vers Hanno et lui en parler :

— J'ai trouvé quelque chose que je connais, lui dit-il. C'est là-dessus que je vais écrire au Grand Examen.

— Formidable ! lui dit Hanno. Qu'est-ce que c'est ?

— Les pauses thé.

Scooch lui sourit, le visage illuminé d'orgueil.

— Je ne m'en étais pas rendu compte jusqu'à ce que je commence à décrire ma journée mais, ce que je préfère au monde, c'est la pause, le moment où on s'arrête de travailler pour boire un peu de thé.

Il passa une demi-heure à raconter à Hanno, toujours patient, à quel point il attendait la pause thé dès qu'il commençait à travailler. Comme son impatience croissait à mesure que l'heure approchait. Comme le moment où il lâchait son balai et prenait sa Thermos de thé était un moment de joie presque parfait. Comme il respirait la vapeur qui montait du récipient lorsqu'il le débouchait, et versait le thé chaud dans son gobelet. Comment il sortait ses trois biscuits d'avoine de leur papier sulfurisé, et comment il les trempait, l'un après l'autre, dans son thé brûlant. Ah, le moment où il trempait ses biscuits ! C'était le cœur de la pause thé, l'instant de la tension et de la satisfaction, l'exercice d'habileté et la rencontre avec l'inconnu. Parfois, quand il le jugeait bon, il portait le biscuit trempé dans le thé jusqu'à sa bouche et le consommait, intact, à la fois croustillant et fondant sur la langue. Mais d'autres fois, il le laissait tremper trop longtemps, le sortait du liquide trop brusquement ou selon un angle trop aigu, et un grand morceau tombait, sombrait au fond du gobelet. Ce qui rendait si intense l'expérience de la pause thé, c'était de ne pas savoir quand et si cela se reproduirait.

— Vous savez, lui dit Hanno d'un air songeur, quelqu'un devrait trouver la façon de fabriquer un biscuit qui puisse s'imbiber de thé sans se casser.

— Fabriquer un biscuit ? demanda Scooch, stupéfait. Vous voulez dire en inventer une autre sorte ?

— Oui.

— Ça alors ! s'exclama Scooch.

Il se tut, l'air songeur, puis reprit :

– Être inventeur de biscuits ! Ça, c'est quelque chose !

C'est de cette façon, et de beaucoup d'autres, avec une impatience croissante, et sous la direction bienveillante de Hanno Hath, que les candidats du Centre d'Études Résidentiel se préparèrent au jour du Grand Examen. Pour la première fois de leur vie, qu'on le leur demande ou pas, ils donneraient le meilleur d'eux-mêmes.

Ira Hath et Pim restèrent sur le Chanteur de Vent toute la nuit. Il apparut qu'elle s'y était préparée, et qu'elle avait apporté de la nourriture supplémentaire et des couvertures dans son grand panier. Elle avait même pris un pyjama pour Pim et son oreiller préféré.

Voyant qu'elle était toujours là le matin suivant, une nouvelle foule se rassembla pour se moquer d'elle.

– Faites-nous donc entendre votre prophétie ! lui crièrent-ils. Allons, dites-nous : « Ô peuple malheureux ! »

Elle leur parla beaucoup plus calmement qu'ils ne l'auraient voulu et, finalement, ce n'était plus si drôle. Puis, à nouveau, avec douceur et tristesse, elle leur dit :

– Ô peuple malheureux. Pas de pauvreté. Pas de crime. Pas de guerre. Pas de tendresse.

Ce n'était pas drôle du tout. Les gens, dans la foule, piétinaient et évitaient de se regarder les uns les autres. Puis, pour la troisième fois, plus calmement que jamais, Ira Hath dit :

– Ô peuple malheureux. J'entends vos cœurs qui pleurent leur besoin de tendresse.

Personne n'avait jamais dit de telles choses à Aramanth. Les gens l'écoutèrent en silence, troublés. Puis ils s'en allèrent, tout seuls ou deux par deux, et Ira Hath sut qu'elle était une vraie prophétesse, car personne ne pouvait supporter de l'entendre parler.

Le problème de la présence d'Ira Hath sur le Chanteur de Vent fut posé au Conseil des Examinateurs lors de la séance du matin. M. Greeth continuait à se prononcer contre toute intervention.

– Cette femme ne peut plus rester là très longtemps. Il vaut mieux que tout le monde voie comme ce genre de conduite est vain. Elle-même s'en rendra compte assez rapidement, et que fera-t-elle, alors ? Elle redescendra.

M. Greeth était plutôt satisfait de sa façon d'exposer les choses. Il lui semblait avoir été concis et précis. Mais l'examinateur en chef garda un air sévère.

– Je connais cette famille, dit-il. Le père est un raté aigri. La mère est folle. Les enfants… enfin, d'une façon ou d'une autre, ceux-là ne nous dérangeront plus. Reste le bébé.

– Je ne comprends pas très bien, dit M. Greeth, si vous êtes en désaccord avec moi ou pas.

– Je suis d'accord avec votre approche d'une façon générale, lui répondit Maslo Inch. Mais d'un point de vue pratique, il faut qu'elle sorte de là avant le Grand Examen.

— Oh, elle sera partie bien avant.
— Et puis, il y a le problème du rachat.
— Que proposez-vous exactement, Examinateur en chef ?
— La conduite de cette famille est une insulte à la ville d'Aramanth. Il faut exiger des excuses publiques.
— C'est une femme de grande énergie, dit M. Greeth, sceptique. Et une femme volontaire.
— Les grandes énergies peuvent s'épuiser, dit l'examinateur en chef, avec son sourire glacial, et la volonté peut être brisée.

18
La Fêlure de la Terre

Maintenant que les jumeaux avaient retrouvé la terre ferme, la Grande Voie, que Kestrel avait vue du haut de la tour de guet d'Ombaraka, semblait de nouveau avoir disparu. Les collines qui s'élevaient doucement montraient par endroits des fossés et des monticules, quelques bouquets d'arbres rabougris, mais aucune route ne se dessinait. Ils ne voyaient que les montagnes déchiquetées à l'horizon, et c'est vers elles qu'ils dirigèrent leurs pas.

Mumpo gémissait en marchant. Il avait mâché trop de tixa au moment de la bataille, et maintenant, il avait mal à la tête, la bouche sèche, envie de vomir sans y parvenir. Au début, Bowman et Kestrel s'inquiétèrent et se montrèrent compatissants. Cependant, il continua à se plaindre, si bien qu'au bout d'un moment ils en eurent assez. Kestrel retrouva bientôt ses anciens réflexes :

– Oh, ferme-la, Mumpo !

Après cela, Mumpo continua à se plaindre, mais il arrêta de pleurer. Quand il pleurait, son nez coulait et il devenait encore plus difficile de lui témoigner de la sympathie, car sa lèvre supérieure était luisante de morve. De toute façon, les jumeaux avaient d'autres soucis. Alors qu'il y avait de plus en plus d'arbres, et que leur chemin traversait souvent des clairières ombragées, Kestrel cherchait des signes indiquant la Grande Voie. Quant à Bowman, il regardait autour de lui, à l'affût du moindre danger. Il savait qu'il avait une imagination trop fertile et ne voulait pas alerter les autres s'il ne se passait rien, mais il avait l'impression qu'ils étaient suivis.

Soudain, il vit quelque chose, ou quelqu'un, devant eux. Il resta figé sur place, en silence, le doigt tendu pour que les autres voient de quoi il s'agissait. À travers un bouquet d'arbres, ils apercevaient une immense silhouette, juchée sur quelque chose, regardant vers eux. Kestrel et Bowman eurent la même idée en même temps : les Géants. La Vieille Reine leur avait dit qu'il y avait des Géants sur la Grande Voie. Ils restèrent immobiles un long moment ; le Géant ne bougea pas non plus. Soudain, Mumpo éternua bruyamment :

– Désolé, Kess.

Le Géant n'eut pas l'air d'avoir entendu. Ils décidèrent donc d'approcher prudemment, mais leurs craintes disparurent dès qu'ils eurent dépassé le bouquet d'arbres.

C'était une statue.

Le personnage mesurait au moins deux fois la taille d'une personne normale, était très ancien et abîmé par les intempéries. Il représentait un homme en toge, qui levait une main vers le sud, ou plutôt un bras car la main avait disparu. L'autre bras était dans le même état, et il manquait également une partie du visage. Il était dressé sur un haut piédestal en pierre, dont les bords étaient polis par le vent et la pluie.

Non loin de là, il y avait un autre piédestal avec une autre statue. Les enfants avaient compris ce que c'était à présent, et en découvraient de plus en plus ; elles formaient une double rangée, très large, entre les arbres.

— Les Géants, dit Kestrel. Pour guider les voyageurs sur la Grande Voie. Il devait y avoir des statues tout le long, autrefois.

Rassurés, ils se hâtèrent à nouveau vers les montagnes. Mais Mumpo se remit bientôt à pleurnicher et à se lamenter.

— On ne pourrait pas s'asseoir ? Je veux m'asseoir. J'ai mal à la tête.

— Il vaudrait mieux continuer à avancer, dit Bowman.

Mumpo se mit à brailler :

— Je veux rentrer à la maison !

— Je suis désolé, Mumpo, lui dit Bowman, en essayant de ne pas être trop dur avec lui, mais il faut continuer.

— Pourquoi tu ne te mouches jamais ? lui demanda Kestrel.

— Parce que ça continue à couler de toute façon, lui répondit-il d'un air lamentable.

Quand ils arrivèrent dans la forêt proprement dite, avec de grands arbres de chaque côté, ils virent qu'ils suivaient ce qui avait été une route autrefois. Quelques jeunes pousses avaient jailli n'importe où, mais les vieux arbres se dressaient de toute leur hauteur, régulièrement des deux côtés de la route, exactement comme ils avaient dû le faire au temps lointain de la Grande Voie. Contente de voir qu'ils progressaient, Kestrel dit qu'ils pourraient s'arrêter pour se reposer un petit moment et manger quelque chose.

Mumpo s'effondra aussitôt comme une masse. Bowman partagea le pain et le fromage et ils mangèrent avidement, sans parler.

Kestrel regardait Mumpo manger et vit que sa bonne humeur revenait au fur et à mesure qu'il remplissait son estomac. Il lui rappelait Pim.

– Tu es un vrai bébé, Mumpo, lui dit-elle. Tu pleures quand tu as faim, comme un bébé. Tu dors comme un bébé.

– Est-ce que c'est mal, Kess ? lui demanda-t-il.

– Ça dépend. Si tu veux être comme un bébé...

– Je veux être tout ce que tu veux que je sois, affirma-t-il.

– Oh là là ! On ne peut pas parler avec toi !

– Désolé, Kess.

– Je me demande vraiment comment tu as réussi à rester dans le Quartier Orange pendant toutes ces années !

Bowman dit tranquillement :

– Il suffirait de le lui demander.

Kestrel regarda son frère. C'était vrai : elle ne savait à peu près rien de Mumpo. À l'école, il avait toujours été considéré comme le garçon bizarre qu'il fallait éviter. Ensuite, quand il était devenu son ami malgré elle, son affection l'avait irritée et elle n'avait rien voulu faire qui puisse l'encourager. Pendant leur voyage, elle en était venue à le considérer comme une sorte d'animal familier. Mais ce n'était pas un animal. C'était un enfant, comme elle.

– Qu'est-ce qui est arrivé à ton père et à ta mère, Mumpo ?

Il fut surpris par la question de Kestrel, mais très heureux de lui répondre.

– Ma mère est morte quand j'étais petit. Et je n'ai pas de père.

– Est-il mort, lui aussi ?

– Je n'en suis pas sûr. Je crois simplement que je n'en ai pas, c'est tout.

– Tout le monde à un père, au moins pendant un moment.

– Eh bien, moi, je n'en ai pas.

– Tu ne veux pas savoir ce qui lui est arrivé ?

– Non.

– Pourquoi ?

– Je ne veux pas, c'est tout.

– Si tu n'as pas de famille, lui dit Bowman, comment se fait-il que tu aies un classement familial ?

– Comment peux-tu aller à l'école du Quartier Orange, lui demanda Kestrel, alors que... ?

Elle croisa le regard de son frère et s'interrompit.

– Alors que je suis si bête ?

Il n'avait pas l'air vexé du tout.

– J'ai un oncle. C'est grâce à lui que je vais à l'école du Quartier Orange, alors que je suis si bête.

Bowman sentit une vague de tristesse submerger Mumpo, et il frissonna comme si elle l'envahissait, lui aussi.

– Est-ce que tu détestes l'école, Mumpo ? lui demanda-t-il.

– Oh oui. Je ne comprends rien, et je suis toujours tout seul. Alors, je suis toujours malheureux.

Les jumeaux le regardèrent, se rappelant comme ils s'étaient moqués de lui avec les autres. Ils eurent honte d'eux.

– Mais ça va, maintenant, dit-il. J'ai une amie, maintenant. N'est-ce pas, Kess ?

– Oui, dit Kestrel. Je suis ton amie.

Bowman fut touché que sa sœur ait dit cela, même si elle ne le pensait pas. Il l'en aima davantage encore.

« Je t'aime, Kess. »

– Qui est ton oncle, Mumpo ?

– Je ne sais pas. Je ne l'ai jamais vu. C'est quelqu'un de très important, avec un très bon classement. Mais je suis si stupide qu'il ne veut pas de moi dans sa famille.

– Mais c'est horrible !

– Oh non, il est très bon pour moi. C'est ce que Mme Chirish me dit toujours. Si j'entrais dans sa famille, je ferais sérieusement baisser sa moyenne. Alors, il vaut mieux que j'habite chez Mme Chirish.

– Oh, Mumpo, dit Kestrel. Quel sale, quel triste endroit est devenu Aramanth !

— Tu le penses vraiment, Kess ? Je croyais être le seul à penser ça.

Bowman était étonné par Mumpo. Curieusement, plus il le connaissait, plus il l'admirait. Il semblait ne pas y avoir de méchanceté en lui, ni de vanité. Il acceptait ce que chaque moment lui apportait, et ne s'inquiétait jamais de problèmes qu'il n'était pas en mesure d'affronter. Malgré la tristesse de sa vie solitaire, il semblait être né avec si bon cœur que rien ne pouvait le changer. À moins que ce fût l'inverse : c'étaient peut-être toutes les méchancetés qu'il avait subies qui lui avaient appris à apprécier la moindre marque de gentillesse.

Ils avaient mangé, s'étaient reposés, mais le temps passait et ils se remirent en route. Mumpo était de bien meilleure humeur, et ce fut avec plus de détermination que jamais, avec un nouvel esprit de camaraderie qu'ils s'engagèrent sur les vestiges de la Grande Voie en direction des montagnes.

La route était assez droite mais montait sans cesse, grimpant sur les contreforts des montagnes plus élevées que l'on voyait derrière. Peu à peu, les arbres qui bordaient les deux côtés de la route devinrent plus touffus et plus grands. Tandis que le soleil déclinait dans le ciel, l'ombre s'épaissit autour d'eux. Ils se mirent à voir ou à imaginer des ombres entre les arbres et des yeux luisant dans les feuillages. Ils marchaient plus vite, et ne s'éloignaient pas les uns des autres ; ils avaient l'impression que les ombres les suivaient en bondissant, mais restaient toujours hors de vue.

Quand le crépuscule commença à tomber, ils se rendirent compte qu'ils devraient passer au moins une nuit dans la forêt. Ils continuèrent à marcher, mais en cherchant un endroit où s'installer. Mumpo était fatigué et peu lui importait où ils allaient se coucher, du moment qu'ils le faisaient vite.

– Si on s'arrêtait ? Ici, c'est bien !
– Qu'est-ce qu'il y a de bien ?
– Entre ces grands arbres, alors !
– Non, Mumpo. Il nous faut un endroit où personne ne puisse nous voir.
– Pourquoi ? Qui nous cherche ?
– Je ne sais pas. Sans doute personne.

Mais après cela, Mumpo devint nerveux : il sursautait sans cesse et regardait partout autour de lui. À un moment, il vit, ou crut avoir vu quelque chose, et se mit à courir en tous sens, paniqué. Bowman dut l'attraper et le maintenir jusqu'à ce qu'il retrouve son calme.

– Tout va bien, Mumpo.
– J'ai vu des yeux qui nous regardaient ! Je les ai vus !
– Oui, moi aussi. Je ne sais pas ce que c'est ni qui c'est, mais de toute façon il faut empêcher qu'ils fassent du mal à Kess.
– Tu as raison, Bo.

Il devint aussitôt plus calme.

– Kess est mon amie.

Il continua à regarder nerveusement entre les arbres mais, dès qu'il voyait une ombre bouger, il brandissait le poing en criant :

– Approchez donc et je vous assomme !

Ils continuèrent péniblement à progresser, décidés à avancer aussi longtemps qu'il le pourraient. Et, juste au moment où ils s'étaient résolus à s'arrêter – qu'il y ait ou pas un bon endroit où s'installer – ils virent apparaître devant eux, entre les arbres, deux grands piliers en pierre.

Les piliers se trouvaient de chaque côté de l'ancienne Grande Voie, marquant le début d'un long pont en pierre qui enjambait un ravin. À l'autre bout, on voyait deux autres piliers : mais c'était loin, à deux cents mètres au moins. Le pont était en ruine. Ses parapets traversaient le ravin sur deux rangées d'immenses arches de pierre, à vingt mètres l'une de l'autre. Mais tout le milieu de l'ouvrage, ce qui avait été autrefois le tablier ou le plancher du pont, avait disparu. Comment ces deux arches jumelles, si élancées, avaient-elles pu subsister sans le soutien l'une de l'autre, au-dessus de cette gorge impressionnante, c'était un mystère.

Les trois enfants s'arrêtèrent près des piliers et regardèrent le gouffre. Ses parois rocheuses et abruptes plongeaient jusqu'à une rivière, loin en dessous. Ils la voyaient briller et couler entre les deux arches centrales qui soutenaient le pont. L'autre versant de la gorge s'élevait devant eux, plus haut que n'importe quelle falaise, craquelé et fendu, plein de failles, de fissures d'où sortaient de l'herbe et des buissons rabougris. Des deux côtés, les bords déchiquetés de la gorge s'enfonçaient dans la forêt, à perte de vue, comme une grande blessure au couteau infligée au monde.

— La Fêlure de la Terre, dit Kestrel.

Il était impossible de traverser l'immense précipice autrement que par le pont : et, plus ils regardaient le pont, moins ils avaient envie de s'y risquer.

— Il s'effondre, dit Bowman. Il ne supportera pas notre poids.

Érodée par des centaines d'hivers, la maçonnerie s'était fissurée et affaissée, laissant des éperons de pierre qui semblaient friables et traîtres. Seuls les deux parapets, taillés dans une pierre plus solide, étaient intacts, plats et lisses.

Kestrel monta sur l'un d'eux et toucha sa surface. Elle était ferme sous ses doigts. Le parapet mesurait environ soixante centimètres de large. Elle le regarda sur toute sa longueur, jusqu'aux piliers, tout au bout. Il semblait en bon état.

— Nous pouvons marcher sur le parapet, dit-elle.

Bowman ne répondit pas, mais il était terrorisé par son étroitesse et par le vide terrifiant, en dessous.

— Il suffit de ne pas regarder en bas, lui dit Kestrel, qui comprit ce qu'il était en train de penser. Et ce sera comme si on marchait sur un chemin.

« Je ne pourrai jamais, Kess. »

— Et toi, Mumpo ?

— Si tu y vas, Kess, j'irai, moi aussi.

« Je ne pourrai jamais, Kess. »

Mais au moment où Bowman envoyait ce message angoissé à sa sœur, il entendit un son traînant derrière eux, et un frisson glacial lui parcourut l'échine. Il se retourna doucement, redoutant de voir ce qu'il savait déjà. Ils étaient là, en file indienne, se tenant par la main, tout le long de la Grande Voie. Ils avançaient lentement et prudemment, en ricanant, comme des enfants qui jouent à un jeu secret; mais c'était un rire grinçant, un rire de vieux.

— Vous êtes allés loin, dit leur chef. Mais nous sommes quand même là.

Mumpo se mit à gémir de peur. Kestrel regarda tour à tour la file de Vieux Enfants et le long parapet, puis dit:

— Allons-y! Vite!

Elle monta dessus d'un bond et avança. Mumpo la suivit en criant:

— Ne les laisse pas me toucher, Kess!

Bowman hésita un peu plus longtemps, mais il savait qu'il n'avait pas le choix. Il respira à fond, et suivit les deux autres, avançant à pas prudents.

Sur quelques mètres, le pont suivait le bord effrité de la gorge et la dénivellation, en dessous d'eux, n'était pas trop brutale. Mais ensuite, elle descendait à pic et ils eurent l'impression de marcher en plein ciel. La lumière du jour tombait rapidement, mais sans doute pas assez car, lorsque Bowman regarda en bas, bien qu'il se fût juré de ne pas le faire, il vit le reflet de la rivière qui coulait comme un fil d'argent si loin en dessous de lui que sa tête commença à tourner et que son corps se mit à trembler.

Kestrel s'arrêta et se retourna. Elle vit que les Vieux Enfants étaient montés, eux aussi, sur le parapet et les suivaient.

— Continuez à marcher, dit-elle. Rappelez-vous qu'ils sont vieux et ne peuvent pas aller aussi vite que nous. Nous arriverons de l'autre côté bien avant eux.

Elle accéléra, entraînant les deux autres grâce à sa détermination. Bowman jeta un coup d'œil derrière lui et vit qu'elle avait raison : ils traversaient le pont beaucoup plus vite que les Vieux Enfants. Plusieurs d'entre eux étaient déjà sur le parapet, tandis que les autres les suivaient lentement, prudemment, un par un.

Kestrel avançait régulièrement, posant un pied devant l'autre, sans regarder en bas, sans penser au précipice mais en se disant : « Nous sommes déjà à mi-chemin, ce n'est plus très loin maintenant », quand elle aperçut à l'autre bout du pont quelque chose qui lui donna un coup au cœur. Des dizaines de Vieux Enfants se tenaient à côté des piliers qui marquaient la fin du pont. Elle s'arrêta pour regarder et les vit monter sur le parapet et se diriger vers elle, de leur pas traînant.

« Bo ! Ils sont à l'autre bout ! »

Bowman regarda, vit, comprit en un éclair. Cette fois, il n'y avait pas d'issue. Les Vieux Enfants avançaient lentement des deux côtés. Lorsqu'ils arriveraient au milieu, il n'y aurait aucun moyen de lutter car, dès que les Vieux Enfants les toucheraient, ils perdraient toutes leurs forces. Il regarda l'immense gouffre dans l'obscurité tombante et se demanda ce que ça ferait de tomber et tomber encore, puis de s'écraser sur les rochers. Serait-ce une mort rapide ?

« Bo ! Il faut se battre !

– Comment ?
– Je ne sais pas, mais je vais me battre contre eux. »
Il sentit en elle la fureur qu'il lui connaissait bien et, curieusement, cela le rassura. Il essaya de réfléchir à ce qu'ils pourraient faire, mais les Vieux Enfants ne cessaient de se rapprocher de leur pas traînant. Soudain, Mumpo comprit ce qui se passait et fut pris de panique.
– Kess ! Bo ! Ils viennent nous attraper ! Ne les laissez pas me toucher ! Qu'allons-nous faire ? Je ne veux pas être vieux !
– Arrête de sautiller, Mumpo ! Reste tranquille !
– Ne t'inquiète pas, Mumpo. Ils ne nous auront pas.
« Rappelle-toi, dit Kestrel, ils sont vieux et faibles, et ils ne peuvent arriver qu'un par un. Il suffit de les tenir éloignés de nous. »
– Sans les toucher, dit Bowman, en lui répondant à haute voix.
– Éloignez-les de moi ! cria Mumpo, en s'agitant frénétiquement.
Il essaya de se cramponner à Kestrel et faillit tous les déséquilibrer.
– Arrête, Mumpo !
« Comment calmer Mumpo ?
– Donne-lui à manger », répondit Bowman.
Kestrel se rendit alors compte qu'elle portait toujours sa chaussette à noix autour du cou, et qu'il lui restait encore une noix de gadoue. Elle décrocha sa chaussette et la tendit à Mumpo.
– Tiens, Mumpo.
En la lui tendant, elle sentit le poids de la noix de

gadoue au fond de la chaussette ; elle fit tourner la chaussette autour d'elle en suivant des yeux son extrémité alourdie par la noix.

— Bo ! s'écria-t-elle. Est-ce qu'il te reste des noix de gadoue ?

Bowman tâta les chaussettes autour de son cou. Il lui restait une noix dans chacune d'elles. Il les avait réparties ainsi pour être mieux équilibré.

— Il m'en reste deux, répondit-il.

— Voilà comment nous allons les tenir éloignés de nous, dit Kestrel, et elle fit tournoyer sa chaussette alourdie par la noix.

— On n'arrivera pas à leur faire mal avec des noix de gadoue.

— On n'a pas besoin de leur faire mal, il suffit de leur faire perdre l'équilibre.

— On risque plutôt de perdre le nôtre !

— Rappelle-toi que nous sommes jeunes et souples. Ils sont vieux et raides.

Pas du tout convaincu, Bowman essaya de faire tournoyer sa chaussette à noix et faillit tomber du parapet. Le cœur battant, la sueur coulant dans son dos, il se rétablit.

— Ça ne marchera pas. Je n'y arriverai jamais.

— Il le faut, insista Kestrel.

— J'ai faim, dit Mumpo.

À force d'entendre parler de noix de gadoue, il avait oublié sa peur.

— Tais-toi, Mumpo.

— Très bien, Kess.

Pendant ce temps, les Vieux Enfants qui étaient en tête continuaient à avancer sur le parapet, des deux côtés du pont. D'autres les suivaient régulièrement. C'était du côté de Bowman qu'ils approchaient le plus vite, et c'étaient d'eux qu'il faudrait se débarrasser en premier.

– Fais tourner ta chaussette, Bo, lui cria Kestrel. Trouve ton équilibre.

Bowman baissa les yeux et ne vit plus, en dessous de lui, qu'un trou noir. « Je n'aurais pas peur, se dit-il, s'il n'y avait pas ce grand vide, juste là. »

Une idée lui traversa l'esprit. « Tout est noir, en dessous. Il pourrait y avoir n'importe quoi. » Il cessa donc d'imaginer le grand précipice et construisit une nouvelle image dans sa tête. « Il n'y a pas de Fêlure de la Terre, se dit-il. Simplement une petite route, avec de jolies prairies couvertes d'herbe. » Il ajouta quelques détails au tableau : des trèfles, des coquelicots et, pour faire plus vrai, quelques orties bien piquantes. Il s'aperçut avec surprise que sa peur du vide disparaissait. Il ne lui restait plus que celle du Vieil Enfant qui s'approchait.

Il fit tournoyer sa chaussette à noix au-dessus de sa tête, de plus en plus vite, lui imprimant de plus en plus de force. Il imaginait la position de la tête du Vieil Enfant et visait l'endroit où son ennemi allait arriver.

« De l'herbe douce, de l'herbe douce des prairies, se disait-il. De l'herbe douce et moelleuse. »

– Attention, mon garçon, dit le Vieil Enfant de sa voix grinçante. Allons, donne-moi la main.

Il tendit sa main ridée à Bowman et ricana. Mais il n'était pas encore assez près de lui.

Kestrel, tournée de l'autre côté, sa chaussette à noix à la main, guettait le premier qui arriverait par l'autre bout du pont.

« Ça va d'abord être à toi, Bo. Tu vas y arriver ?
— Je vais essayer.
— Je t'aime, Bo. »

Il n'eut pas le temps de répondre, même dans le silence de ses pensées. Le Vieil Enfant était tout près, à présent, et tendait la main vers lui. La chaussette siffla dans l'air à quelques centimètres de sa tête.

— Pourquoi se battre ? demanda le Vieil Enfant. Tout va selon la volonté du Morah, tu le sais.

Bowman ne dit rien. Il fléchit les jambes et testa son équilibre sur l'étroit parapet. Il fit tourner sa chaussette à noix de plus en plus vite et évalua la distance entre eux.

— Tu ne dois pas craindre d'être vieux, murmura-t-il. Ça ne durera pas longtemps. Ensuite le Morah te redonnera la jeunesse et la beauté.

Il continuait à avancer en parlant, et le garçon calcula que, à présent, il était à sa portée. Mais il lui fallait en être sûr.

— Viens, viens, dit le Vieil Enfant. Viens là et laisse-moi te caresser.

Bowman leva le bras et fit tourner la chaussette à noix à toute vitesse, visant la tête grisonnante.

Fuiiii !

Elle siffla de manière inoffensive, sans rencontrer de

résistance. Bowman chancela et faillit tomber. Le Vieil Enfant s'était baissé à temps.

– Oh mon cher, mon cher, ricana la voix grave. Fais attention, mon garçon. Tu ne voudrais quand même pas...

Ranimé par la colère, Bowman fit de nouveau tourner sa chaussette à noix et frappa le Vieil Enfant, sur la joue, juste sous l'oreille.

– Ouille, ouille, ouille !

Se tenant le visage entre les mains, il tituba et perdit l'équilibre. Il chercha à se rattraper avec les mains, battit l'air de ses bras, mais en vain, et il tomba.

– Aaaaaah... !

Il hurla d'une voix que la terreur rendait suraiguë et hurla encore, tandis qu'il tombait de plus en plus bas. Ils entendirent ce cri horrible descendre et descendre jusqu'à ce qu'il cesse enfin.

– Bravo, bravo, Bo ! lui cria Kestrel.

Sa chaussette à noix au vent, elle courut vers son propre ennemi, et le fit tomber dans le précipice.

Voyant cela, les Vieux Enfants devinrent furieux et, poussant des cris de vengeance, ils se précipitèrent. Mais ils ne pouvaient avancer qu'un par un et, comme l'avait prévu Kestrel, leurs réactions étaient plus lentes, leurs articulations plus raides. Les jumeaux les firent donc basculer les uns après les autres dans le vide d'un noir d'encre.

Kestrel exultait en faisant tournoyer son arme.

– Viens donc par ici, vieux sac à pustules ! Toi aussi, tu veux faire le grand plongeon ?

— Frappe-le, Kess ! lui cria Mumpo, sautillant d'excitation. Frappe-le et fais-le tomber !

Kestrel se porta en avant, frappa, et un autre Vieil Enfant tomba en hurlant dans le vide. Mumpo lui cria :

— Tu vas t'écraser ! Tu vas te défoncer le crâne, sale imbécile, ignoble faux ami !

Après que sept des assaillants furent tombés du parapet, les autres s'arrêtèrent et se consultèrent à voix basse. Puis ils se retournèrent nerveusement, avec précaution, et refirent le chemin inverse, rejoignant leurs camarades de chaque côté de la gorge. Ils battaient en retraite.

Quand les jumeaux s'en aperçurent, ils levèrent les bras en l'air et clamèrent victoire. Bowman, surtout, était envahi d'un orgueil farouche, inhabituel.

— Nous y sommes arrivés ! Nous les avons battus !

— Ils ne s'approcheront plus de nous ! s'exclama Mumpo.

Mais les Vieux Enfants n'étaient pas allés loin. Ils étaient descendus du parapet, de chaque côté du pont, et restaient là. Si Mumpo avait pu croire que leur victoire les sauvait, Kestrel et Bowman, eux, savaient bien que ce n'était pas le cas. Ils savaient que, une fois à terre, quand les Vieux Enfants se rassembleraient autour d'eux, comme ils l'avaient déjà fait, ils ne pourraient pas s'en sortir en brandissant une simple chaussette à noix.

Encore une fois, ils étaient pris au piège.

— Chasse-les, Kess ! lui cria Mumpo. Frappe-les encore !

— Je ne peux pas, Mumpo. Ils sont trop nombreux.
— Trop nombreux ?
Il scruta les berges dans l'obscurité.
— Nous devons rester ici, dit Kestrel. Au moins jusqu'à demain matin.
— Comment ? Toute la nuit ?
— Oui, Mumpo, toute la nuit.
— Mais Kess, c'est impossible. On n'a pas la place pour dormir.
— Nous ne dormirons pas, Mumpo.
— Nous ne dormirons pas ?
Pour lui, dormir était aussi nécessaire et inévitable que manger. Il était stupéfait et consterné. Comment pouvait-on ne pas dormir ? Le sommeil n'était pas quelque chose que l'on choisissait. Le sommeil vous tombait dessus et vous fermait les yeux.
Les jumeaux le savaient aussi bien que lui.
— Viens, Mumpo, lui dit Bowman. Nous nous assiérons près de toi, chacun d'un côté, comme ça tu pourras dormir, si tu veux.
Ils s'assirent sur le parapet. Bowman et Kestrel passèrent leurs mains autour de la taille de Mumpo, qui était assis entre eux, et ils se penchèrent l'un vers l'autre, pour le tenir en une double étreinte, comme ils le faisaient chez eux lors des séances de vœux. Ainsi, au cas où il s'endormirait, ils pourraient l'empêcher de tomber du parapet. Mumpo sentit les bras des jumeaux se refermer doucement sur lui, et il en fut profondément heureux.
— Nous sommes trois amis, dit-il.

Il se sentait tellement en confiance qu'il s'endormit aussitôt, assis sur un parapet en pierre de soixante centimètres, suspendu à huit cents mètres au-dessus d'une gorge de granit.

Les jumeaux, eux, ne dormaient pas.

– On ne peut pas leur échapper, dit Bowman.

– Non, je ne vois pas comment.

– L'un d'entre eux m'a dit : « N'aie pas peur d'être vieux. Le Morah te rendra la jeunesse. »

– Plutôt mourir !

– Nous irons ensemble, n'est-ce pas, Kess ?

– Toujours ensemble.

Ils se turent. Puis, au bout d'un moment :

– Et pa, mam, et Pim ? s'interrogea Bowman. Que vont-ils devenir ?

Il imaginait ce que ses parents penseraient s'ils ne revenaient jamais.

– Ils ne sauraient pas que nous sommes morts, poursuivit-il. Ils continueraient à nous attendre.

L'image de leurs parents espérant encore, alors qu'ils seraient déjà morts, le démoralisa encore plus que la perspective de mourir. Ils étaient blottis tous les trois comme à la maison, lorsqu'ils faisaient leurs vœux de la nuit, et il transforma son désarroi en souhait :

– Je voudrais que pa et mam sachent ce qui nous arrive.

– Je voudrais qu'on échappe aux Vieux Enfants, dit Kestrel, que nous trouvions la voix du Chanteur de Vent, et que nous revenions sains et saufs à la maison.

Ensuite, ils restèrent silencieux. Ils n'entendaient plus que Mumpo, qui reniflait en dormant, ainsi que les gémissements du vent dans le gouffre, en dessous d'eux.

Et un coup de tonnerre dans le lointain.

— Tu as entendu ?

Un éclair rouge illumina le ciel puis s'évanouit.

— Tu crois que c'est un orage ?

Il y eut un nouveau coup de tonnerre. Puis un éclair rouge. Cette fois, ils le virent mieux : c'était une traînée incandescente, au loin, qui s'élevait vers le ciel, puis retombait en décrivant un arc de cercle.

— Ça vient des montagnes.

— Regarde, Kess ! Regarde les Vieux Enfants !

Un roulement de tonnerre déchira l'air, une autre boule de feu illumina la nuit. L'arc incandescent qui rougeoyait dans le ciel fut suivi par une autre boule de feu et une autre encore, tandis que les Vieux Enfants se mettaient à crier et à courir dans tous les sens en les regardant tomber.

À présent, le tonnerre grondait sans arrêt et les boules de feu jaillissaient partout dans le ciel. Certains fragments encore brûlants tombaient tout près des enfants. Les jumeaux en virent un passer à quelques mètres d'eux, comme une braise ardente, puis tomber, tomber encore, dans le précipice, en dessous d'eux. Un autre s'écrasa un peu plus loin sur le sol et brûla un moment, avant de s'éteindre dans la nuit.

Les Vieux Enfants étaient dans tous leurs états. Au début, les jumeaux crurent que c'était la peur qui les agitait ainsi, mais ensuite ils les virent lever les bras vers le ciel et se précipiter vers les boules de feu lorsqu'elles tombaient sur le sol.

– Ils veulent être frappés par le feu !

Au moment où Kestrel disait ces mots, l'une d'elles atterrit directement sur l'un des Vieux Enfants et explosa en une grande flamme orange qui s'éteignit aussitôt, ne laissant plus rien derrière elle.

Les Vieux Enfants devenaient fous, ils couraient partout en levant les bras et en criant :

– Prenez-moi ! Prenez-moi !

Et, de temps en temps, une boule de feu tombait sur l'un d'eux et le consumait.

À présent, le ciel brillait de mille feux et le grondement du tonnerre était permanent. Tant de boules incandescentes s'élevaient dans le ciel qu'ils purent distinguer leur source : la plus haute montagne de la chaîne, tout au nord. Les jumeaux regardaient, trop abasourdis par le spectacle pour avoir peur. Quant à Mumpo, il continuait à dormir.

– C'est là qu'il faut aller, dit Kestrel, en regardant la montagne. Dans le feu.

Les boules rougeoyantes tombaient tout autour d'eux et ils restaient immobiles, ne pouvant aller nulle part. Ils sentaient, malgré tout, qu'ils ne seraient pas blessés. Cette pluie mortelle ne leur était pas destinée, ils en étaient simplement les témoins accidentels. Elle était destinée aux Vieux Enfants.

– Prenez-moi ! criaient ces derniers, en essayant de les toucher. Rendez-moi ma jeunesse !

Mais quand elles les frappaient, il ne restait plus rien d'eux.

Le tonnerre faiblit peu à peu, puis le ciel s'assombrit tandis que les boules de feu devenaient de plus en plus rares. Les dernières ne firent qu'une brève apparition dans la nuit et retombèrent au loin. Les Vieux Enfants qui restaient s'élancèrent vers elles en pleurant pitoyablement. Au bout d'un moment, la montagne redevint silencieuse et les jumeaux se rendirent compte qu'ils étaient de nouveau seuls.

Ils réveillèrent doucement Mumpo, pour qu'il ne risque pas de tomber du parapet en se levant d'un bond. En fait, il resta à moitié endormi et fit ce qu'on lui disait de faire sans comprendre réellement où ils allaient. Ainsi, marchant avec précaution, ils traversèrent le pont jusqu'au bout, et descendirent de l'étroit parapet, retrouvant enfin la terre ferme et sûre.

Mumpo se pelotonna par terre et se rendormit aussitôt. Les jumeaux se regardèrent et se rendirent compte qu'eux aussi étaient épuisés. Kestrel s'allongea sur le sol.

– Et s'ils reviennent ? demanda Bowman.

– Tant pis, dit-elle, et elle s'endormit.

Bowman s'assit sur le sol inégal, raboteux et décida de veiller sur les autres. Mais au bout de quelques instants, il céda au sommeil.

19
Mumpo va mal

Quand les jumeaux se réveillèrent, le soleil était déjà haut dans le ciel. Plus aucune trace des Vieux Enfants. Kestrel, Bowman et Mumpo étaient allongés près du bord de la grande gorge qu'ils n'avaient vue que dans la pénombre du crépuscule. À présent, tandis que les jumeaux se levaient et étiraient leurs membres douloureux, ils découvrirent la profondeur terrifiante du précipice et le parapet fragile, fin comme un fil, sur lequel ils avaient marché. Ils n'en revenaient pas.

— J'ai vraiment marché là-dessus ? s'exclama Bowman.

Kestrel regardait les grandes arches de pierre qui soutenaient le pont au-dessus de la gorge. Elle vit ce qui ne lui était pas apparu la veille, à la tombée de la nuit : la maçonnerie s'effritait en bien des endroits. L'un des piliers qui soutenaient les arcades était si abîmé à la base par les crues de la rivière qu'il semblait tenir sur la pointe d'une épingle. Mais, sachant qu'ils devraient repasser par là au retour, Kestrel n'en parla pas à Bowman.

Mumpo, qui s'était réveillé lui aussi, annonça qu'il avait faim.

– Regarde, Mumpo, lui dit Kestrel en lui montrant la vue spectaculaire de la Fêlure de la Terre. Nous avons traversé ce grand pont !

– Est-ce qu'on a apporté quelque chose à manger ? demanda-t-il.

Bowman prit la chaussette à noix qu'il avait utilisée comme arme et en sortit la noix de gadoue. Elle était très abîmée, mais c'était mieux que rien.

– Tiens, prends-la.

Il la lança à Mumpo, mais celui-ci la rata. Elle roula sur le sol en pente, vers le ravin. Il se précipita derrière elle et la vit disparaître. Il s'agenouilla au bord du ravin et regarda.

– Je la vois, s'écria-t-il. Je peux l'attraper !

– J'en ai une autre, lui dit Bowman.

– Qu'il la prenne, s'il le peut, nous avons besoin de toute la nourriture qui reste.

Ils rejoignirent Mumpo et virent que la noix de gadoue était retenue par une touffe d'herbe qui poussait sur la paroi rocheuse. Juste en dessous, il y avait des buissons touffus. Bowman recula : l'immense précipice lui donnait le vertige. Mumpo se coucha sur le ventre tout au bord du gouffre et tendit le bras vers la noix de gadoue. Il pouvait presque la toucher, mais pas tout à fait. Il se mit donc à ramper.

– Fais attention, Mumpo !

Mais il avait faim et il ne pensait plus qu'à la noix de gadoue, à quelques mètres de lui. Il rampa encore un peu, et ses doigts la touchèrent. Mais il n'arrivait pas à l'attraper.

— Encore quelques centimètres, dit-il.

Au moment où il allait saisir la noix de gadoue, il glissa vers le ravin.

— À l'aide ! cria-t-il, se rendant compte qu'il ne pouvait plus s'arrêter.

Kestrel se jeta sur sa jambe et agrippa sa cheville.

— Ouf ! dit Mumpo.

Alors qu'il était encore suspendu au-dessus du gouffre et n'était retenu que par Kestrel, il ne pensait déjà plus qu'à son petit déjeuner.

— Remonte ! lui cria-t-elle. Remonte !

— Je veux simplement prendre la...

Ses doigts allaient se refermer sur la noix de gadoue quand une main osseuse et desséchée sortit des buissons, juste en dessous, et lui saisit le poignet.

— Aah ! Aah ! À l'aide !

Mumpo eut un soubresaut de terreur et Kestrel faillit le lâcher.

— Bo ! Qu'est-ce qui se passe ?

Bowman se força à regarder dans le ravin et vit que l'un des Vieux Enfants, qui s'était raccroché au buisson, avait attrapé Mumpo par le poignet.

— Frappe-le, Mumpo ! lui cria Bowman. Mords-le !

— Qu'est-ce qu'il y a ? s'écria Kestrel, qui avait du mal à tenir Mumpo à présent, et qui sentait que quelque chose le tirait vers le bas.

— À l'aide ! s'écria Mumpo d'une voix pitoyable, qui se transformait déjà, devenant plus grave. À l'aide...

– C'est l'un des Vieux Enfants, expliqua Bowman.

Il décrocha sa deuxième chaussette à noix en essayant de ne pas regarder le précipice, de peur d'avoir le vertige ; il la tint fermement par un bout et balança l'autre dans le trou. L'extrémité alourdie par la noix effleura l'épaule du Vieil Enfant sans lui faire de mal. Celui-ci se retourna aussitôt vers Bowman, son visage desséché tordu par la haine et la colère.

– Espèces de bébés ! siffla-t-il. Petits bébés imbéciles !

Bowman le regarda alors attentivement. Il vit ses cheveux gris clairsemés, ses joues ratatinées, son nez décharné et il sentit que cette créature avait en lui l'envie irrépressible de faire le mal et de détruire. Bowman brandit alors sa chaussette à noix, la balança violemment et frappa le visage tourné vers lui.

– Aaah ! cria le Vieil Enfant en lâchant Mumpo.

Il n'avait plus de prise, glissa dans les buissons qui cédèrent sous son poids et tomba au fond du précipice.

– Aaaaaaah…

Ils entendirent son cri jusqu'à ce qu'il arrive au fond, puis le bruit lointain de son corps s'écrasant sur les rochers.

Kestrel tira Mumpo sur la terre ferme, puis le lâcha. Le fait de l'avoir touché l'avait rendue toute faible. Il resta là, sans bouger, gémissant un peu.

– Ça va, Mumpo ?

Il répondit d'une voix grave et grinçante :

– J'ai mal partout.

Il essaya de se lever, mais c'était un trop gros effort pour lui. Il se rassit en respirant bruyamment.

—Je ne me sens pas bien, Kess.

Les jumeaux le regardèrent, essayant de ne pas lui montrer le sentiment d'horreur qui s'emparait d'eux. Les cheveux de Mumpo, toujours tressés de fils dorés, étaient devenus gris. Sa peau était ridée et flasque. Ses épaules étaient voûtées. Il s'était transformé en petit vieillard.

—Ça va aller, Mumpo, lui dit Kestrel, en refoulant son envie de pleurer. Nous allons faire en sorte que tu ailles mieux

—Est-ce que je suis malade, Kess ?

—Oui, un peu, mais nous allons t'aider à guérir.

—J'ai mal partout.

Il se mit à pleurer. Ce n'étaient plus les bruyants gémissements d'un enfant, mais des pleurs silencieux et las. Quelques larmes coulaient le long des rides profondes qui creusaient désormais son visage.

« Qu'est-ce qu'on peut faire ?

—Il faut continuer », répondit Bowman.

À haute voix, il demanda à Mumpo :

—Est-ce que tu peux marcher ?

—Je pense, oui.

Il se leva, plus prudemment cette fois, et fit quelques pas.

—Je ne peux pas aller vite.

—Ce n'est pas grave. Fais ce que tu peux.

—Tu pourrais m'aider, Bo ? Si je pouvais simplement m'appuyer sur toi, j'irais plus vite.

—Tu ne dois pas nous toucher, Mumpo. Il faut attendre que tu ailles mieux.

– Et pourquoi je ne devrais pas vous toucher ?

Kestrel et Bowman se rendirent alors compte qu'il n'avait pas compris ce qui lui était arrivé.

– Pour qu'on n'attrape pas ta maladie.

– Oh, je vois. Non, il ne faut surtout pas. Est-ce que j'irai mieux bientôt ?

– Oui, Mumpo. Bientôt.

Ils tournèrent le dos à la Fêlure de la Terre et repartirent sur la Grande Voie, vers les montagnes.

Ils avançaient avec une lenteur lamentable. Mumpo avait beau essayer, il n'arrivait pas à marcher d'un pas normal. Il traînait les pieds et devait s'arrêter de temps à autre pour se reposer quelques minutes. Puis il repartait sans se plaindre. Mais il fut bientôt clair pour les jumeaux qu'ils ne pourraient jamais arriver en haut de la montagne à ce rythme.

Mumpo n'était pas leur seul souci. Autour d'eux, la forêt changeait. La route envahie de mauvaise herbe qui avait été autrefois la Grande Voie, restait à peu près dégagée, mais elle était bordée de chaque côté d'un mur d'arbres de plus en plus dense. Dans le sous-bois, il leur semblait voir passer des formes. Elles les accompagnaient, bondissaient silencieusement, dissimulées par la végétation, sans jamais les dépasser ni s'attarder derrière eux. Bowman sentait leur présence et les apercevait du coin de l'œil, mais dès qu'il se retournait pour les regarder, il ne voyait plus rien.

Des ombres passaient aussi au-dessus de leur tête. Ils virent que c'étaient des oiseaux qui tournoyaient haut dans le ciel. D'abord ils n'y firent guère attention ; mais ils piquaient vers eux, déployant leurs grandes ailes noires et planant silencieusement. Au début, ils n'étaient que cinq ou six, mais lorsque Bowman leva les yeux, un peu plus tard, il en compta treize. Quand il regarda de nouveau, environ une demi-heure plus tard, il y en avait tellement qu'il n'arriva pas à les compter. Ce n'était qu'un vol ininterrompu et menaçant de formes noires qui s'étendait au loin. De sinistres contes lui revinrent en mémoire, avec des animaux sauvages qui suivaient des voyageurs, guettant les marcheurs égarés, attendant qu'ils perdent leurs forces. Il pressa le pas.

– C'est trop dur pour Mumpo, lui dit Kestrel. Il faut ralentir. Nous devrions nous reposer.

– Non, il ne faut pas s'arrêter !

Kestrel regarda soudain autour d'elle, sentant la peur dans la voix de Bowman.

– Ça va aller, dit Mumpo. Je… vais… y… arriver.

Mais il pouvait à peine parler.

« Bo, on ne peut pas faire ça.

– Qu'est-ce qu'on peut faire d'autre ? »

Ils continuèrent donc à marcher. Plus ils ralentissaient, plus les oiseaux devenaient menaçants. Ils volaient bas, à présent, frôlant les arbres ; leurs grandes ailes noires jetaient des ombres sur le sol. Ils ressemblaient à des aigles, mais ils étaient noirs et beaucoup plus grands. Il était difficile d'évaluer leur taille exacte, car ils étaient encore au-dessus des arbres.

Soudain, Mumpo trébucha sur des cailloux et tomba. Il resta allongé par terre, sans même essayer de se relever. Kestrel s'agenouilla à côté de lui pour s'assurer qu'il n'était pas blessé ; mais il était simplement épuisé.

– Il faut qu'il se repose, Bo. Qu'on le veuille ou pas.

Bowman vit qu'elle avait raison.

– Il se sentira mieux après avoir mangé quelque chose.

Il prit sa chaussette à noix et en sortit la dernière noix de gadoue qui restait. Il la tendait à Kestrel pour qu'elle la donne à Mumpo, quand il sentit un brusque mouvement d'air, un bruissement d'air et une douleur aiguë lui transperça la main.

Bowman cria, plus de surprise que de douleur, et étreignit sa main. Le sang giclait entre ses doigts. L'aigle noir s'éloignait déjà, agitant ses ailes immenses, tenant la noix de gadoue entre ses griffes. Ces griffes aussi coupantes qu'un rasoir qui avaient entaillé sa peau, quatre lignes superficielles et bien nettes. Il regarda, stupéfait, la taille de l'oiseau. Il y en avait trois de plus, à présent, qui volaient bas au-dessus d'eux, attendant que de la nourriture sorte encore de la chaussette. Leur envergure était telle qu'à trois, l'un à côté de l'autre, ils couvraient toute la route d'ombre.

Mumpo restait allongé, regardant les aigles géants, les yeux agrandis par la terreur, le cœur battant. Instinctivement, Kestrel mit son bras au-dessus de lui, comme pour le protéger. Les oiseaux descendaient de plus en plus bas, cherchant de la nourriture.

– Jette-la loin de toi, Bo ! lui cria Kestrel.

Bowman lança la chaussette le plus loin possible. Aussitôt un aigle géant descendit en piqué, saisit la chaussette et remonta vers le sommet des arbres. Les autres, qui étaient en nombre considérable, continuèrent à tournoyer silencieusement au-dessus de leur tête, à l'affût.

Les enfants avaient les yeux levés vers le ciel et ils ne virent pas la première bête surgir silencieusement d'entre les arbres. Ni la deuxième. Les bêtes sauvages sentaient le sang de Bowman : une odeur de blessure, de faiblesse. Elles sortirent de la forêt sans faire de bruit, une par une, et restèrent là, fixant les enfants de leurs yeux jaunes. C'est Mumpo qui les vit le premier.

Il poussa un hurlement.

Bowman se retourna brusquement et resta pétrifié. Un cercle d'énormes loups gris s'était formé tout autour d'eux, à une vingtaine de mètres à peine. Maigres, hirsutes, aussi grands que des cerfs, leurs immenses mâchoires ouvertes, la langue pendante, ils haletaient doucement et les regardaient.

— Ne t'inquiète pas, Mumpo, lui murmura Kestrel, sans savoir très bien ce qu'elle disait, uniquement pour l'empêcher de crier.

Les aigles noirs descendirent de nouveau, tournoyant plus bas encore, attendant le massacre. Leurs grandes ailes qui se chevauchaient plongèrent toute la route dans l'ombre, comme si la nuit était tombée. Les loups avancèrent encore, puis s'arrêtèrent. Ils attendaient de voir si leurs proies allaient se battre.

Le hurlement de Mumpo redevint le gémissement plaintif qui lui était familier. Mais, à présent, il sanglotait avec une voix de vieillard.

— Ne les laissez pas me prendre, implorait-il de sa voix grinçante.

Kestrel, Bowman et Mumpo sentaient les mouvements de l'air, tandis que les aigles descendaient rapidement au-dessus de leur tête, et ils sentaient l'odeur chaude et humide du pelage des loups. Immobiles, serrés les uns contre les autres de terreur, ils virent les loups montrer leurs dents luisantes, pointues, d'un blanc crème, et s'approcher encore d'eux.

Ils entendirent alors un son étrange venir de la forêt, un long hurlement, comme un appel. Les grands aigles, qui étaient descendus très bas, remontèrent. Le hurlement retentit encore une fois, lugubre et puissant, et les loups se retournèrent vers la forêt, comme s'ils attendaient quelque chose.

Sortant lentement d'entre les arbres, un énorme loup grisonnant apparut. Il était plus grand que tous les autres. Chacun de ses mouvements respirait le pouvoir et l'autorité, mais il était vieux, désormais, et une respiration lourde et bruyante sortait de sa large poitrine. Aussi grand qu'un élan, mais maigre et vigoureux pour son grand âge, il avançait, les yeux fixés sur Bowman.

Le garçon soutint son regard sans ciller. Les autres loups se séparèrent pour ouvrir la voie à leur chef, et le père de la meute avança jusqu'à Bowman, le dominant de toute sa taille. Son long corps hirsute ondula, il s'assit sur son arrière-train, puis se coucha. Il posa sa tête sur ses pattes, devant lui, ses yeux fixant toujours Bowman. Les autres loups suivirent l'exemple de leur chef et se couchèrent tous autour des trois enfants, en haletant doucement.

Bowman comprit alors ce qu'il devait faire. Il tendit sa main ensanglantée ; le chef de la horde leva son museau gris et la flaira, puis il sortit sa longue langue rose et lécha le sang.

Bowman s'assit doucement par terre, les jambes croisées, et le loup posa sa tête sur ses genoux, levant ses yeux vers lui. Alors, autant qu'un homme et un animal puissent le faire, ils se comprirent l'un l'autre.

– Ils nous attendaient, dit-il, en se demandant comment il pouvait comprendre les pensées du loup.

– Pour quoi faire ?

– Pour combattre le Morah.

Lorsqu'il prononça ce mot, une ondulation parcourut le dos des loups, comme un vent froid qui passe, faisant frissonner leur pelage hirsute. Le père de la horde s'assit sur son arrière-train et tous les autres l'imitèrent. Le vieux loup leva alors la tête et lança l'un de ses appels lugubres.

Les grands aigles qui décrivaient des cercles au-dessus d'eux entendirent l'appel et se mirent à descendre, de plus en plus bas, jusqu'à ce que les enfants aient l'impression que le bout de leurs ailes effleurait leur tête.

Puis, ils se posèrent par terre, un par un, derrière les loups, en un deuxième cercle protecteur.

Bowman regarda les yeux noirs des aigles, puis les yeux jaunes des loups, et il y vit leur fierté, leur courage.

« Nous avons attendu longtemps. Maintenant nous allons enfin affronter notre vieil ennemi. »

— Ils vont nous aider, dit Bowman.

Il se leva et tous les loups se levèrent aussi.

— Il est temps de partir.

Kestrel et Mumpo lui obéirent sans poser de questions, acceptant qu'il sache des choses qu'eux-mêmes ne pourraient jamais comprendre. Les aigles déployèrent leurs ailes et montèrent dans le ciel. Les enfants et les animaux s'engagèrent à nouveau sur la Grande Voie en direction des montagnes.

Mumpo avançait lentement, traînant difficilement ses membres engourdis. Les jumeaux s'adaptèrent à son pas, sachant à quel point il craignait d'être abandonné. Mais au bout d'un moment, Mumpo s'aperçut qu'il ne pourrait pas aller plus loin. Il s'assit par terre et se mit à pleurer.

Le père des loups le vit et comprit la situation. Aussitôt un jeune mâle robuste bondit en avant et se coucha à côté du garçon.

— Monte sur son dos, Mumpo. Il va te porter.

Kestrel et Bowman n'osèrent pas l'aider, mais après quelques efforts maladroits, Mumpo réussit tant bien que mal à grimper sur le dos du loup et s'agrippa au pelage hirsute. Ils se remirent en marche d'un bon pas et progressèrent régulièrement vers les montagnes qui se profilaient au loin.

Mais les jumeaux se fatiguèrent bientôt eux aussi et les loups les prirent sur leur dos. Pour la première fois, ils purent quitter la Grande Voie et suivre les pistes des bêtes sauvages à travers la forêt. Ils avançaient beaucoup plus rapidement. Accompagnés par les grands aigles qui volaient au-dessus d'eux, et par la horde qui les escortait, ils ne voyaient que la voûte ombragée que formaient les arbres au-dessus de leur tête.

Ils étaient arrivés sur les plus hauts versants des montagnes. L'air y était froid et la brume s'accrochait à la cime des grands pins. Les arbres se faisaient plus rares et, quand les enfants regardèrent derrière eux, ils virent qu'un très grand nombre de loups les avaient rejoints, formant un cortège sans fin. Au-dessus d'eux, des centaines et des centaines d'aigles volaient.

La montagne vers laquelle ils se dirigeaient se dressait maintenant devant eux. Elle leur sembla si immense, ses pics si hauts qu'ils se demandèrent comment ils pourraient jamais l'atteindre, même à la vitesse des loups en pleine course. Pire encore, ils découvrirent qu'ils en étaient plus loin qu'ils ne le pensaient : en effet, comme ils arrivaient en haut d'une crête, ils virent une vallée couverte d'arbres qui plongeait devant eux et ils comprirent qu'ils n'avaient même pas commencé l'ascension du pic principal.

Le sentier descendait en zigzaguant et disparaissait de l'autre côté de la crête. Les loups qui portaient les enfants ralentirent, tandis que les aigles au-dessus d'eux commençaient à perdre de l'altitude. En arrivant au premier tournant du sentier, les loups s'arrêtèrent et se couchèrent. Il était évident qu'ils voulaient que les enfants descendent, ce qu'ils firent aussitôt. Pendant ce temps, les aigles se posèrent par centaines autour d'eux, par terre et sur les arbres.

Kestrel regarda Bowman pour savoir ce qu'ils devaient faire, mais il n'en savait rien. Ce fut Mumpo qui prit soudain la tête des opérations.

À la surprise des jumeaux, il se mit à descendre le chemin de son pas trébuchant, aussi vite qu'il le pouvait, mû par une impulsion inexplicable.

– Mumpo ! Attends !

Il ne les entendait pas. Il étendait les bras comme pour arriver plus vite vers ce qui l'appelait. Bowman se retourna pour voir la grande armée de loups. Ils étaient assis ou couchés, la langue pendante, haletant, les yeux fixés sur le père de leur horde. Celui-ci était assis, la tête dressée, flairant le vent, en attente. Bowman huma l'air.

– Odeur de fumée, dit-il.

– Nous ne pouvons pas perdre Mumpo !

Ils se lancèrent donc à sa poursuite, mais il avait déjà disparu. Et lorsqu'ils eurent passé le tournant, ils découvrirent une vue extraordinaire. En dessous d'eux s'étendait la Grande Voie, large et dégagée, et encore en dessous, ils virent de nombreuses silhouettes voûtées qui avançaient, dont celle de Mumpo. Comme lui, elles tendaient les bras en avant et marchaient en clopinant. Mumpo avait un peu d'avance sur les autres, et il courait presque.

– Prenez-moi ! criait-il. Prenez-moi !

Il courait vers la source de fumée, là où la Grande

Voie pénétrait dans le flanc de la montagne, ouvrant une trouée de la largeur de la route, entièrement occupée par un feu. Les flammes montaient haut, se transformaient en fumée, et la fumée montait dans l'air. Sur la Grande Voie, se dirigeant vers cette porte de feu, devant Mumpo, et derrière lui, les autres silhouettes voûtées marchaient, les bras tendus. Ce n'étaient pas seulement des enfants, mais tous étaient vieux et le même cri sortait de leur bouche, tandis qu'ils s'approchaient des flammes.

— Prenez-moi ! Rendez-moi ma jeunesse !

Mumpo courait vraiment, maintenant, en trébuchant et avec difficulté, mais on aurait dit que sa vie en dépendait.

— Mumpo ! Non !

Kestrel se précipita derrière lui, mais il était trop loin et ne semblait pas l'entendre. Il courait droit sur le feu. Les autres vieillards faisaient comme lui : plus ils approchaient des flammes, plus ils se dépêchaient, comme s'ils étaient impatients de mourir. Lorsqu'ils arrivaient devant le brasier, ils laissaient retomber leurs bras et entraient dans les flammes sans avoir l'air de ressentir ni peur ni souffrance. Ce qui se passait ensuite, Kestrel ne pouvait pas le voir, car ils disparaissaient dans le feu.

Bowman la rattrapa et resta à côté d'elle. En silence, ils regardèrent l'énorme trouée dans la montagne et les flammes, la fumée qui en sortaient comme d'un volcan. Ils virent Mumpo courir maladroitement vers elles en s'écriant :

– Prenez-moi ! Rendez-moi ma jeunesse !

Puis son cri pitoyable se tut, et lui aussi fut englouti par le feu.

Les jumeaux restèrent un moment sous le choc. Puis Kestrel chercha la main de son frère.

« Nous devons aller dans le feu.

– Nous irons ensemble, lui dit-il, sachant qu'il ne pouvait en être autrement.

– Toujours ensemble. »

Ainsi, main dans la main, ils parcoururent les derniers mètres de la Grande Voie, vers les flammes.

20
Dans le Feu

En approchant de la trouée, les jumeaux sentirent la chaleur infernale du feu et l'odeur âcre de la fumée. Pourquoi les vieux n'avaient-ils pas peur ? Comment pouvaient-ils entrer au cœur de la fournaise sans jamais crier ? Mais Bowman et Kestrel continuèrent à marcher vers les flammes. Seule la force avec laquelle ils se tenaient la main trahissait leur peur.

Quand la lumière devint trop éblouissante, ils fermèrent les yeux. La chaleur était forte, mais ils ne ressentaient pas de brûlures. Les bruits du monde extérieur, des montagnes et de la forêt, s'évanouissaient dans le silence. Même leurs chaussures, qui les emmenaient résolument vers la fournaise, semblaient ne plus faire de bruit.

Ils ne pouvaient plus revenir en arrière, à présent. Encore quelques pas et…

Soudain, la chaleur se dissipa, et une étonnante fraîcheur les entoura, comme une douce caresse. Le flamboiement était toujours aveuglant, éblouissant leurs yeux fermés d'une lumière rouge. Mais ils surent qu'ils étaient entrés dans le feu et qu'ils étaient plongés dans la fraîcheur des flammes.

Ils continuèrent à marcher, indemnes. La lumière éblouissante devint moins intense, et la fraîche caresse des flammes disparut. Puis, peu à peu, ils sentirent que la lumière baissait. Ils ouvrirent les yeux et virent que les flammes étaient moins hautes. Ils firent encore quelques pas et sortirent complètement du brasier. Ils se retrouvèrent dans un royaume d'ombres. Mais il était difficile de dire où ils étaient.

Comme leurs yeux s'habituaient à la pénombre, ils découvrirent les murs d'un large vestibule, avec une porte tout au bout. Les murs étaient lambrissés et le sol était dallé. Ils avaient l'impression d'être dans l'entrée d'un grand manoir.

Quand ils se retournèrent, ils eurent une autre surprise. Il y avait bien un feu, derrière eux, mais ce n'était qu'un petit feu de bois qui brûlait dans une cheminée bien entretenue, avec un encadrement en pierre sculptée. Était-il possible qu'ils ne soient passés qu'à travers ces petites flammes ?

Le long vestibule allait de la cheminée jusqu'à une porte fermée, à l'autre bout. Il n'y avait pas de fenêtres.

Toujours main dans la main, complètement ébahis, ils avancèrent jusqu'à la porte à double battant qui se trouvait au fond. Bowman tourna la poignée et vit qu'elle n'était pas fermée à clé. Il l'entrouvrit doucement et regarda par l'entrebâillement. Un autre couloir.

Éclairé par des bougies et richement décoré, il était situé dans le prolongement du premier et plusieurs portes s'ouvraient de chaque côté. Des motifs en forme de fleurs et de fruits étaient sculptés sur les panneaux de bois sombre qui revêtaient les murs. Des tapisseries fanées étaient tendues entre les nombreuses portes, montrant des scènes de chasse à courre et de tir à l'arc. Par terre, le dallage était recouvert d'un tapis somptueux.

Les jumeaux avancèrent sur ce tapis, jetant un coup d'œil derrière les portes qui s'ouvraient à gauche et à droite du couloir. Ils entrevirent des salons sombres, dont les meubles étaient recouverts de draps poussiéreux.

Ils faisaient le moins de bruit possible, inquiets de ce qu'ils risquaient de trouver. Instinctivement, ils dirigeaient leurs pas vers le bout du couloir, où, comme précédemment, se trouvait une porte fermée, à double battant. En approchant, ils virent qu'une faible lumière passait sous la porte.

Ils n'entendaient aucun bruit, hormis les battements de leur propre cœur. Le manoir, si c'était bien un manoir, semblait abandonné. Et pourtant, des bougies se consumaient dans des chandeliers fixés au mur, et le tapis sur lequel ils marchaient était d'une propreté irréprochable.

En arrivant devant la porte, ils restèrent un moment immobiles et écoutèrent. Aucun bruit. Kestrel tourna doucement la poignée. Les gonds grincèrent légèrement. Ils restèrent tous deux pétrifiés de peur. Mais il ne se produisit rien, aucun bruit de pas ni de voix. Elle ouvrit donc les deux battants et ils entrèrent dans la pièce.

C'était une salle à manger, et la table était mise pour le dîner au centre de la pièce, toute scintillante de cristal et d'argenterie. Il y avait douze couverts. Les bougies se consumaient sur des chandeliers à deux branches et sur un grand candélabre, au-dessus d'eux. Il y avait de l'eau dans les carafes en cristal et du pain dans les paniers en argent. Des feux brûlaient dans d'élégantes cheminées. Des portraits étaient accrochés sur les murs sans fenêtres, représentant des gentilshommes et des dames d'un lointain passé. Il n'y avait qu'une autre porte, en face d'eux, à l'autre bout de la pièce. Elle était fermée.

Les jumeaux n'auraient jamais pu imaginer quelque chose de semblable. Ils ne savaient pas ce qu'ils allaient trouver, mais c'était de toute façon quelque chose d'effrayant. L'étrange grandeur de ces lieux abandonnés ne semblait pas particulièrement dangereuse. Mais leur crainte venait de ce qu'ils ne comprenaient pas. Rien de ce qu'ils voyaient n'avait de sens, tout pouvait arriver. Et ils n'avaient aucun moyen de se préparer à y faire face.

Ils traversèrent la pièce à pas feutrés, passèrent derrière les chaises recouvertes de brocart alignées le long de la table étincelante, et arrivèrent devant la porte. Encore une fois, Kestrel s'arrêta et écouta. Tout était silencieux.

La porte s'ouvrait sur une petite pièce éclairée par deux lampes à huile. De hautes penderies étaient remplies de robes magnifiques. Des tiroirs ouverts montraient des chemises, des bas, des jupons, tous impeccablement repassés et pliés. Il y avait également un nombre impressionnant de chaussures, de pantoufles et de bottines. Drapée sur un mannequin de couturière, une robe de bal semblait tenir par des épingles. Des rouleaux de soie fine à motifs étaient à moitié déroulés sur un canapé, et sur une table marquetée étaient posés tous les accessoires d'une couturière : ciseaux, aiguilles, fils, boutons, ganses et galons. Les enfants aperçurent leur propre reflet dans le miroir : pâles, nerveux, les yeux agrandis par la peur et l'étonnement, toujours main dans la main.

Deux portes permettaient de sortir de la pièce, et toutes deux étaient ouvertes. L'une donnait dans une salle de bains, vide et obscure, l'autre dans une chambre à coucher.

Ils jetèrent un coup d'œil dans la chambre. Une lampe à huile brûlait sur une table basse, à côté du lit. La pièce était grande et de forme carrée. Des trophées étaient accrochés aux murs lambrissés : des épées et des casques, des drapeaux et des bannières. On aurait dit le mess d'un régiment fier de l'histoire de ses batailles. Mais au lieu de fauteuils de cuir et de tables couvertes de journaux, il n'y avait qu'un lit à baldaquin, installé au milieu du parquet ciré. Le dais, en gaze, était suspendu à un anneau, au centre du plafond, et retombait comme une jupe diaphane tout autour du lit. Sur la table de chevet, à côté de la lampe qui luisait doucement, étaient posés un verre d'eau et une orange sur une petite assiette. À côté de l'orange, un petit couteau en argent. Et dans le lit, à peine visible à travers la gaze, sous des draps de lin bordés de dentelle et des couvertures brodées, était assise, soutenue par plusieurs oreillers, une très vieille dame, profondément endormie.

Tout doucement, osant à peine déranger l'air immobile, les jumeaux entrèrent dans la chambre. Les grandes lattes du parquet ne faisaient aucun bruit sous leurs pas, et ils s'efforçaient de retenir leur respiration. Petit à petit, ils s'approchèrent du lit, et contemplèrent la vieille dame à travers la gaze. Elle dormait toujours.

Son visage était calme et lisse et le contour de ses os apparaissait nettement sous sa peau parcheminée. Elle devait avoir été belle autrefois. Bowman la regarda et éprouva mystérieusement une nostalgie presque insupportable.

Kestrel fouillait la chambre du regard, cherchant un placard ou une boîte qui puisse contenir la voix du Chanteur de Vent. C'était un petit objet qui pouvait se trouver partout : dans cette pièce, dans l'une de celles qu'ils avaient vues, ou dans un endroit où ils n'étaient pas encore entrés. Pour la première fois, Kestrel eut le sentiment effrayant qu'ils pourraient ne pas y arriver. Ils ne trouveraient peut-être jamais la voix du Chanteur de Vent. Son frère sentit la peur s'emparer d'elle. Sans quitter des yeux la vieille dame endormie, il lui parla silencieusement :

« C'est là. Dans ses cheveux. »

Retenant les fins cheveux blancs de la vieille dame, il y avait une barrette en argent, en forme de C contourné : la forme gravée sur le Chanteur de Vent et dessinée au verso de la carte. Un soulagement intense, aussi soudain que la peur, la submergea, lui apportant un regain de force et de volonté.

« Tu peux la prendre sans la réveiller ?
— Je vais essayer. »

Bowman semblait avoir perdu sa timidité ou l'avoir oubliée tant il était fasciné par ce très vieux visage. Il tendit doucement la main et, d'un geste ferme, prit la barrette d'argent entre ses doigts. Retenant son souffle, pour que tout son corps soit parfaitement immobile, il la tira tout doucement, la détachant des fins cheveux blancs. La vieille dame dormait toujours. Avec une très légère vibration, la barrette se libéra et, à la lueur de la lampe, Bowman vit que de nombreux fils d'argent très fins étaient tendus dans la courbe du C. Il respira. À ce moment-là, il sentit une petite saccade. Un cheveu blanc s'était pris dans la barrette et, lorsqu'il tira, le cheveu se tendit et se cassa net.

Bowman resta pétrifié. Kestrel lui prit des mains la barrette d'argent, la voix du Chanteur de Vent.

« Allons-y ! »

Mais son frère ne quittait pas la vieille dame des yeux. Elle battit des paupières, puis les ouvrit. Elle leva vers lui des yeux d'un bleu très pâle.

— Pourquoi me réveilles-tu, mon enfant ?

Elle avait une voix grave et douce. Bowman essaya de détourner les yeux, mais cela lui fut impossible.

« Bo ! viens !
— Je ne peux pas. »

Il regardait les yeux d'un bleu délavé, lorsqu'il les vit changer. Il y avait d'autres yeux dans ces yeux, des centaines d'yeux qui le fixaient. Ces yeux l'attiraient vers eux et dans chaque œil il voyait d'autres yeux, puis d'autres encore ; c'était infini. Tandis qu'il les regardait, il sentit un nouvel esprit s'emparer de lui, un esprit brillant, pur et puissant.

« Nous sommes le Morah, lui disaient ces millions d'yeux. Nous sommes la légion des innombrables. Nous sommes tout. »

– Eh bien, à présent, dit la voix de la vieille dame, tu n'as plus peur.

Bowman savait qu'elle disait la vérité. Qu'avait-il à craindre ? Tant qu'il regardait ces millions d'yeux, il faisait partie du plus grand pouvoir au monde. Plus de crainte, désormais. Que la peur soit pour les autres !

Il entendit le son d'une musique lointaine : des tambours, des pipeaux, des trompettes. Le son reconnaissable entre tous d'une fanfare, accompagné par le bruit sourd de pas marchant en cadence.

– Bo ! s'écria Kestrel à haute voix tellement elle avait peur. Viens ! Partons !

Mais Bowman ne pouvait détacher son regard des yeux bleu pâle dans lesquels il avait rejoint la légion des innombrables, cette légion qui n'était autre que le Morah. Et il ne le voulait pas. Le bruit de pas cadencé devenait de plus en plus proche, devancé par la joyeuse fanfare.

– Ils arrivent, dit la vieille dame. Je ne peux plus les arrêter, désormais.

Kestrel prit son frère par le bras et le tira, mais il semblait étrangement fort, et elle ne put le faire bouger.

— Bo ! Viens !
— Mes beaux Zars, murmura la vieille dame. Ils aiment tant tuer.

« Tuer ! pensa Bowman, et il se sentit soudain enivré de pouvoir. Tuer ! »

Il leva les yeux et vit devant lui, accrochée au mur, une belle épée recourbée.

En avant ! Marche ! En avant ! Marche ! Le martèlement des bottes résonnait de plus en plus fort.

— Prends l'épée, lui dit la vieille dame.
— Non ! s'écria Kestrel.

Bowman décrocha l'épée du mur et sentit avec plaisir la poignée dans sa main droite. La lame était légère mais meurtrière. Kestrel s'éloigna de lui, effrayée. Elle fut bien inspirée de le faire, car soudain il se retourna avec un sourire qu'elle ne lui avait jamais vu, et fendit l'espace de son épée, là où elle se tenait quelques secondes plus tôt.

— Tuer ! dit-il.

« Oh mon frère ! Que t'a-t-elle donc fait ? »

En avant ! Marche ! En avant ! Marche !

Roulement de tambours, son éclatant des trompettes. Kestrel vit avec terreur les murs de la chambre à coucher s'évanouir dans l'obscurité. La petite pièce attenante, les murs couverts de trophées, tout disparut. Il ne resta bientôt plus que le lit à baldaquin, la table de chevet et la lampe, qui diffusait une douce auréole lumineuse autour d'elle. Au-delà, le vide et l'obscurité.

En avant ! Marche ! En avant ! Marche !

— Plus jamais peur, dit la vieille dame à Bowman. Que la peur soit pour les autres, désormais.

Kestrel s'éloignait de Bowman, terrifiée, mais, en même temps, elle continuait à l'appeler.

« Bo ! Mon frère ! Reviens vers moi ! »

— Tuer ! dit-il en fendant l'air de son épée. Que la peur soit pour les autres, désormais !

— Mes beaux Zars sont de nouveau en marche, dit la vieille dame. Oh, comme ils aiment tuer !

— Il faut tuer, tuer, tuer, dit Bowman en chantant ces mots sur un air enjoué, celui que jouait la fanfare. Il faut tuer, tuer, tuer !

« Mon frère, criait Kestrel, le cœur brisé, ne me quitte pas maintenant, je ne peux pas vivre sans toi… »

Elle les vit soudain surgir de l'obscurité. En tête, faisant tournoyer un bâton d'or, une très belle jeune fille avançait, levant haut les genoux, dans un uniforme blanc impeccable. De longs cheveux dorés flottaient librement sur ses épaules, encadrant son visage séduisant. Elle n'avait pas l'air d'avoir plus de quinze ans. Elle souriait en marchant et en faisant tournoyer son bâton. Comme elle souriait ! Elle avait une tunique blanche aux épaules carrées, serrée autour de la taille et ornée de boutons dorés. Elle portait une culotte de cheval d'un blanc immaculé et des bottes noires étincelantes. Sur sa tête, un chapeau blanc, pointu, passementé d'or, était posé un peu en biais, et sur ses épaules flottait une longue cape blanche avec un liséré doré. Elle regardait droit devant elle et souriait en marchant au pas. Derrière elle, dans l'obscurité, suivait la longue file des musiciens de la fanfare, tous vêtus d'un uniforme blanc. Eux aussi étaient jeunes, des garçons, des filles de treize, quatorze, quinze ans ; tous étaient très beaux, tous souriaient. Ils avançaient d'un pas vif, gardant toujours une cadence impeccable, jouant de leurs instruments en marchant. Derrière eux, il y avait d'autres musiciens suivis par un rang de tambours et, derrière eux encore, chantant, souriant et avançant au pas, venaient des rangées et des rangées de jeunes soldats.

Kestrel les entendait chanter et peu à peu le sens des paroles pénétra dans son esprit, malgré son état de stupéfaction. Ces jeunes gens, ces jeunes filles, si beaux, cette armée blanche et dorée, pleine de jeunesse, chantait la même chanson que Bowman, la chanson qui répétait toujours le même mot.

« Il faut tuer, tuer, tuer ! Il faut tuer, tuer, tuer ! »

C'était une mélodie harmonieuse qu'il était impossible d'oublier une fois qu'on l'avait entendue. Elle suivait toujours le même rythme jusqu'à son point culminant, puis revenait à son refrain interminable : « Il faut tuer, tuer, tuer ! Il faut tuer, tuer, tuer ! »

Les soldats avançaient, rang après rang, sortant de l'obscurité. Combien étaient-ils ? Leur nombre semblait illimité.

— Mes beaux Zars, dit la vieille dame. Plus rien ne pourra les arrêter, désormais.

La fille qui menait la marche en faisant tournoyer son bâton s'arrêta, tout en continuant à marquer, du pied, la cadence. Derrière elle, la fanfare, qui jouait toujours, se déploya en une large rangée. Et derrière, les soldats les imitèrent. La chanson s'arrêta, mais la musique et le bruit régulier des pas sur le sol continuèrent, bien que l'armée eût cessé à présent d'avancer. À l'arrière, très loin dans l'obscurité, là où la lueur de la lampe n'arrivait pas à percer les ténèbres, d'autres rangées de soldats avançaient sans cesse pour rejoindre les rangs de ceux qui attendaient. Tous étaient jeunes, tous étaient beaux, tous souriaient.

Kestrel reculait de plus en plus loin vers les couloirs et le feu. Elle avait la main crispée sur la voix d'argent, mais elle l'avait complètement oubliée. Elle pleurait sans s'en rendre compte. Car ses yeux étaient fixés sur son frère qu'elle aimait plus encore qu'elle-même. Son jeune cœur était brisé.

« Mon frère que j'aime ! Reviens vers moi ! »

Bowman ne l'entendait pas, ne la regardait pas. Il avait tellement changé ! Il avait pris place en tête de la grande armée et fendait l'air de son épée. Il affichait le même sourire terrible que tous les autres. Puis, derrière, malgré ses larmes, Kestrel aperçut un autre visage familier. C'était Mumpo, qui portait l'uniforme blanc et or des Zars. Il n'était plus vieux, il n'était plus sale, mais jeune et séduisant. Il souriait avec fierté. Tandis qu'elle le fixait, il croisa son regard et lui fit un signe de la main.

– J'ai des amis, Kess ! s'écria-t-il d'un ton joyeux. Regarde tous mes amis !

– Non ! s'écria-t-elle. Non ! Non ! Non !

Mais ses cris furent noyés dans la clameur qui s'éleva

lorsque Bowman brandit haut son arme : tous les Zars dégainèrent alors leur épée, et l'armée s'ébranla. La belle jeune fille qui faisait tournoyer son bâton se mit en marche, levant haut les genoux, derrière Bowman. Et les musiciens de la fanfare, les tambours jouèrent, souriant d'un air lointain tandis que les soldats chantaient à nouveau au rythme de leur marche.

— Il faut tuer, tuer, tuer ! Il faut tuer, tuer, tuer !

Kestrel se retourna, les yeux pleins de larmes, et s'enfuit.

Quand l'armée des Zars arriva près du lit à baldaquin, elle se sépara en deux, chaque colonne passant d'un côté du lit. Leurs épées dégainées étincelaient ; elles coupèrent l'orange en lamelles, déchirèrent le dais en rubans, envoyant des fragments de gaze voler en l'air. L'un de ces fragments atterrit sur la lampe et prit feu. Le lit s'embrasa aussitôt. Les Zars continuèrent à marcher, imperturbables, leur beau visage brièvement éclairé par les flammes. Et dans le lit, la vieille dame, immobile, appuyée contre ses oreillers en feu, regardait fièrement l'armée passer.

Kestrel traversa en pleurant le château du Morah, tenant la voix d'argent dans sa main. Derrière elle venaient les Zars, qui détruisaient tout sur leur passage. L'élégante garde-robe dans la petite pièce, la salle à manger où la table était dressée pour des convives qui n'étaient jamais venus, tout tomba sous le coup des épées étincelantes et fut réduit en poussière.

« Oh, mon frère, mon frère ! »

Kestrel criait sa peine. Elle courait, terrorisée, lorsqu'elle vit devant elle la cheminée en pierre, et le feu qui brûlait dans l'âtre. Derrière elle le bruit de millions de pieds qui marchaient, le chant de millions de voix. Elle n'avait pas le temps de se poser de questions ni de réfléchir. Sans ralentir, elle se précipita dans la cheminée, et...

Silence. Les fraîches colonnes de feu. Flamboiement éblouissant. Haletante, tremblante, elle se força à s'arrêter. La fraîcheur inquiétante des flammes lui avait éclairci les idées et elle comprit que ce n'était pas ce qu'elle voulait faire. Pourquoi courait-elle loin de son frère ? Pour elle, la vie sans lui n'avait aucun sens. S'il changeait, elle changerait, elle aussi.

« Pas comme ça, pensa-t-elle. Nous irons ensemble. »

Elle se retourna et, dans la lumière blanche, elle vit son frère venir vers elle à la tête de l'armée des Zars. Il avançait lentement ; le son de la musique semblait lointain, mais il continuait à chanter comme tous les autres, murmurant dans un sourire :

– Il faut tuer, tuer, tuer ! Il faut tuer, tuer, tuer !

Kestrel leva les yeux vers lui, et ouvrit grands les bras, pour que son épée, qu'il levait et baissait en marchant, lui passe à travers le corps.

« Nous irons ensemble, mon frère, lui dit-elle. Même si tu dois me tuer. »

Les yeux de Bowman croisèrent son regard. Il continua à sourire, mais les paroles de la chanson moururent sur ses lèvres.

« Je ne te quitterai pas, lui dit-elle. Je ne te quitterai plus jamais. »

Il était près d'elle, à présent, mais brandissait toujours son épée.

« Je t'aime », lui dit-elle.

Le sourire de Bowman mourut également sur son visage, et ses mouvements se firent plus lents. Il était tout près d'elle et vit les larmes sur ses joues.

« Tue-moi, mon frère bien-aimé. Nous irons ensemble. »

Les yeux de Bowman s'emplirent de confusion. Il était devant elle, son épée levée. Il lui suffisait de l'abaisser pour la transpercer. Mais son bras resta immobile.

La belle jeune fille qui menait la troupe passa à côté d'eux, de son pas martial, sans daigner leur adresser un regard. Les rangs de musiciens et de tambours l'imitèrent. Ils défilaient sans cesser de jouer un instant et souriaient dans la fraîcheur des flammes. Les yeux de Bowman étaient fixés sur ceux de Kestrel et elle vit peu à peu revenir le frère qu'elle avait perdu, comme un plongeur remontant des profondeurs.

« Kess », dit-il en la reconnaissant.

Son épée lui tomba des mains. Il prit sa sœur dans ses bras et la serra contre lui, tandis que l'armée des Zars passait à côté d'eux en chantant.

« Oh, Kess… »

Il tremblait, à présent, et pleurait. Elle embrassa ses joues mouillées.

« Voilà, lui dit-elle, voilà. Tu es revenu. »

21
La marche des Zars

Bowman prit sa sœur par la main, et tous deux traversèrent les flammes fraîches en courant. Ils n'avaient pas le temps de parler de ce qui s'était passé. Ils dépassèrent la fille qui était en tête de la fanfare. Elle ne fit pas attention à eux. Puis ils se retrouvèrent brusquement dehors, dans le vent. Les montagnes couvertes de forêts se dressaient de chaque côté, la large trouée que formait la Grande Voie s'étendait devant eux, et des nuages noirs s'amoncelaient au-dessus de leur tête.

Ce n'étaient pas des nuages. Kestrel leva les yeux et les vit. Les aigles obscurcissaient le ciel, tournoyant par centaines au-dessus d'eux. Elle tira Bowman pour l'entraîner à l'abri des arbres.

– Ils vont attaquer !

Les grands aigles descendirent de plus en plus bas, à grands coups d'ailes, faisant frissonner les arbres. Là, tapis entre les troncs, leurs yeux jaunes fixés sur le feu, des centaines et des centaines de loups gris attendaient en silence.

La belle jeune fille qui menait la fanfare sortit du feu

d'un air important, faisant voltiger son bâton, tandis que, derrière elle, l'orchestre jouait sa musique entraînante. La troupe des Zars les suivait huit par huit, de front, sur la Grande Voie. Les aigles replièrent alors leurs ailes et se laissèrent tomber comme la foudre en criant dans le ciel. Puis, au dernier moment, ils déployèrent de nouveau leurs ailes, et leurs serres géantes se refermèrent sur leur proie. Ils reprirent leur vol, les corps blancs et or se tortillant entre leurs griffes. Ils montèrent, montèrent encore, puis lâchèrent leurs victimes au-dessus des plus hautes cimes des arbres. Les Zars capturés ne poussèrent pas le moindre cri. Aucun de leurs camarades ne leva les yeux ni ne donna le moindre signe de frayeur. Les aigles se succédaient, vague après vague, fondaient sur la colonne en marche, mais chaque vide laissé dans les rangs était immédiatement rempli par de nouveaux soldats, et leur armée continuait d'avancer. Leurs longues épées étaient brandies, resplendissantes, mortelles, et de nombreux aigles qui fondaient sur eux ne reprirent jamais leur vol. Mais, plus terrifiante encore que les coups que donnaient les Zars, était l'indifférence avec laquelle eux-mêmes les recevaient. À aucun moment ils ne cessèrent de sourire tandis que leurs camarades étaient jetés dans l'oubli. Pas une seule fois ils ne firent un faux pas. Innombrables, ils continuaient à sortir du feu, longue ligne blanc et or ininterrompue.

Ce fut le tour des loups. Le vieux chef de la horde releva la tête et lança un cri sauvage. Sortant de sous le couvert des arbres, avec des hurlements, les premières lignes de loups foncèrent sur l'ennemi. Les immenses mâchoires se refermaient sur les Zars, déchirant la colonne par des attaques sanglantes, mais les longues épées étaient rapides et mortelles, et aucune des bêtes ne revint à la charge.

La bataille faisait rage. Les aigles étaient repassés à l'attaque, à présent, et les loups également. Mais toujours le rang avançait en se reformant et les soldats blancs et or, étincelants, allaient inlassablement de l'avant, au son de la fanfare, marchant sur les corps des aigles et des loups comme sur les corps de leurs propres camarades, qu'ils fussent morts ou blessés.

« En avant ! Marche ! En avant ! Marche ! »

« Il faut tuer, tuer, tuer ! Il faut tuer, tuer, tuer ! »

Ils n'arrêtaient jamais de chanter.

Bowman les regardait avec horreur et fascination.

– Ils avancent sur Aramanth, dit-il.

Puis, se tournant vers Kestrel, avec une expression angoissée, il demanda :

– Est-ce que tu as la voix ?

– Oui.

– Il faut y aller ! Nous devons arriver à Aramanth avant eux !

Il était prêt à partir sur-le-champ, pour essayer de distancer les Zars infatigables et d'arriver avant eux à Aramanth, mais Kestrel le retint par le bras.

– Regarde ! Voilà Mumpo !

Au milieu de la bataille, éclatant de jeunesse retrouvée, son uniforme blanc et doré taché de sang, Mumpo marchait avec les Zars, souriant au carnage qui l'entourait de tous côtés.

– Il faut y aller ! s'écria Bowman. Il faut y aller maintenant !

– Nous ne pouvons pas l'abandonner, dit Kestrel.

Lorsque Mumpo passa devant eux, Kestrel se précipita dans la bagarre, l'attrapa par le bras et le tira sur le côté. À moitié hypnotisé par la musique et par la marche, il ne comprit pas tout de suite ce qui lui arrivait.

– Kess ! Regarde tous mes amis, Kess !

Les jumeaux l'encadrèrent et l'emmenèrent en courant, s'enfonçant sous les arbres. Un détachement de Zars sortit de la colonne et se lança à leur poursuite.

Ils coururent jusqu'à ce qu'ils n'en puissent plus. Puis Kestrel se tourna vers Mumpo et l'apostropha :

– Écoute-moi, Mumpo. Les Zars ne sont pas tes amis, ils sont tes ennemis. Tes amis, c'est nous. Ou tu vas avec eux, ou tu viens avec nous.

Mumpo la regarda, l'air perplexe.

– Pourquoi ne pas y aller tous ensemble ?

– Mais tu ne vois pas…

Kestrel était tellement exaspérée qu'elle faillit le secouer.

– Laisse-le, lui dit Bowman.

Il prit la main de Mumpo entre les siennes, et lui parla doucement :

– Je sais ce que l'on ressent, Mumpo. Je l'ai éprouvé, moi aussi. On a l'impression de ne plus être seul et de ne plus avoir peur. Comme si personne ne pouvait plus nous faire de mal.

– Oui, c'est ça, Bo.

— Nous ne pouvons pas te donner ce sentiment d'être invulnérable. Mais nous avons été proches les uns des autres, tous les trois. Ne nous quitte pas maintenant.

Mumpo regarda les yeux pleins de gentillesse de Bowman et peu à peu son rêve de gloire s'estompa.

— Est-ce que je vais de nouveau me sentir seul, et avoir peur, Bo ?

— Oui, Mumpo. J'aurais voulu pouvoir te dire que tu serais sain et sauf avec nous, mais je ne peux pas. Nous ne sommes pas aussi forts qu'eux.

Kestrel observait son frère avec étonnement tandis qu'il parlait. Il semblait plus mûr, plus triste, plus sûr de lui. Mumpo aussi, elle s'en aperçut rapidement, avait changé lui aussi. Il avait l'esprit confus mais n'avait plus l'air stupide.

— Vous avez été mes premiers amis, leur dit-il simplement. Je ne vous abandonnerai jamais.

Les jumeaux le prirent tous les deux dans leurs bras, célébrant leur amitié retrouvée. Ils eurent juste le temps de s'embrasser avant de voir l'éclair blanc des uniformes approcher entre les arbres.

Les Zars ne s'étaient pas contentés de les suivre, ils les avaient encerclés. Une douzaine d'entre eux, au moins, les cernait.

— Grimpez ! cria Kestrel à Bowman et à Mumpo.

Elle s'accrocha aux branches inférieures d'un arbre et se mit à grimper. Bowman et Mumpo la suivirent. Ils montèrent et montèrent encore, jusqu'à ce qu'ils arrivent aux plus hautes branches. De là, ils voyaient la

Grande Voie et la bataille qui faisait toujours rage. Les aigles étaient moins nombreux, à présent, et il restait très peu de loups. Sur un grand rocher, le chef de la horde poussait un long hurlement, envoyant ses dernières troupes à l'attaque.

Du haut de leur arbre, les enfants regardaient avec impuissance les loups charger. Il en restait encore quelques-uns, droits et fiers parmi les arbres ; ils attendaient leur tour, et quand l'ordre vint, ils surent qu'eux aussi allaient trouver la mort au bout des épées impitoyables. Mais ils s'élancèrent quand même, poussant leur cri de guerre rauque, essayant d'abattre autant de Zars qu'ils le pouvaient avant de tomber à leur tour. Contre n'importe quel ennemi naturel, la puissance et la sauvagerie des loups auraient été dévastatrices. Mais les Zars étaient innombrables et, plus les loups en massacraient, plus il en venait.

– Ça suffit ! s'écria Kestrel du haut de l'arbre, horrifiée et prise de pitié pour les loups. Arrêtez ! Ça ne peut plus durer !

Mais si le vieux loup l'entendit, il ne tint pas compte de ses paroles. Il secoua son pelage hirsute et hurla une fois de plus : la toute dernière ligne se jeta dans la bataille. En les regardant tomber, les uns après les autres, le père des loups, l'orgueil de la montagne, se coucha et apaisa son cœur en deuil.

« Nous voici face à notre vieil ennemi. Que faire sinon mourir ? »

Puis il releva sa tête grise, hurla son propre cri de guerre, son cri de mort, et rassemblant toutes ses forces, il se jeta lui-même dans la bataille. Il fit tomber un Zar, qu'il mordit et déchiqueta de ses dents redoutables ; puis un deuxième, un troisième, et pendant une seconde, il vit l'éclair brillant de l'épée avant qu'elle lui transperce le cœur.

Les Zars continuaient à marcher en chantant. Derrière eux, ils laissaient un horrible carnage ; au-dessus d'eux, les grands aigles continuaient à descendre en piqué et à les attaquer, mais la colonne avançait gaiement sans ralentir. Le seul signe de leurs pertes était le sang qui souillait leurs grandes capes blanches gonflées par le vent.

Pendant ce temps, les poursuivants des enfants avaient entouré le tronc de l'arbre. Riant comme un groupe de jeunes qui s'amusent, ils enlevèrent leur chapeau, leur cape, et se mirent à grimper.

Ils étaient si agiles qu'ils semblaient même capables de monter sur un tronc lisse. Bientôt, celui qui était en tête, un garçon au visage bronzé, de treize ans environ, atteignit les hautes branches et regarda où étaient perchés Mumpo et les jumeaux.

— Coucou ! leur cria-t-il, d'une voix amicale. Je viens vous tuer !

Dans la dernière partie de son ascension, il entonna doucement la chanson militaire.

— Il faut tuer, tuer, tuer ! Il faut tuer, tuer, tuer !

Derrière lui, venait une fille ravissante, aux cheveux blond cendré, qui le rattrapait à toute vitesse.

— Laisses-en un pour moi ! cria-t-elle à son camarade. Tu sais combien j'aime tuer !

Les enfants se reculèrent sur les branches ; ainsi, les Zars ne pourraient les approcher qu'un seul à la fois. Kestrel baissa les yeux. Impossible de sauter, c'était trop haut. Bowman leva les yeux. Il savait qu'il ne leur restait plus qu'une seule chance. Il appela, lançant un long cri inarticulé, et il fut entendu. Battant rapidement des ailes, les aigles vinrent vers eux.

Le Zar qui était en tête se rapprochait ; il monta sur leur branche.

– On n'a pas mis longtemps, hein ? leur dit-il en souriant.

Et il dégaina sa longue épée.

– Laisses-en un pour moi ! cria la jeune Zar. Je veux la fille !

– C'est moi qui aurai la fille ! dit le garçon en avançant sur leur branche. Je n'ai jamais tué de fille.

Un éclair noir, un coup vibrant, et il fut attrapé par les serres d'un aigle et emporté dans les airs. Avant que les enfants aient vraiment compris ce qui s'était passé, ils virent trois aigles planer au-dessus d'eux et surent ce qu'ils devaient faire. Bowman leva les mains.

– Levez vos mains !

Mumpo imita le geste de Bowman. Un aigle fondit sur lui, ses grandes serres se refermèrent doucement sur ses poignets et l'emportèrent dans les airs. Bowman suivit. Kestrel hésita, regardant la fille qui s'avançait vers elle sur la branche, fendant l'air de son épée. Mais en voyant l'aigle approcher, elle leva les bras, elle aussi. L'épée étincela, obligeant l'aigle à s'écarter au moment où Kestrel sautait de la branche dans le vide. Elle tomba, les bras tendus, et l'aigle tomba avec elle, ses ailes sifflant dans le vent. Puis elle sentit soudain qu'il était tout près d'elle et les serres se refermèrent sur ses poignets, arrêtant sa chute.

Les grandes ailes battaient puissamment, l'emportant vers la Grande Voie, au-dessus des Zars qui continuaient d'avancer. Protégée du soleil par les larges ailes, Kestrel retrouva un peu d'espoir. Les Zars semblaient tout petits et lointains à présent, bien que la fin de la colonne ne fût toujours pas en vue. Puis elle s'aperçut que son aigle était obligé de faire des efforts pour maintenir son altitude. Devant, elle voyait l'aigle de Bowman qui volait plus lentement, lui aussi, et qui perdait de la hauteur. Ces oiseaux avaient beau être très grands, les enfants étaient trop lourds pour qu'ils puissent les porter bien loin. Qu'allait-il se passer à présent ? S'ils les ramenaient sur le sol, les Zars auraient tôt fait de les rattraper.

Elle tourna la tête pour voir quelle avance ils avaient sur les Zars, et là, derrière elle, volant à la même vitesse qu'eux, elle découvrit d'autres aigles. Elle les vit se séparer et prendre position en se laissant glisser silencieusement.

Cela se passa si vite qu'elle n'eut même pas le temps d'avoir peur. Elle vit d'abord un aigle passer sous elle, puis elle sentit les serres qui tenaient ses poignets s'ouvrir et elle tomba comme une pierre. Mais presque immédiatement, le rapace qui se trouvait en dessous se retourna sur le dos et ses serres se refermèrent sur les poignets de Kestrel. Les ailes puissantes battirent à nouveau, et elle remonta dans les airs au-dessus des arbres.

En tournant la tête, elle vit qu'il se passait la même chose pour Mumpo. Il fut pris de panique lorsque l'aigle le lâcha, et se mit à battre des bras dans l'air, mais celui qui l'attendait parvint quand même à l'attraper par les poignets et à le récupérer.

Bowman en était déjà à son deuxième aigle. Au loin, elle vit la colonne des Zars qui avançait régulièrement sur la Grande Voie, harcelés par les quelques rapaces qui continuaient à les combattre dans une bataille perdue d'avance. Elle regarda de nouveau devant elle et vit la gorge aux bords déchiquetés, la Fêlure de la Terre, et les hautes arches du pont en ruine qui était le seul moyen de la traverser. Lorsque ces trois aigles seraient fatigués, il n'y en aurait plus d'autres pour les porter et Aramanth était encore très loin. Elle comprit qu'ils n'avaient qu'une seule chance.

— Bo ! cria-t-elle. Il faut absolument détruire ce pont !

Bowman comprit aussitôt ce que sa sœur voulait dire. Il tira sur les pattes de l'aigle, et le grand oiseau, heureux de pouvoir enfin se reposer, descendit vers le sol en décrivant des cercles.

Ils atterrirent du côté sud du ravin, près des hauts piliers qui marquaient l'entrée du pont. Lorsqu'ils furent en sécurité sur le sol, les aigles reprirent leur vol pour retourner à la bataille, comme s'ils devaient à tout prix mourir avant qu'elle prenne fin.

Bowman se mit à ramasser des pierres à un rythme frénétique.

– Il faut provoquer une avalanche, dit-il. Nous devons détruire le pont.

Il fit rouler des pierres le long de la pente, en les suivant tout au bord de la gorge pour voir où elles tombaient. Enfin, l'une d'elles heurta le pilier le plus fragile du pont, loin au-dessous de lui. Il nota l'endroit.

– Mumpo, donne-moi ton épée, lui cria-t-il.

Mumpo sortit son épée de son fourreau, et Bowman l'enfonça d'un geste ferme dans le sol.

– Toutes les pierres que nous pouvons trouver, il faut les mettre ici, dit-il.

Et il commença à en empiler une grande quantité contre la lame.

Pendant ce temps, Mumpo détacha la ceinture à laquelle était accroché son fourreau, puis défit les boutons dorés de sa tunique et l'enleva. Il se débarrassa également de ses bottes noires et de sa culotte de cheval blanche ornée d'un galon d'or sur la couture. En dessous il portait ses vieux vêtements d'un orange délavé. Lorsqu'il eut entièrement enlevé l'uniforme des Zars, il remit les bottes, car il avait laissé ses chaussures derrière lui. Puis il prit la pile de vêtements tachés de sang et les jeta dans le ravin.

– C'est fini maintenant, dit-il.

Alors tous trois se mirent à l'ouvrage, entassant des pierres aussi vite qu'ils le pouvaient. Ils travaillèrent sans relâche tandis que la lumière du jour faiblissait dans le ciel, jusqu'à ce que le tas soit aussi grand qu'eux. Pendant ce temps, les Zars continuaient d'approcher. Parfois, quelques pierres tombaient du tas et roulaient le long de la pente. Chaque fois, Bowman se précipitait pour suivre leur trajectoire. Chaque fois, il revenait en disant :

— Encore ! Il nous en faut encore !

Le soleil rougeoyait en déclinant. De l'autre côté de la gorge, l'avant-garde des Zars était maintenant bien visible et on pouvait distinguer la fille qui marchait en tête, levant haut les genoux et faisant tourner son bâton. Les enfants n'étaient pas sûrs d'avoir rassemblé assez de pierres pour arriver au résultat qu'ils recherchaient, mais Bowman savait que, de toute façon, maintenant, ils n'avaient plus le temps.

— Allons-y !

Tous trois se mirent derrière le tas de pierres et se préparèrent à agir. L'écho de la fanfare leur parvint dans le crépuscule, ainsi que le martèlement incessant des bottes sur le sol.

En avant ! Marche ! En avant ! Marche !

— Maintenant ! dit Bowman.

Il retira l'épée et ils poussèrent les pierres. Une partie d'entre elles glissa et s'écrasa au fond du ravin.

— Poussez plus fort, il faut absolument qu'elles tombent toutes en même temps !

Ils poussèrent à nouveau de toutes leurs forces et, soudain, le tas céda avec un lent grondement et se mit à glisser. Les milliers de pierres qu'ils avaient entassées roulèrent le long de la pente de plus en plus vite, en soulevant un nuage de poussière, jusqu'à ce qu'elles basculent dans le vide de la Fêlure de la Terre. Les enfants regardaient et écoutaient, retenant leur souffle. Il faisait trop sombre dans la gorge, à présent, pour qu'ils puissent voir où tombait leur avalanche mais, après un temps qui leur sembla interminable, ils l'entendirent enfin : une rafale de craquements, de chocs sourds tandis que les pierres frappaient... quoi ? Les piliers du pont ? Le fond du ravin ? Puis ils entendirent le bruit d'autres fragments qui tombaient, mais il leur était impossible de savoir si c'était l'avalanche qu'ils avaient provoquée ou si c'était la maçonnerie des hautes arches qui cédait. Ils regardèrent la partie supérieure du pont, ce même parapet étroit sur lequel ils avaient combattu les Vieux Enfants, mais rien ne bougeait. De l'autre côté de la gorge, les Zars étaient à présent en vue : les uniformes blanc et or scintillaient de reflets rouges dans les derniers rayons du soleil couchant.

— Ça n'a pas marché, dit Kestrel en regardant le pont. Il faut partir. Nous devons garder l'avance que nous avons sur eux.

— Non, dit fermement Bowman, mais sans hausser la voix. Ils nous rattraperont bien avant qu'on arrive à Aramanth.

— Qu'est-ce qu'on peut faire d'autre ?

— Tu pars avec Mumpo. Moi, je reste ici. Ils ne peuvent traverser le pont qu'un par un. Je peux les retenir.

Les Zars étaient déjà arrivés au bord de la Fêlure de la Terre. La fille qui était à leur tête piétinait, levant et baissant son bâton doré ; derrière elle, la fanfare se rangeait, sans cesser de jouer. Puis, alors que Kestrel cherchait ses mots pour convaincre son frère qu'il devait bien y avoir une autre solution, la fille pointa son bâton en avant et sauta légèrement sur le parapet du pont. Derrière elle, tandis que l'orchestre jouait au bord du ravin, les Zars s'ébranlèrent à nouveau, les uns derrière les autres.

Bowman se baissa et ramassa l'épée.

– Non ! s'écria Kestrel.

Il se tourna vers elle, eut un curieux sourire et lui parla sur un ton qu'elle ne lui connaissait pas, calme mais résolu.

– Va à Aramanth. Il n'y a pas d'autre solution.

– Je ne peux pas te quitter.

– J'ai senti le pouvoir du Morah. Tu ne le vois pas ?

Il se retourna et courut vers le pont. La fille qui était en tête de la fanfare était déjà au milieu, levant haut les genoux, marchant aussi calmement que si elle se trouvait toujours sur la Grande Voie. Derrière elle venait la longue file des Zars au sourire radieux. Bowman brandit son épée en courant et lança un cri de fureur inarticulé. Il ne savait pas que, pendant qu'il criait, des larmes coulaient sur ses joues.

Kestrel courut derrière lui, l'appelant de toutes ses forces.

– N'y va pas ! N'y va pas sans moi !

Seul Mumpo regardait le précipice, et ce fut lui qui vit les premiers signes de ce qui allait se passer.

– Le pont ! cria-t-il. Il bouge !

Bowman venait juste d'arriver devant le parapet

lorsque l'arche centrale frémit comme un arbre sous une forte bourrasque. Puis vint le bruit de la maçonnerie qui craquait. Alors, toujours lentement, la ligne mince qui reliait les deux côtés du ravin se brisa comme une ficelle trop tendue ; le parapet trembla, céda, et la fille qui menait la fanfare tomba, suivie par la colonne des Zars qui s'écrasa là où les rayons du soleil couchant ne pénétraient plus, dans le puits des ténèbres. Ils ne crièrent pas. Et derrière eux, tandis qu'ils tombaient, leurs camarades continuaient à marcher pour tomber à leur tour.

Bowman s'était arrêté, regardant le spectacle avec stupeur. Kestrel le rejoignit et le prit dans ses bras. Serrés l'un contre l'autre, ils regardèrent les Zars qui continuaient d'avancer, huit par huit, de front, vers le bord du ravin, pour plonger vers la mort. Rang après rang, au rythme de la fanfare, ils tombaient.

— Nous les avons arrêtés, Bowman. Nous sommes sauvés !

Bowman regarda le pont effondré.

— Non, dit-il. Nous ne sommes pas sauvés. Mais nous avons gagné du temps.

— Comment pourraient-ils traverser la Fêlure de la Terre sans pont ?

— Rien ne peut arrêter les Zars, répondit Bowman.

Mumpo vint les rejoindre, impressionné par la vue des Zars qui marchaient si allégrement vers la mort.

— Ils ne craignent donc pas de mourir ? s'exclama-t-il.

— Tu ne te souviens pas de ce que l'on éprouve,

Mumpo ? lui demanda Bowman. Tant qu'un seul Zar est en vie, tous les Zars sont en vie. Ils vivent les uns par les autres. Peu leur importe le nombre de morts...

— Pourquoi ?

— Leur nombre est inépuisable.

C'était l'effroyable phénomène que la Vieille Reine avait vu. Les Zars pouvaient être tués, ils pouvaient essuyer une défaite, mais on ne pouvait pas les arrêter. Leur nombre augmentait toujours.

— C'est pour ça qu'il faut arriver à Aramanth avant eux, dit Bowman.

Il se retourna, prêt à partir ; mais il avait épuisé ses dernières forces quand il avait couru vers le pont, sachant que la mort l'attendait, et après avoir fait quelques pas, il s'écroula sur le sol. Kestrel se jeta à côté de lui, inquiète.

— Je ne peux pas continuer, dit-il. Il faut que je dorme.

Kestrel et Mumpo se blottirent contre lui, chacun d'un côté, et tous trois s'endormirent, serrés les uns contre les autres.

22
La famille Hath est brisée

La veille du Grand Examen, le principal, M. Pillish, réunit tous les candidats du Centre d'Études Résidentiel pour leur faire le discours qu'il répétait chaque année à cette occasion. Il en était fier et l'avait prononcé assez souvent pour le connaître par cœur. Il pensait qu'il réussissait particulièrement bien à calmer les candidats. Il est vrai que, les années passant, chaque membre de son petit groupe, sans aucune exception, ratait le Grand Examen. Mais qui sait si leur échec n'aurait pas été pire encore sans son discours de la veille ?

En vérité, M. Pillish avait un rêve secret. C'était un célibataire, entièrement dévoué à un travail plutôt ingrat. Son vœu le plus cher était qu'un jour l'un des membres de ses groupes en situation d'échec le surprendrait et surprendrait tout Aramanth par les excellentes notes qu'il obtiendrait au Grand Examen. Cet heureux candidat se présenterait au Centre, accompagné de sa femme et de ses enfants, pour lui rendre visite à lui, le principal Pillish, et pleurerait des larmes de joie en le remerciant d'avoir ainsi transformé sa vie. Ensuite, l'épouse du candidat s'inclinerait humblement devant lui et lui baiserait la main, tandis que les enfants feraient un pas en avant pour lui offrir timidement un petit bouquet de fleurs qu'ils auraient cueillies eux-mêmes.

Quant au héros du jour, il lui ferait un petit discours maladroit mais sincère, dans lequel il dirait à M. Pillish qu'il devait sa réussite aux quelques mots brillants qu'il avait prononcés la veille de l'examen. Le principal soupirait en se disant que, après ce jour, il pourrait enfin se retirer heureux, avec la certitude que son travail n'avait pas été vain.

Cette année, se dit-il en passant en revue les visages des candidats, cette année, il y avait vraiment une chance pour que cela se produise. Il n'avait jamais eu de groupe avec un aussi bon moral. Pas une seule crise de nerfs ! Cette année, sûrement, il aurait enfin son gagnant.

– Candidats, commença-t-il, avec un grand sourire pour leur insuffler la confiance indispensable à toute réussite. Candidats, demain vous allez vous présenter au Grand Examen. Vous êtes nerveux. C'est naturel. Tous les candidats le sont. Vous n'êtes pas désavantagés parce que vous êtes nerveux. En fait, votre nervosité va vous aider. Votre nervosité est votre amie.

Il leur sourit de nouveau. Il pensait que c'était là l'un des points forts de son discours, qui pouvait transformer l'état d'esprit des candidats. Dans son rêve secret, l'heureux élu lui dirait : « Quand vous nous avez dit : "Votre nervosité est votre amie", j'ai vu les choses d'une manière entièrement différente. C'était comme si on avait retiré un bandeau de mes yeux et que tout était devenu clair. »

— Un athlète est nerveux avant le commencement de la course, continua-t-il, reprenant son thème avec un enthousiasme grandissant. C'est cette nervosité qui lui permet d'atteindre le plus haut niveau de concentration. Le signal de départ est donné, et hop, il part ! Sa nervosité est devenue sa puissance, sa vitesse, sa victoire !

Il avait espéré voir, en arrivant à ce sommet de son discours, une lueur d'excitation dans leurs yeux. Mais on aurait plutôt dit qu'ils souriaient. C'était une réaction inhabituelle. Les années précédentes, lors de ce stage au Centre d'Études, les candidats avaient une expression morne, accablée, et évitaient de croiser son regard. Cette année-là, ils étaient carrément joyeux, et il eut la vague impression qu'ils ne l'écoutaient pas vraiment.

Il décida d'interrompre son discours, ne serait-ce que quelques instants, pour leur poser des questions et se rendre compte de leur état d'esprit.

— Candidat Hath, dit-il, en choisissant celui en qui reposaient ses plus grands espoirs. Vous sentez-vous bien préparé pour demain ?

— Oh oui, je pense, répondit Hanno Hath. Je donnerai le meilleur de moi-même.

— Bien, bien, dit M. Pillish.

Cependant, cette réponse ne correspondait pas tout à fait à ce qu'il attendait.

— Candidat Mimilith. Comment vous sentez-vous ?

— Pas trop mal, monsieur, merci, répondit Miko Mimilith.

« Ça y est ! Ça recommence ! pensa le principal. Il y a quelque chose qui ne tourne pas rond. »

Il se tourna instinctivement vers le candidat le plus faible du cours.

— Candidat Scooch. Il ne reste plus qu'un jour. Impatient d'y aller, j'espère ?

— Oui, monsieur, répondit-il avec entrain.

C'était franchement bizarre. Quelque chose n'allait pas, mais quoi ? se demanda M. Pillish. Il trouva aussitôt la réponse : ils n'étaient pas nerveux.

Soudain, il se sentit indigné. C'était un véritable outrage. Pas nerveux ! Quel droit avaient-ils de ne pas être nerveux ? À quoi servait son discours, la veille de l'examen, s'ils ne l'étaient pas ? C'était un manque de respect à son égard. C'était de l'insolence. C'était… oui… c'était de l'ingratitude. Et pire que tout – c'était une vérité indiscutable – s'ils n'étaient pas nerveux, ils ne seraient pas très performants, et feraient baisser encore la moyenne de leur famille. La nervosité était leur amie. Il était de son devoir, en tant que guide et professeur, de réintroduire la nervosité dans ce groupe trop confiant. Il devait le faire pour leur bien et pour celui de leurs familles.

— Candidat Scooch, dit-il – et son sourire avait disparu. Je suis ravi de voir que vous êtes si impatient de descendre dans l'arène. Pourquoi ne pas aiguiser nos épées mentales avant la bataille en essayant de répondre à quelques questions.

Il prit l'un des livres d'étude et l'ouvrit au hasard.

— Quelle est la composition du sel ?

— Je ne sais pas, répondit Scooch.

Le principal tourna les pages, toujours au hasard.

— Décrivez le cycle vital d'un triton.

— Je ne peux pas.

— Si soixante-quatre boîtes en forme de cube sont entassées pour constituer une pile en forme de cube, quelle est la hauteur de la pile en nombre de boîtes ?

— Je ne sais pas.

M. Pillish referma le livre d'un coup sec.

— Trois questions typiques du Grand Examen, candidat Scooch, et vous ne savez répondre à aucune d'entre elles. Cela ne vous rend pas un tout petit peu nerveux pour demain matin ?

— Non, monsieur.

— Et comment cela se fait-il ?

— Eh bien, lui répondit Scooch sans voir que Hanno Hath essayait désespérément de croiser son regard, je ne répondrai pas à ce genre de questions, monsieur.

— Et qu'allez-vous donc écrire sur le papier qu'on vous donnera à l'examen ?

— Je parlerai des pauses thé, dit Scooch.

Le principal crut voir une légère brume rose se former devant ses yeux. Il s'appuya au bord de la table qui était à côté de lui.

— Des pauses thé ? demanda-t-il faiblement.

— Oui, monsieur, lui dit Scooch tout à fait inconscient de l'effet qu'il produisait. Je pense être une sorte d'expert en pauses thé. Certains n'en ont même pas, paraît-il. J'en ai parlé à d'autres camarades du cours. Comment un simple mortel peut-il rester du petit déjeuner jusqu'au déjeuner sans ce petit quelque chose qui à la fois repose et stimule ? Pendant la première partie de la matinée, on peut l'attendre, monsieur, et dans la seconde, on peut s'en souvenir…

—Silence ! dit le principal.

Il promena un regard noir sur l'ensemble des candidats. Son rêve secret, qui lui avait semblé si proche, gisait à ses pieds. Son cœur était rempli d'amertume.

—Est-ce que quelqu'un d'autre a l'intention d'écrire sur les pauses thé ?

Personne ne répondit.

—Est-ce que quelqu'un aurait l'amabilité de me dire ce qu'il se passe ?

Hanno Hath leva la main.

M. Pillish écouta ses explications en privé, dans son bureau. Hanno défendit avec passion son nouveau système mais, pour le principal, cela n'avait aucun sens. Quand Hanno lui dit : « Autant apprendre à voler à un poisson », M. Pillish se passa la main sur le front et dit : « Les candidats de mon cours ne sont pas des poissons. » Quand Hanno eut fini, le principal resta assis en silence pendant un moment. Il se sentait trahi. Il n'avait pas compris le flot de mots dont l'avait submergé Hanno, mais il avait clairement perçu le souffle de la rébellion. Il ne se trouvait pas devant un problème de paresse, ni devant une crise de nerfs, typique des veilles d'examen. Il se trouvait face à une mutinerie. Dans ces circonstances, son devoir était clair. Il devait en informer l'examinateur en chef.

Maslo Inch écouta cette regrettable histoire, puis hocha lentement la tête, de droite à gauche, en disant :
— C'est ma faute. Cet homme est un fruit véreux qui a pourri tout le cageot.
— Mais que dois-je faire, examinateur en chef ?
— Rien. C'est moi qui vais m'occuper de lui.
— Le problème, c'est qu'il ne regrette rien. Il pense qu'il a raison.
— Il le regrettera, je m'en charge.

L'examinateur en chef dit ces mots avec une telle conviction que ce fut une sorte de consolation pour l'orgueil blessé du principal. Il voulait voir le sourire de Hanno Hath se décomposer et laisser place à une expression de peur et de dénuement. Il voulait le voir humilié. Pour son propre bien, naturellement.

Ce nouvel épisode fut décisif pour Maslo Inch. Il envoya chercher le capitaine des gendarmes et lui donna des ordres. Le soir, deux heures après le coucher du soleil, un groupe de dix hommes d'élite avança silencieusement dans les arènes et encercla le Chanteur de Vent, où Ira Hath dormait, avec Pim dans les bras.

Ils agirent par surprise. Ira Hath ne se douta de rien jusqu'à ce qu'elle sente qu'on l'empoignait ; elle se réveilla en sentant qu'on lui enlevait la présence tiède de son enfant. Elle se mit à crier, mais une main lui ferma la bouche, tandis qu'on lui bandait les yeux. Elle entendit les cris déchirants de Pim qui l'appelait : « Maman ! Maman ! » Ira donna des coups de pied et se débattit de toutes ses forces, mais les hommes qui la tenaient savaient ce qu'ils faisaient et elle ne parvint pas à se libérer.

Puis les cris de Pim s'éloignèrent et, épuisée, cherchant son souffle, elle se tut. Une voix lui dit, près de son oreille :

— Vous avez fini ?

Elle fit signe que oui.

— Vous venez avec nous ou nous vous traînons de force ?

Elle hocha de nouveau la tête, indiquant qu'elle était prête à les suivre.

— Où est ma fille ?

— En sécurité. Si vous voulez la revoir, faites ce qu'on vous dit de faire.

Ira Hath comprit qu'elle n'avait pas le choix. Les yeux toujours bandés, elle les laissa la ramener en bas du Chanteur de Vent, puis la conduire hors des grandes arènes. Ils traversèrent la place, et entrèrent dans un édifice, franchirent des portes, longèrent des couloirs, passèrent dans plusieurs pièces, jusqu'à ce que son escorte s'arrête enfin.

— Laissez-la, dit une voix qu'elle reconnut. Enlevez-lui son bandeau.

Là, en face d'elle, assis à une grande table, se tenait Maslo Inch. Et à sa droite, pas tout à fait assez près d'elle pour qu'elle puisse le toucher, son mari.

— Hanno !

— Silence ! aboya l'examinateur en chef. Aucun de vous ne doit parler avant que j'aie dit ce que j'avais à dire.

Ira Hath se tut. Mais ses yeux croisèrent ceux de

Hanno et ils se transmirent leurs pensées par un regard qui signifiait : « Nous nous en sortirons d'une manière ou d'une autre. »

Un gardien entra dans la pièce, portant une petite pile de vêtements gris bien repassés.

– Posez-les sur la table, dit Maslo Inch.

Le gardien fit ce qu'on lui avait demandé et sortit.

– Bien, dit Maslo Inch en les regardant d'un air neutre. Voilà ce que vous allez faire. Demain, c'est le jour du Grand Examen. Toi, Hanno Hath, tu iras passer les épreuves, comme il est de ton devoir envers ta famille, et tu t'en acquitteras du mieux que tu pourras. Vous, Ira Hath, vous assisterez au Grand Examen, comme une épouse et une femme respectueuse, pour montrer votre soutien au chef de famille. Bien entendu, vous porterez les habits qui vous sont destinés.

D'un signe de tête, il indiqua la pile de vêtements sur la table, devant lui.

– Quand l'examen sera terminé, et avant que les gens ne quittent les arènes, je vous appellerai tous les deux pour que chacun de vous fasse une petite déclaration publique. Le texte de ces déclarations est écrit là. Vous l'apprendrez par cœur cette nuit.

Il tendit deux feuilles de papier et le capitaine des gendarmes vint les prendre pour les remettre à Hanno et à Ira.

– Vous passerez cette nuit en détention. Vous ne serez pas dérangés.

– Où est ma fille ? l'interrompit Ira, incapable de s'en empêcher.

– Votre enfant est en bonnes mains. La brave femme

qui est chargée de s'en occuper l'amènera demain aux arènes, où elle assistera au déroulement du Grand Examen, à partir du jardin d'enfants. Si demain, vous me démontrez par votre conduite que vous êtes des parents responsables pour une enfant influençable, je vous la rendrai. Sinon, elle sera considérée comme une pupille de la ville et vous ne la reverrez jamais.

Ira Hath sentit des larmes brûlantes lui monter aux yeux.

– Oh, monstre, monstre, dit-elle à voix basse.

– Si telle est votre attitude, madame…

– Non, dit Hanno. Nous comprenons. Nous suivrons vos conseils.

– Nous verrons, dit Maslo, d'un ton neutre. Demain nous le dira.

Laissés seuls dans la pièce où ils étaient détenus, Ira et Hanno Hath tombèrent dans les bras l'un de l'autre et éclatèrent en sanglots amers. Puis, au bout d'un moment, Hanno essuya les larmes de sa femme, les siennes, et dit :

– Allons. Nous devons faire ce que nous pouvons.

– Je veux Pim ! Oh, mon bébé, où es-tu ?

– Non non. Plus jamais ça. C'est juste pour cette nuit, c'est tout.

– Je les hais, je les hais, je les hais !

– Bien sûr, bien sûr. Mais pour le moment, nous devons faire ce qu'ils nous ont dit.

Il déplia sa feuille de papier et lut la déclaration qu'il devait apprendre et lire en public :

Mes chers concitoyens, je fais cette confession publique de ma propre volonté. Depuis plusieurs années, je n'ai pas fait tous les efforts possibles pour m'améliorer. Par conséquent, j'ai échoué et fait échouer ma famille. À ma grande honte, j'ai voulu reporter la faute de mon échec sur les autres. Je vois maintenant à quel point c'était puéril et égocentrique. Chacun est responsable de son destin. Je suis fier d'être un citoyen d'Aramanth. Je promets aujourd'hui de faire tout ce qui est en mon pouvoir pour être digne de cet honneur.

– Ça aurait pu être pire, dit Hanno en soupirant, après avoir fini de lire.

La déclaration d'Ira était la suivante :

Mes chers concitoyens, vous savez peut-être que j'ai récemment perdu deux de mes enfants. Mon chagrin a été tel que j'ai souffert d'une dépression nerveuse et que j'ai agi à plusieurs reprises d'une façon dont j'ai honte à présent. Je vous demande de me comprendre et de me pardonner. Je promets de me conduire à l'avenir avec la modestie et la décence qui conviennent à une épouse et à une mère.

Elle jeta le papier par terre.

– Je ne dirai pas ça !

Hanno le ramassa.

– Ce ne sont que des mots.

– Oh, mes petits, mes petits ! s'écria Ira Hath en recommençant à pleurer. Quand vous tiendrai-je de nouveau dans mes bras ?

23
Le Fléau des Plaines

Quand la lumière de l'aube réveilla les trois enfants, le premier son qu'ils entendirent fut la musique de la fanfare. Ils regardèrent alors de l'autre côté de la gorge et virent que les Zars continuaient à marcher et à tomber. Horrifiés, ils se rendirent au bord du précipice et en scrutèrent le fond. Là, tout en bas, le lit de la rivière était blanc, comme saupoudré de neige, mais des points d'or y scintillaient. Dans cette blancheur tombaient les beaux et jeunes Zars et, peu à peu, son niveau montait de plus en plus haut. Le moment viendrait où les Zars traverseraient la gorge en marchant sur une montagne de morts, leurs propres morts.

Sans rien dire, les trois amis se retournèrent et rejoignirent la Grande Voie, marchant rapidement vers Aramanth dans la fraîcheur du matin.

La voix d'argent du Chanteur de Vent était suspendue autour du cou de Kestrel, sous sa chemise, au bout d'un fil d'or qu'elle avait tiré de l'une de ses tresses. Le pendentif frottait contre sa poitrine maigre, réchauffé par sa chaleur.

Ils étaient sur le chemin du retour, et les pensées de Kestrel couraient déjà vers Aramanth, vers son père, sa mère et sa petite sœur. Elle en tira la force nécessaire pour suivre Bowman qui marchait à grands pas, apparemment infatigable.

– Nous devons arriver les premiers à Aramanth, dit-il.

Les Zars ne les poursuivaient plus mais, tandis qu'ils marchaient rapidement sur la Grande Voie, ils durent affronter un autre problème, dont aucun d'eux ne parla. Et le fait que Mumpo, lui non plus, n'en souffle mot montrait à quel point il avait changé, car il avait de plus en plus mal à l'estomac à mesure que les heures passaient. Ils avaient faim. Ils n'avaient rien mangé depuis un jour et une nuit et, maintenant, cela faisait encore une demi-journée de plus. Ils n'avaient plus de provisions et les arbres qu'ils voyaient ne portaient pas de fruits. De temps en temps ils trouvaient de l'eau dans un ruisseau, près de la route, mais ils savaient qu'ils n'auraient même plus de quoi se désaltérer en arrivant dans les immenses plaines désertes. Combien de temps devraient-ils encore marcher ? Ils ne le savaient pas, car ils avaient traversé les plaines à bord d'Ombaraka, à la vitesse de ses milliers de voiles. Ils pensaient en avoir pour trois jours environ, peut-être plus. Comment pourraient-ils faire cette longue marche sans nourriture ?

La Grande Voie était large, légèrement en pente et, à présent, ils pouvaient voir la plaine s'étendre devant eux. Vers midi, la faim les fit ralentir ; ils se sentaient de plus en plus faibles et commençaient à s'inquiéter. Même Bowman perdait des forces. Il finit donc par céder et accepta de s'arrêter pour se reposer. Ils s'écroulèrent par terre avec soulagement, sous l'épais feuillage d'un arbre.

– Comment allons-nous rentrer à la maison ? demanda Kestrel.

Elle se rendit compte qu'elle s'adressait à son frère comme s'il était devenu leur chef.

– Je ne sais pas, lui répondit-il simplement. Mais nous rentrerons, car nous devons le faire.

Ce n'était pas une réponse, mais elle se sentit quand même réconfortée.

– Nous pourrions peut-être manger des feuilles, dit-elle en tirant sur une branche, au-dessus d'elle.

– Je sais ! s'écria Mumpo.

Il fouilla dans sa poche et en sortit les dernières feuilles de tixa qu'il avait emportées avec lui depuis le Lac Souterrain. Il les déchira en trois et en donna un morceau à chacun.

– Ce n'est pas vraiment de la nourriture, dit-il, mais ça aide à ne pas y penser.

Il avait raison. Ils mâchèrent des feuilles de tixa, avalèrent le jus âcre et, bien que cela ne remplisse pas leur estomac, ils eurent l'impression que c'était sans importance.

– C'est amer, dit Kestrel, en faisant la grimace.

– Amer amer amer, reprit Mumpo en chantonnant.

Ils se levèrent et se remirent en route, bondissant et gambadant. Tous les problèmes qui se posaient à eux semblaient faciles à surmonter. Comment traverser les grandes plaines ? Ils voleraient comme des oiseaux, portés doucement par le vent. Ils survoleraient la terre, comme des nuages.

Tandis qu'ils descendaient la Grande Voie en dansant, portés par la tixa, ils se mirent à parler de leurs peurs à haute voix et à en rire.

– Ha ! ha ! ha ! les Zars ! chanta Mumpo.

– Ha ! ha ! ha ! Zar Zar Zar ! reprirent les jumeaux.

– Mumpo était un croulant, chanta Kestrel.

– Croulant, croulant, croulant, reprirent-ils en chœur.

– Qu'est-ce que ça fait, Mumpo, d'être un croulant ?

Mumpo improvisa une danse grotesque, se mouvant avec une lenteur exagérée.

– Lourd et lent, chanta-t-il en gambadant devant eux. Lourd, lent et las.

– Las, las, las, chantèrent-ils.

– Comme au moment où on était tous couverts de boue.

– Boue, boue, boue !

– Puis la boue est tombée et…

Il sauta en l'air et agita sauvagement le bras.

– Zar, Zar, hourra !

– Zar, Zar, hourra ! répétèrent les deux autres.

En se donnant le bras, tous trois imitèrent la démarche militaire des Zars, claironnant un air de fanfare :

– Tarum tarum taraa ! Tarum tarum taraa !

Ainsi, marchant et dansant, ils sortirent de la forêt

et arrivèrent dans la plaine. Tandis qu'ils regardaient les terres désolées qui s'étendaient jusqu'à l'horizon, l'effet de la tixa disparut. Ils se retrouvèrent une fois de plus affamés, mourant de faim et de soif, et loin, très loin de chez eux.

Il aurait été facile de s'allonger par terre, de dormir et de ne plus jamais se réveiller, car leurs chansons et leurs danses leur avaient pris leurs dernières forces. Mais Bowman ne le permit pas. Obstinément, implacablement, il insistait pour continuer leur voyage.

– C'est trop loin. Nous n'y arriverons jamais.

– Ça ne fait rien, il faut continuer.

Ils reprirent donc leur marche, gardant le soleil à leur droite tandis qu'il déclinait peu à peu dans le ciel. Un vent mordant s'était levé et ils avançaient de plus en plus lentement. Ils trébuchaient de faiblesse, mais n'abandonnaient pas, guidés par la volonté de Bowman.

Le crépuscule tombait et de lourds nuages noirs filaient dans le ciel quand Kestrel renonça enfin. Elle passa le fil d'or au-dessus de sa tête et tendit la voix d'argent à Bowman, en lui disant calmement :

– Continue. Moi, je ne peux plus.

Bowman prit la fine barrette d'argent, la serra dans sa main et croisa le regard de sa sœur. Il y vit sa honte de ne pouvoir continuer, mais plus profond, plus fort que sa honte, son épuisement.

« Je ne peux pas y arriver sans toi, Kess.

– Alors, c'est fini. »

Bowman se retourna et vit Mumpo qui le fixait, attendant qu'il dise quelque chose qui leur redonne de l'espoir ; mais il ne trouvait plus de mots. Il ferma les yeux.

« Aide-moi ! » implora Bowman en silence, sans savoir à qui il s'adressait.

Comme une réponse, ils entendirent un bruit qui leur était à moitié familier : un craquement, un grondement porté par le vent.

Bowman ouvrit les yeux et ils se retournèrent tous les trois pour voir. Là, s'élevant lentement au-dessus de la ligne d'horizon, un étendard claquait au vent, se détachant contre le ciel crépusculaire. Au-dessus de la plaine se dressaient des mâts et des voiles. Puis apparurent les ponts principaux d'où s'élevaient de tous côtés des voiles gonflées par le vent, et enfin l'énorme masse d'un vaisseau qui avançait lourdement, lentement vers eux, émergeant peu à peu de la nuit tombante.

– Ombaraka ! s'écria Kestrel.

Ranimés par l'espoir, les enfants se mirent à courir vers l'immense ville roulante. Ils agitaient les bras et criaient en courant pour attirer l'attention des guetteurs. On les avait vus. Le grand vaisseau ralentit. Une nacelle fut descendue par-dessus bord. Ils montèrent dedans, s'embrassant tous les trois, pleurant des larmes de soulagement. La nacelle monta en grinçant au-dessus des ponts inférieurs et s'arrêta avec de grandes vibrations au poste de commandement. La porte s'ouvrit et là, devant eux, ils virent une troupe d'hommes lourdement armés, les cheveux rasés.

– Des espions barakas ! cria leur commandant. Enfermez-les ! Ils seront pendus à l'aube !

Ce n'est qu'à ce moment-là qu'ils comprirent qu'ils étaient prisonniers des Chakas.

Les enfants furent jetés dans une cage juste assez grande pour les contenir tous les trois assis, l'un à côté de l'autre, les genoux repliés sous le menton. Une fois fermée, la cage fut remontée et on les laissa se balancer dans le vent. Les gardes chargés de les surveiller les injuriaient et leur crachaient dessus.

— Sales Barakas ! On vous a cueillis comme des poupées !

— S'il vous plaît, imploraient les enfants. Nous avons faim.

— Gâcher de la nourriture pour vous ? Mais vous serez pendus demain matin.

Les Chakas semblaient plus féroces que les Barakas, peut-être à cause de leur crâne rasé. Mais sous tous les autres aspects, ils étaient semblables. Les mêmes robes couleur de sable, la même allure excessivement guerrière, le même étalage d'armes. Quand ils entendirent les enfants pleurer, ils se mirent à rire :

— Espèces de mauviettes pleurnichardes ! raillaient-ils. Demain, oui, vous aurez de quoi pleurer !

— Nous ne vivrons pas jusqu'à demain, dit Kestrel d'une voix faible. Nous n'avons pas mangé depuis plusieurs jours.

— Vous avez intérêt à vivre, leur cria le plus gros des gardes. Si je vous trouve morts demain matin, je vous tue !

Les autres gardes éclatèrent bruyamment de rire. Le gros garde devint tout rouge.

– C'est donc ça, votre brillante idée, hein ? Vous voulez dire à Haka Chaka qu'il n'y aura pas de pendaison publique ?

– Tue-les encore, Pok ! Ça va leur faire peur !

Ils rirent de plus belle. L'homme qu'ils appelaient Pok se renfrogna et grommela :

– Vous pensez tous que je suis stupide, eh bien, c'est vous qui êtes stupides, pas moi, vous allez voir, attendez un peu...

Tandis que la nuit tombait et que le vent se renforçait, les gardes décidèrent de surveiller les prisonniers chacun leur tour. Le gros Pok proposa de s'en occuper le premier et les autres s'éloignèrent. Dès qu'il fut seul, Pok s'approcha de la cage et les appela doucement, de sa voix rauque :

– Hé ! Vous, les espions barakas ! Vous êtes toujours vivants ?

Aucune réponse ne sortit de la cage. Pok reprit, plus fort :

– Parlez-moi, canailles. Vous n'êtes quand même pas mourants !

Kestrel lui répondit d'une petite voix sourde :

– Manger, dit-elle. Manger...

Le mot s'évanouit sur ses lèvres.

– Très bien, dit Pok nerveusement. Attendez-moi là. Je vais vous chercher à manger. Ne faites rien. Je vais vous chercher de la nourriture. Ne mourez pas, d'accord ? Promettez-moi que vous ne mourrez pas, ou je n'y vais pas.

– Vite..., dit Kestrel faiblement. Nous sommes en train de mourir...

—Non, non ! Surtout pas. Ne faites pas ça ou je... je...

Se rendant compte qu'il n'avait aucun moyen de les menacer, il se résolut à les implorer :

—Écoutez, vous allez mourir de toute façon, ça n'a donc pas d'importance pour vous, mais ça en a pour moi. Si vous mourez pendant que je vous surveille, ils diront que c'est ma faute, et c'est pas juste, hein ? Vous devez bien admettre que j'y suis pour rien, mais je vais vous dire ce qui va se passer. « Oh, encore Pok, ils diront. On peut lui faire confiance pour faire des catastrophes ! Pauvre vieux Pok, la tête aussi dure que du bois ! » Voilà ce qu'ils diront et c'est pas juste.

Silence des enfants.

Pok commença à paniquer.

—Ne mourez pas tout de suite. C'est tout ce que je vous demande. J'y vais. Vous allez bientôt manger.

Il partit en courant. Les enfants restèrent immobiles et silencieux, au cas où quelqu'un d'autre les surveillerait, bien qu'à présent la nuit fût très noire et que le vent qui rugissait incitât les gens à rester à l'intérieur. Pok revint bientôt, les bras chargés de pain et de fruits.

—Vous êtes là ? leur demanda-t-il, haletant, en leur tendant le pain à travers les barreaux. Mangez ! Allez, mangez !

Il les regarda anxieusement puis, voyant que les enfants commençaient à manger, il poussa un soupir de soulagement.

—Bien ! Voilà qui est mieux. Il ne faut plus mourir, hein ?

Plus les enfants mangeaient, plus le moral de Pok remontait.

– Allons ! Le vieux Pok n'a pas fait de catastrophe, après tout ! Vous serez aussi gais que des pinsons, demain matin, et Haka Chaka aura une belle pendaison. Tout est bien qui finit bien, comme on dit.

Bowman reprit des forces et avec elles revint l'espoir. Il se mit à chercher un moyen de s'échapper.

– Nous ne sommes pas des espions barakas, dit-il.

– Oh non, dit Pok. Oh non, vous ne pourrez pas m'avoir aussi facilement. Même le vieux Pok peut voir que vous n'êtes pas des Chakas, et si vous n'êtes pas des Chakas, vous êtes des Barakas.

– Nous venons d'Aramanth.

– Non, ce n'est pas vrai. Vous avez les cheveux des Barakas.

– Et si nous défaisions nos tresses ? dit Kestrel.

– Et si nous nous rasions complètement, comme vous ?

– Alors là... dit Pok en hésitant. Eh bien vous seriez... vous ressembleriez...

Ses idées s'embrouillaient.

– Nous vous ressemblerions, à vous.

– Peut-être, dit-il. Mais vous ne pouvez pas vous raser les cheveux cette nuit, et demain vous serez pendus. C'est comme ça.

– Vous n'aimeriez tout de même pas qu'on soit pendus pour découvrir après que c'était une erreur ?

– Haka Chaka donne les ordres, dit Pok d'un air satisfait. Haka Chaka est le Père d'Omchaka, le Grand

Juge de la Moralité et le Fléau des Plaines. Il ne fait pas d'erreur.

Les enfants dormirent, cette nuit-là, bien qu'ils fussent à l'étroit dans leur cage, et malgré les hurlements du vent. Mais ils avaient le ventre plein et étaient si fatigués que ce fut plus fort que la peur du lendemain. Ils dormirent profondément jusqu'à ce que la pâle lumière de l'aube les réveille.

Le vent était tombé, mais le ciel était d'un gris de plomb, orageux, menaçant. Un détachement de gardes chakas marcha vers eux et entoura la cage. Ils la firent descendre sur le pont et l'ouvrirent. Les enfants en sortirent en trébuchant. Le détachement de gardes se reforma autour d'eux et les conduisit jusqu'à la place centrale d'Omchaka. Là, une grande foule attendait, se pressant tout autour de l'esplanade et se penchant aux bastingages des ponts supérieurs. Dès que les enfants apparurent, les gens se mirent à siffler et à leur crier des injures.

– À mort ! Ordures de Barakas ! Pendez-les haut et court !

Au milieu de la place, une potence avait été dressée, d'où pendaient trois cordes avec des nœuds coulants. Derrière se tenaient les commandants de l'armée d'Omchaka et une rangée de joueurs de tambour. Les enfants furent conduits sous la potence, debout sur un banc, chacun devant un nœud coulant. Puis il y eut un roulement de tambour, et le Grand Commandant cria :

– Que tout le monde se lève en l'honneur de Haka

Chaka, Père d'Omchaka, Grand Juge de la Moralité et Fléau des Plaines !

Personne ne bougea, car tout le monde était déjà debout. Haka Chaka fit alors son entrée sur la place, suivi de ses conseillers. C'était un vieil homme d'une taille imposante, au crâne rasé. Mais ce n'est pas lui que les enfants regardaient, stupéfaits. Derrière Haka Chaka, le crâne également rasé, marchait le conseiller Kemba.

— C'est un Baraka ! s'écria Kestrel en le montrant du doigt. Il s'appelle Kemba, et vient d'Ombaraka !

Kemba souriait, comme s'il n'était pas concerné.

— Ils vont bientôt dire que vous êtes un Baraka, vous aussi, Excellence.

— Ils peuvent dire ce qu'ils veulent, dit Haka Chaka d'une voix sinistre. Ils auront bientôt fini de parler.

Il fit signe aux hommes de passer les nœuds coulants autour du cou des trois enfants. Mumpo ne pleura pas, contrairement à ce qu'il aurait fait avant, il fit juste un petit bruit étouffé.

— Je suis désolée, Mumpo, lui dit Kestrel. Nous ne t'avons rien apporté de bon, finalement.

— Si, Kess, dit-il bravement. Vous avez été mes amis.

Haka Chaka monta sur une estrade pour s'adresser à la foule.

— Peuple d'Omchaka ! s'écria-t-il. Le Morah nous a livré nos ennemis à nos pieds !

Soudain, Bowman entrevit une porte de sortie.

— Le Morah s'est réveillé ! lança-t-il.

Un silence étonné tomba sur la foule. Dans le ciel

gris, au-dessus du vaisseau, l'orage, de plus en plus proche, grondait. Kemba tourna vers Bowman ses yeux brûlants.

— Les Zars sont en marche ! reprit le garçon.

Ces mots jetèrent la consternation dans la foule. Un brouhaha agité s'éleva de toutes parts. Haka Chaka se tourna vers ses conseillers.

— Cela pourrait-il être vrai ?

— Ils nous suivent, s'écria Bowman. Où que nous soyons, ils nous trouveront !

Des voix s'élevaient, exprimant la peur, et les bourrasques de vent qui secouaient le gréement intensifiaient le sentiment d'angoisse qui gagnait la foule.

— Rien ne peut arrêter les Zars !

— Ils vont tous nous tuer !

— Il faut dire à l'équipage d'appareiller ! Vite !

— Imbéciles !

C'était Kemba qui tentait de maîtriser la panique qui s'emparait de la foule. Il parlait fort mais d'une voix calme et même apaisante.

— Vous ne savez donc pas reconnaître une ruse de Baraka ? Pourquoi le Morah se serait-il réveillé ? Pourquoi les Zars seraient-ils en marche ? Ce misérable ment pour sauver sa peau.

— J'ai réveillé le Morah moi-même, dit Bowman. Et il m'a dit : « Nous sommes la légion des innombrables. »

Ces mots glacèrent le cœur des assistants. Kemba lança à Bowman un regard chargé de haine, mais d'où la peur n'était pas absente.

– Il ment ! cria-t-il. Ce sont nos ennemis ! Pourquoi les écouter ? Il faut les pendre ! Il faut les pendre tout de suite !

Les Chakas répétèrent sauvagement son cri. La peur qui montait en eux se mêlait à leur haine et à leur colère.

– Pendez-les ! Pendez-les !

On serra les nœuds autour du cou des prisonniers. Deux gardes étaient placés à chaque bout du grand banc, prêts à le faire tomber sous leurs pieds. Haka Chaka leva le bras pour calmer la clameur de la foule.

– Qu'avons-nous à craindre ? s'écria-t-il. Nous sommes Omchaka !

Une grande ovation salua cette déclaration.

– Qu'Ombaraka tremble ! Voilà comment nous traitons tous les ennemis d'Omchaka !

Mais pendant le silence qui précéda l'instant où il allait laisser retomber son bras et donner le signal de la pendaison, un nouveau bruit leur parvint, porté par le vent d'orage : un martèlement de pas, la musique d'une fanfare, le chant d'une multitude de jeunes voix.

– Il faut tuer, tuer, tuer ! Il faut tuer, tuer, tuer !

Les habitants d'Omchaka se regardèrent en silence, frappés d'horreur. Puis les mots que tous redoutaient se formèrent sur leurs lèvres.

– Les Zars ! Les Zars !

Le conseiller Kemba, galvanisé, prit aussitôt la situation en main.

– Excellence, dit-il précipitamment. Relâchez les espions ! Mettez-les dans un char à voile et envoyez-les vers le sud. Les Zars les suivront. Omchaka doit immédiatement partir vers l'est.

Haka Chaka comprit et les ordres furent donnés. Tandis que la foule se dispersait, et que les Chakas couraient à leur poste, Kemba s'approcha des enfants et leur murmura avec fureur :

— Quarante ans de paix et vous avez tout gâché ! Vous avez détruit le résultat de toute une vie de travail ! Ma seule consolation, c'est que vous n'échapperez pas aux Zars, ni vous, ni votre précieuse Aramanth !

Les enfants furent relâchés et entassés dans un char à voile. Ce n'était pas une corvette légère, facile à manœuvrer, mais un char de marchandises très lourd, avec un châssis bas et une seule voile. Il fut rapidement descendu sur le côté du vaisseau, à l'aide d'un treuil. Pendant ce temps, la ville d'Omchaka débordait d'activité. Sur chaque pont, les hommes d'équipage déferlaient les voiles et criaient des ordres. Le vent, qui ne cessait de se renforcer, gonflait la voilure et faisait vibrer l'immense vaisseau.

Quand le petit char à voile toucha brutalement le sol, les enfants aperçurent les Zars au loin, en colonne huit par huit, conduits par la fanfare. Le vent d'orage qui venait du nord gonfla la voile et éloigna brusquement le char d'Omchaka. Là, poussé par un vent furieux, il prit de la vitesse. Soudain, avec un grondement de tonnerre dans le ciel d'acier, l'orage éclata, les prenant de plein fouet, et une pluie diluvienne s'abattit sur eux.

Le char roulait de plus en vite, cahotant sur le sol pierreux. Les enfants ne pouvaient que se cramponner au mât et se laisser ballotter sous l'orage. Le vent se transforma en tempête, la pluie en torrent, les aveuglant complètement. Des éclairs zébraient sans cesse le ciel blafard et de longs grondements de tonnerre retentissaient au-dessus de leur tête. L'eau remplissait la coque du char à voile, ruisselant sur leurs pieds. Ils ne pouvaient rien faire d'autre que se cramponner tandis que l'engin continuait sa course folle, sautant, bondissant, sans aucun contrôle.

Soudain, l'une des roues heurta un rocher, et deux de ses rayons se brisèrent. Elle continua de tourner quelques instants encore, puis la jante se déforma et presque aussitôt la roue éclata. Le char fit une embardée. Le vent impitoyable continua de s'engouffrer dans la voile et bientôt une deuxième roue se brisa. Le char à voile se renversa, glissa sur le flanc, emporté par son élan, puis s'arrêta enfin.

La tempête faisait toujours rage autour d'eux. Ils ne pouvaient rien faire et se contentèrent de se blottir les uns contre les autres à l'abri de la coque brisée, en attendant que la pluie cesse. Bowman sentit la voix d'argent du Chanteur de Vent toujours accrochée autour de son cou. Ils avaient frôlé la mort de si près qu'il lui sembla que quelqu'un ou quelque chose avait dû veiller sur eux. Quelqu'un ou quelque chose voulait qu'ils arrivent à rentrer chez eux. Mais de qui, de quoi, pouvait-il s'agir ? Il n'en n'avait pas la moindre idée.

– On va y arriver, dit-il.

Kestrel et Mumpo avaient la même sensation. Ils ne devaient plus être loin d'Aramanth, à présent.

Au bout d'un moment, la pluie finit pas se calmer et se transforma en averses intermittentes, puis le vent tomba. Les enfants se glissèrent hors de leur abri et regardèrent autour d'eux à la lumière du ciel qui s'éclaircissait. La tempête s'éloignait vers le sud. Et là-bas, à l'horizon tout proche, se dressaient sans aucun doute possible, même à travers le rideau de pluie, les hautes murailles d'Aramanth.

— On va y arriver, répéta Bowman avec enthousiasme.

— En avant ! Marche ! En avant ! Marche !

Sous les averses, trempés mais souriants, chantant et marchant au pas, les Zars avançaient inexorablement.

— Il faut tuer, tuer, tuer ! Il faut tuer, tuer, tuer !

Sans un mot, les enfants se mirent à courir vers les murs de la ville.

24
Le dernier Grand Examen

C'était le jour du Grand Examen. La pluie d'orage, inhabituelle en cette saison, avait retardé le début des épreuves, ce qui était plus inhabituel encore. Mais à présent, les rangées de tables installées sur les gradins avaient été essuyées, et l'examen suivait son cours. Assis à leur pupitre, tous les chefs de famille de la ville étaient au travail, remplissant les pages qui détermineraient le classement de leur famille pour l'année suivante. Chaque gradin comportait trois cent vingt tables, et il y avait neuf niveaux : environ trois mille candidats travaillaient dans un silence imposant, que troublaient uniquement le grattement des plumes sur le papier et les pas feutrés des examinateurs qui patrouillaient dans l'amphithéâtre.

Les familles des candidats se pressaient tout autour des gradins et dans les tribunes surélevées, de chaque côté. Tout le monde, en dehors de ceux qui exerçaient une activité essentielle, devait être présent, le jour du Grand Examen, en partie pour soutenir le candidat, en partie pour démontrer que l'examen déterminait la condition de toute une famille et pas seulement d'un individu. Les familles étaient assises dans différentes sections, en fonction de leur couleur. Les quelques blancs et les écarlates – beaucoup plus nombreux – se tenaient près du palais. Le milieu était largement occupé par les orange d'un côté et les marron de l'autre. Au bout, près de la statue de Créoth Ier, on voyait un océan de gris. Maslo Inch, l'examinateur en chef, était assis sur un podium dressé sur un socle en pierre où était gravé le Serment de Dévouement.

Je fais le serment de travailler plus dur,
d'aller plus loin
et d'essayer par tous les moyens
de rendre demain meilleur qu'aujourd'hui.
Pour l'amour de mon Empereur
et pour la gloire d'Aramanth.

Maslo Inch regarda sa montre et nota qu'une heure s'était écoulée depuis le début des épreuves. Il se leva, descendit du podium, et fit un petit tour dans les arènes, laissant ses yeux errer au hasard au-dessus des têtes baissées des candidats. Pour lui, le Grand Examen était toujours l'occasion de réflexions satisfaisantes ; et ce jour-là, plus que jamais, après les perturbations de ces derniers temps. C'était là que se trouvait le peuple d'Aramanth, rangé et ordonné, passant des épreuves qui permettraient à chacun d'être évalué d'une manière équitable et honnête. Personne ne pouvait se plaindre de favoritisme, ni de secrètes rancœurs qui auraient joué contre eux. Tous passaient le même examen et étaient notés de la même façon. Les personnes capables et appliquées prenaient les premières places, ce qui était juste et correct, tandis que les idiots et les paresseux se retrouvaient en fin de classement, ce qui était également juste et correct. Évidemment, c'était désagréable pour ceux qui obtenaient de mauvais résultats et qui étaient obligés de déménager dans un quartier plus pauvre, mais c'était légitime, car cela signifiait toujours que d'autres familles qui avaient travaillé dur étaient récompensées. Et n'oubliez jamais – il révisait dans sa tête son discours de fin d'examen – n'oubliez jamais que l'année prochaine, au prochain Grand Examen, vous pourrez de nouveau tenter votre chance et regagner ce que vous avez perdu. Oui, tout bien considéré, c'était le meilleur système possible et personne ne pouvait le nier.

Ses yeux, qui vagabondaient de l'un à l'autre, tombèrent sur le groupe de candidats du Centre d'Études Résidentiel. Ils étaient assis ensemble car ils étaient soumis à une surveillance spéciale. Il vit sur leurs visages les mêmes regards paniqués et désespérés que tous les ans, tandis qu'ils se débattaient avec des questions auxquelles ils ne s'étaient pas bien préparés à répondre, et il sut que les choses étaient comme elles devaient être. Comment se fait-il, se demanda-t-il, que certaines personnes n'apprennent jamais rien ? Il suffirait d'un petit effort, d'un peu d'élan. Et là, au milieu des autres, il vit Hanno Hath, la tête entre les mains. Cet homme était vraiment une honte pour Aramanth. Mais il était maté, maintenant.

Ses yeux passèrent de l'amphithéâtre à l'endroit où les familles étaient installées. Il vit la femme de Hanno Hath, assise, vêtue de gris, les mains posées sur les genoux, aussi docile que possible. Il regarda vers le jardin d'enfants où cette femme de confiance, Mme Chirish, était assise avec l'enfant Hath sur les genoux. Il s'était attendu à ce que l'enfant soit agité, mais il semblait tranquille, sans doute impressionné par le grand silence studieux qui planait sur les arènes.

« Bon, voilà du travail bien fait », se dit Maslo Inch. La fierté de la famille Hath était bel et bien réduite à néant.

Tout en haut de la tour qui surplombait le Palais Impérial, l'Empereur mangeait des pastilles de chocolat d'un air morose, en regardant les rues désertes de la ville. Un peu plus tôt, il avait vu les candidats arriver avec leur famille, et avait ressenti leur anxiété et leur appréhension. Il détestait le jour du Grand Examen, qui revenait chaque année. Il avait entendu les milliers de voix chanter le Serment de Dévouement et s'était bouché les oreilles pour ne pas entendre les paroles : « pour l'amour de mon Empereur ». Mais, depuis une heure, tout était silencieux. Comme si la ville était morte.

Soudain, il eut l'impression d'entendre un bruit très lointain, faible, étouffé. Était-il possible que ce fût une fanfare ? Il tendit l'oreille pour mieux entendre. Qui pouvait avoir l'audace de jouer de la musique le jour du Grand Examen ?

Puis, tandis qu'il regardait les rues, tout en bas, il aperçut quelque chose d'étrange. Une bouche d'égout s'ouvrit sur un trottoir, et un enfant, puis deux autres, également couverts de boue, en sortirent. Ils regardèrent autour d'eux, semblèrent hésiter un instant, puis se dirigèrent en courant vers les arènes. L'Empereur les regarda courir et eut l'impression de reconnaître l'un d'entre eux. N'était-ce pas la fille…

Soudain, un beau jeune homme en uniforme blanc et or surgit de la même bouche d'égout. Un autre le suivit, puis un autre encore. Et, derrière eux, dans la grande rue, se forma une longue colonne, menée par une fanfare. L'Empereur resta figé sur place, les yeux exorbités. Il n'avait pas besoin d'explications. Il savait que c'était l'armée des Zars.

Ils arrivaient par les rues latérales ou par les bouches d'égout, de plus en plus nombreux, et rejoignaient tous la colonne principale. En marchant, ils se mirent à chanter une chanson qui répétait toujours le même mot :

– Il faut tuer, tuer, tuer ! Il faut tuer, tuer, tuer !

L'Empereur savait qu'il fallait les arrêter. Mais comment ? Il ne pouvait même pas bouger. Il prit une poignée de pastilles de chocolat, sans même se rendre compte de ce qu'il faisait, les avala sans en sentir le goût et se mit à pleurer en mangeant.

Les enfants dépassèrent la statue de Créoth Ier en trombe, puis la colonnade qui menait aux arènes, et s'arrêtèrent, haletants, tout en haut des gradins. Malgré l'imminence du danger, la vue de milliers de candidats penchés sur leur table en silence les impressionna et, pendant quelques instants cruciaux, ils hésitèrent, reprenant leur souffle.

C'est à ce moment-là que Maslo Inch les vit, horrifié. Personne n'avait le droit de rompre le silence sacré du Grand Examen. Il ne reconnut pas les trois garnements en haillons, avec leurs cheveux bizarrement tressés et leurs pieds couverts de boue. Mais ils étaient de toute façon de trop. Il fit sèchement signe à ses assistants de s'en occuper.

Les enfants virent les examinateurs en toge écarlate se diriger vers eux, l'air menaçant. Tout en bas, au milieu des arènes, le Chanteur de Vent se tournait silencieusement d'un côté ou de l'autre, au gré du vent. Bowman sortit la voix d'argent de sous sa chemise, et passa le fil au bout duquel elle était suspendue au-dessus de sa tête. Il transmit silencieusement un message à sa sœur.

« Reste près de moi. S'ils m'attrapent, tu la prends. »

Les enfants repartirent, sans s'éloigner les uns des autres, et descendirent les gradins vers le Chanteur de Vent. Les candidats commençaient à s'apercevoir qu'il se passait quelque chose d'anormal et des murmures s'élevaient des tribunes. « C'est intolérable », pensa Maslo Inch, en revenant instinctivement vers son podium.

Les examinateurs entourèrent les enfants, pensant qu'il suffirait de quelques sévères remontrances pour les faire partir.

Mais tandis qu'ils s'approchaient, les enfants bondirent soudain dans trois directions différentes, foncèrent autour des gradins et leur échappèrent.

– Attrapez-les ! rugit l'examinateur en chef en s'adressant aux gendarmes.

Peu lui importait à présent que l'examen soit perturbé.

– Arrêtez-les !

Alors qu'il criait, il entendit un bruit inconcevable venant de la rue : une fanfare, une marche militaire.

En avant ! Marche ! En avant ! Marche !

Bowman zigzaguait entre les tables, faisant tomber des piles de papiers çà et là, sautant d'un gradin à l'autre. À sa gauche, il vit Kestrel qui le suivait. Il dépassa Hanno Hath sans même le voir, mais son père le reconnut et, le cœur battant de joie, se leva de sa chaise…

Un gendarme attrapa Kestrel, mais elle le mordit si fort qu'il lâcha prise. Plus personne ne travaillait, à présent : toutes les têtes étaient levées et regardaient, ébahies, les enfants poursuivis par les gendarmes.

Dans la tribune grise, Ira Hath se releva brusquement et regarda. Elle était presque sûre – seuls les cheveux étaient différents – mais c'était sûrement…

– Kestrel ! Kestrel ! hurla-t-elle, folle d'excitation.

Et Hanno Hath, à l'autre bout de l'amphithéâtre, debout, lui aussi, le cœur battant, cria :

– Bowman ! Bowman !

En se retournant pour lui faire signe, Bowman tomba entre les mains de deux gendarmes qui l'attrapèrent par le cou et par les jambes.

– Kess ! hurla-t-il, et il lança la voix d'argent haut dans le ciel.

Elle l'entendit et fut aussitôt là, cherchant où la voix d'argent avait atterri. Elle la ramassa et continua à descendre en courant les gradins vers le Chanteur de Vent, Mumpo à ses côtés.

Distraite par toute cette agitation, Mme Chirish oublia de tenir Pim qui en profita pour descendre de ses genoux et s'échapper à toute vitesse.

– Hé ! s'écria-t-elle. Attrapez cet enfant !

Mais Pim était partie, rampant sous les bancs et entre les jambes vers ces drôles de silhouettes qu'elle avait aussitôt reconnues.

Kestrel s'élança du dernier gradin vers le Chanteur de Vent, suivie de près par deux gendarmes. Au moment où elle arrivait au pied de la tour en bois, leurs mains se refermèrent sur elle et la jetèrent à terre.

– Mumpo ! cria-t-elle, en lui lançant la voix d'argent.

Maslo Inch vit l'objet tomber et comprit soudain tout ce qui se passait. Il se précipita vers la voix d'argent pour la ramasser, mais Mumpo réussit à la prendre avant lui.

– Donne-moi ça, sale petit rat ! lui ordonna l'examinateur en chef de sa voix la plus autoritaire, en le tenant fermement de ses mains puissantes.

Mais tandis qu'il parlait, son regard croisa celui de Mumpo. Il poussa un petit cri étouffé et sentit son visage s'embraser.

– Toi !

Il le lâcha et Mumpo se précipita vers le Chanteur de Vent, la voix d'argent à la main. L'armée des Zars se rapprochait des arènes à présent, et la foule entendait la fanfare, s'efforçant de voir qui osait jouer de la musique ce jour-là. Bowman et Kestrel, tous deux fermement tenus par les gendarmes, regardèrent Mumpo arriver jusqu'au Chanteur de Vent et commencer à grimper.

« Vas-y, Mumpo, vas-y ! »

Aussi agile qu'un singe, il escaladait la tour de bois, la voix d'argent à la main. Mais où devait-il la mettre ?

– Dans le cou ! lui cria Kestrel. La fente est dans le cou !

À présent la musique des Zars et le martèlement de leurs pas – en avant ! marche ! – parvenaient clairement à la foule. Mumpo cherchait impatiemment la fente, ses doigts tâtonnant sur le métal rouillé du cou du Chanteur de Vent.

Hanno Hath le regardait, retenant son souffle, et l'encourageant de tout son être.

« Vas-y, Mumpo, vas-y ! »

Ira Hath aussi le regardait, ne pouvant s'empêcher de trembler.

« Vas-y, Mumpo, vas-y ! »

Soudain les doigts du garçon sentirent que c'était là, plus haut que ce qu'il avait pensé. La voix d'argent glissa dans la fente avec un léger clic ! juste au moment où les premiers Zars faisaient irruption parmi les colonnes, brandissant leurs épées éclatantes, leur chanson aux lèvres :

– Il faut tuer, tuer, tuer. Il faut...

Le Chanteur de Vent tourna dans la brise, l'air s'engouffra dans son grand entonnoir et descendit jusqu'à la voix d'argent. Doucement, les cors se mirent à chanter.

La toute première note, une profonde vibration, arrêta les Zars. Ils restèrent debout, comme pétrifiés, leur épée brandie, un sourire joyeux sur le visage. Tout autour des arènes, une étrange sensation, comme un frisson, parcourut les habitants d'Aramanth.

La note suivante était plus aiguë, douce mais perçante. Tandis que le Chanteur de Vent tournait au gré de la brise, la note suivit des modulations tantôt graves, tantôt aiguës. Puis une note plus haute encore, comme le chant d'un oiseau céleste, ruissela en une cascade mélodieuse. Les sons semblaient résonner de plus en plus fort et de plus en plus loin, prenant possession des arènes, un gradin après l'autre, puis des tribunes, et de la ville tout autour. Les gendarmes qui tenaient Bowman et Kestrel lâchèrent prise. Les candidats regardaient les papiers sur leur table avec stupéfaction. Les familles, dans les tribunes, se dévisageaient avec curiosité.

Hanno Hath quitta sa table. Ira Hath quitta la tribune grise. Pim, qui marchait à quatre pattes sous les bancs, se releva et fit quelques pas hésitants à découvert, gloussant de plaisir. Tandis que la chanson du vent pénétrait de plus en plus profondément dans les cœurs, tout se mit à changer. On pouvait entendre les candidats se demander les uns aux autres :

– Mais qu'est-ce qu'on fait là ?

L'un d'entre eux prit les papiers qui étaient sur sa table, les déchira et jeta les petits morceaux en l'air. Les autres l'imitèrent bientôt, riant comme Pim, et des milliers de bouts de papier tourbillonnèrent au-dessus d'eux. Les familles, dans les tribunes, commencèrent à se mêler les unes aux autres, dans un grand assemblage de couleurs, le marron se mélangeant au gris et l'orange se mariant à l'écarlate.

En haut, dans sa tour, l'Empereur entendit la musique du Chanteur de Vent et ouvrit sa fenêtre en grand, jetant ses pastilles de chocolat par la fenêtre. Elles s'éparpillèrent et atterrirent tout autour de la colonne de Zars pétrifiés. Puis l'Empereur se retourna, franchit l'une de ses nombreuses portes d'un pas décidé, et descendit l'escalier.

Dans les arènes, Ira Hath, pensive, traversa la foule et descendit vers le Chanteur de Vent. Les gens échangeaient leurs vêtements, essayaient de nouvelles combinaisons de couleurs, et riaient de voir ces mélanges auxquels ils n'étaient plus habitués. Ira vit Hanno accourir d'une autre direction, les bras grands ouverts. Elle arriva au milieu de l'amphithéâtre et prit Pim dans ses bras, la serra contre elle et la couvrit de baisers. En se retournant, elle vit son cher Bowman, les bras tendus vers elle. Puis Hanno les rejoignit et étreignit Kestrel. Des larmes coulaient sur le doux visage de Hanno, et ce fut à ce moment-là qu'Ira aussi se mit à pleurer de joie.

– Mes beaux oiseaux, leur disait Hanno en les embrassant tous à la fois, et en recommençant sans cesse. Mes beaux oiseaux sont revenus.

Pim, surexcitée, sautait et gigotait dans les bras de sa mère.

— Aime Bo ! criait-elle. Aime Kess !

— Oh, mes chers petits, disait Ira Hath, en les serrant dans ses bras. Oh, mes enfants...

Non loin d'eux, passant inaperçu dans la confusion et les rires de la foule, Maslo Inch se dirigea vers Mumpo et s'agenouilla doucement devant lui.

— Pardonne-moi, lui dit-il d'une voix tremblante.

— Vous pardonner ? lui demanda Mumpo. Pourquoi ?

— Tu es mon fils.

Pendant un long moment, Mumpo le regarda, l'air ébahi. Puis, timidement, il lui tendit une main que l'examinateur en chef prit et pressa aussitôt contre ses lèvres.

— Père, j'ai des amis, maintenant.

Maslo Inch se mit à pleurer.

— Vraiment, mon fils ? lui dit-il. Vraiment ?

— Est-ce que tu veux les rencontrer ?

L'examinateur en chef fit signe que oui, incapable de parler. Mumpo le prit par la main et l'emmena près de la famille Hath.

— Kess, dit-il, j'ai un père, finalement.

Maslo Inch se tenait devant eux, la tête baissée, incapable de les regarder en face.

— Occupe-toi bien de lui, Mumpo, lui dit Hanno Hath.

Il parlait de sa voix douce, serrant toujours les siens contre lui.

— Les pères ont besoin de toute l'aide que peuvent leur apporter leurs enfants.

L'Empereur passa entre la double rangée de colonnes, en haut des gradins, et resta là à regarder la scène chaotique qui se déroulait dans les arènes. La chanson du Chanteur de Vent s'élevait dans les airs, et il sentit la chaleur de son pouvoir apaisant comme l'arrivée du soleil après un long hiver. Avec un sourire de bonheur, il s'exclama :

– Voilà ce qu'il nous fallait ! Ah ! Il faut qu'une ville soit bruyante !

Quant aux Zars, dès l'instant où le Chanteur de Vent commença à chanter, ils se mirent à vieillir. Les jeunes gens parés d'or restaient debout, immobiles, tandis que leur beau visage se ridait, s'affaissait, et que leurs yeux au regard fanatique s'assombrissaient. Leurs épaules se voûtèrent et, en quelques instants, leurs cheveux d'or prirent une couleur grise et tombèrent. Des années s'écoulèrent en quelques minutes : un par un, les Zars s'effondrèrent sur le sol et moururent. Le temps et la décomposition, qui les avaient épargnés pendant si longtemps, les rattrapaient à présent. Leur chair pourrissait sur leur corps et se transformait en poussière. Dans les rues d'Aramanth, la brise qui soufflait dans le Chanteur de Vent chassait la poussière de leurs os et l'emportait en tourbillons dans les jardins et les caniveaux jusqu'à ce qu'il ne reste plus de l'invincible armée du Morah qu'une longue rangée de squelettes, l'épée au côté, étincelant au soleil.

Table des matières

Il y a longtemps, *7*

1. Pim laisse sa marque, *10*
2. Kestrel se fait un horrible ami, *24*
3. Un acte de défi, *33*
4. Comment s'habituer au Quartier Marron, *48*
5. Avertissement de l'examinateur en chef, *56*
6. Service d'Éducation Spécialisée, *69*
7. Les pleurs de l'Empereur, *78*
8. Le déshonneur de la famille Hath, *91*
9. La fuite hors d'Aramanth, *101*
10. Dans les mines de sel, *115*
11. La récolte des noix de gadoue, *132*
12. Les souvenirs d'une Reine, *145*
13. La punition de la famille Hath, *158*
14. Le retour des Vieux Enfants, *167*
15. Prisonniers d'Ombaraka, *182*
16. La bataille du vent, *203*
17. La famille Hath reprend le combat, *232*
18. La Fêlure de la Terre, *247*
19. Mumpo va mal, *270*
20. Dans le Feu, *286*
21. La marche des Zars, *301*
22. La famille Hath est brisée, *317*
23. Le Fléau des Plaines, *328*
24. Le dernier Grand Examen, *345*

ALPHABET
DES ANCIENS MANTHS

A	∩	I	ι	R	⁊	Z	ʒ	
B	ϐ	J	ʅ	S	ƽ			
C	ϲ	K	ϲ	T	ɭ			
D	⊙	L	ɳ	U	ʋ			
E	~	M	η	V	ʇ			
F	ʈ	N	n	W	ɼ	L'	ɣ	
G	є	O	ʋ	X	ϛ			
H	λ	P	φ	Y	ʝ	LE	ɣ	

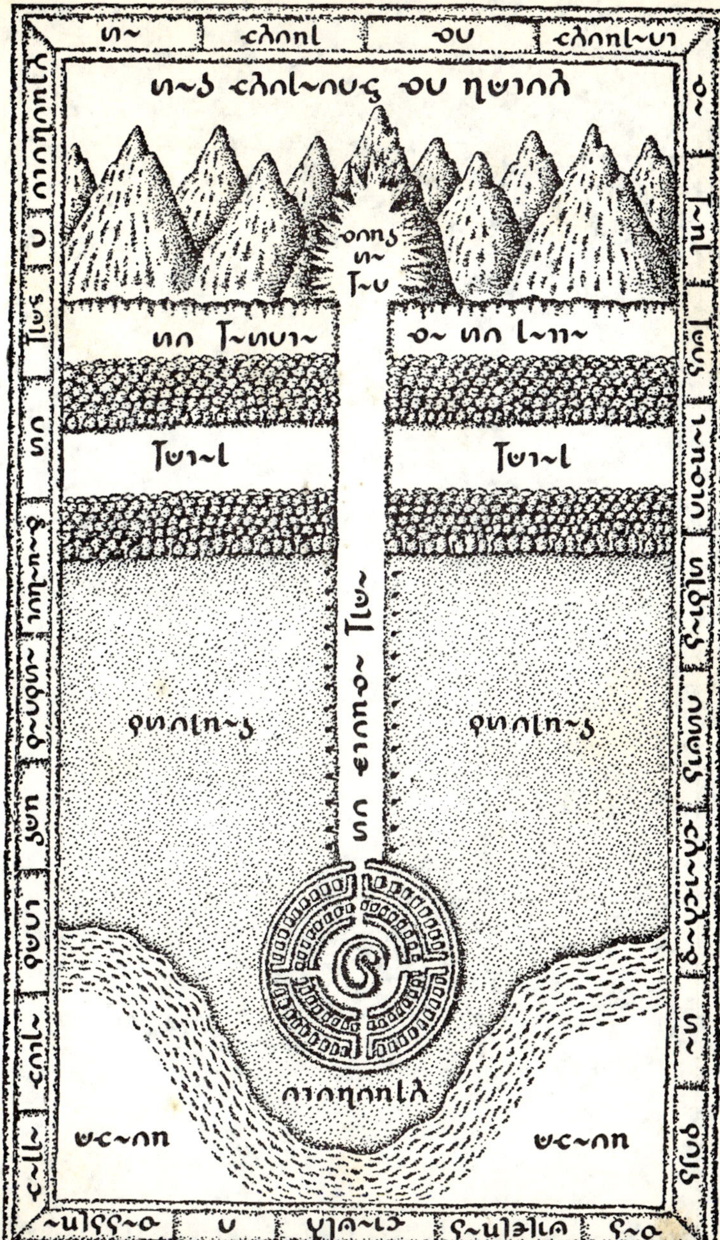

William Nicholson
L'auteur

William Nicholson a longtemps été réalisateur, producteur et scénariste (*Les Ombres du cœur*; *Firelight*) avant de se consacrer à la littérature. Avec sa trilogie intitulée « Le Vent de Feu » (*Les Secrets d'Aramanth, Les Esclaves de la Seigneurie* et *Le Chant des Flammes*) il a fait une entrée spectaculaire dans la littérature pour la jeunesse. *Les Secrets d'Aramanth* est son premier roman, et lui a valu le prix Smarties en 2000, une des plus grandes récompenses décernées en Grande-Bretagne. Il est également l'un des trois scénaristes du film réalisé par Ridley Scott, *Gladiator*, au succès international. Il fut à cette occasion nominé aux Oscars du meilleur scénario. Il vit actuellement dans le Sussex avec sa femme et leurs trois enfants. Il est également l'auteur de *Seeker*, premier volume de la trilogie des « Nobles Guerriers » (Gallimard Jeunesse).

Photocomposition : Firmin-Didot

Loi n° 49-956 du 16 juillet 1949
sur les publications destinées à la jeunesse
ISBN : 978-2-07-061251-2
Numéro d'édition : 148953
Numéro d'impression : 82051
Premier dépôt légal dans la même collection : mars 2002
Dépôt légal : février 2007
Imprimé en France sur les presses de la Société Nouvelle Firmin-Didot